龍の耳を君に

デフ・ヴォイス

JN090229

龍《りゅう》がどういう姿形《すがたかたち》をしているかは知ってるだろう？
龍には、ツノはあるけど耳はない。
龍はツノで音を感知するから、耳が必要なくて退化したんだ。
使われなくなった耳は、とうとう海に落ちてタツノオトシゴになった。
だから、龍には耳がない。
聾《ろう》という字は、それで「龍の耳」と書くんだよ。

プロローグ

　シンクに溜まった食器をすべて洗い終えると、軽くすすいで水切り籠に伏せ置いた。一人暮らしの時は万事が適当だったが、今では洗い物一つとっても油汚れの少ないものから洗ったり、米粒がついた茶碗はしばらく湯に浸けておいたりといった知恵も身に付いた。拭いて仕舞うのは帰宅してからすることにして、荒井《あらい》尚人《なおと》はリビングに戻った。

　以前住んでいた部屋の倍の広さはあるはずなのに窮屈な感じがするのはなぜだろう。物が、というよりは色が溢れている。カーペットの緑、カーテンの薄黄色、テーブルの濃紺。棚からはみ出しているオモチャの類《たぐい》は原色で存在を主張していた。暮らして一年ほどになる今でも、自分がこの部屋に馴染んでいるとは思えなかった。

　つけっ放しだったテレビからはニュースが流れている。

「……埼玉県の高階秀雄《たかしなひでお》知事は、自らが議会に提出した条例案に対して市民団体から撤回を求める要望が相次いでいることに関し、批判は誤解に基づくものとして予定通り来年四月の制定を目指すことを表明しました。この条例案は『子育てサポート条例』という名称で、正しい子育ての仕方を知らない若い親を啓発し子供の正常な成育をサポートするというものですが、その文中に……」

荒井はリモコンを手に取りテレビを消した。音を出すものがなくなり、ふいに静かになる。マンション前の道は車が通ることもなく、近隣の子供たちが幼稚園や学校に出かけて行ったこのぐらいの時間はほとんど音がしない。心地よい静寂の中で身支度を整え、最後に火の元と窓の施錠を確認すると玄関に向かった。

駅に着いた時、ちょうど当駅始発の電車が出るところだった。ドア近くに席を取り、発車の合図とともにバッグから依頼書を取り出して今日の「仕事内容」をもう一度確認する。都内での医療通訳。外来診療への付き添いだ。依頼主は今年六十五歳になるという男性。生まれついての失聴者。手話通訳士派遣センターの田淵宏伸《たぶちひろのぶ》が添えたメモには、聴こえの程度を示す一〇〇デシベルという数字と併《あわ》せ、「日本手話使用」と書かれてある。つまり、「ろう者」だ。

手話通訳を生業《なりわい》とするための方法はいくつかあるが、荒井は厚生労働省に認定された手話通訳士の資格を持っていた。年によっては合格率数パーセントの時さえある難関の「手話通訳技能認定試験」に合格し、東京都の手話通訳士派遣センターに登録してから二年と少しが経《た》つ。昨年埼玉県に転居したのを機に県の認定通訳にも登録していたが、頻度としては今でも都の派遣センターからの依頼の方が多い。今日もそうだった。

生業といっても、派遣通訳だけで生計を立てている手話通訳士は少ない。資格を活かして行政や教育機関に職を得ている者以外は、他に本業を持ちながら空《あ》いている時間で依頼を受けたり、地域ボランティア的に活動している人がほとんどだ。今年四十六歳になる荒井のように働き盛りの男が専業で通訳士をしているケースは珍しかった。

目的の病院へは迷うことなくたどり着けた。待合室はすでに大勢の外来患者で席が埋まっている。人いきれで汗ばむほどの温気《うんき》だ。手話通訳であることを示すバッジを胸につけ周囲を見回したが、注視する者はいない。依頼者の席を確保しておくつもりで、長椅子の僅《わず》かに空いているスペースに腰を下ろした。

いくつかある診察室のドア上部には、受付票に記された番号による案内表示がされていた。これは良い病院に当たった、と思ってから、いや違う、と考え直す。おそらく依頼者は、こういうシステムの病院だからこそ通院先に選んだのだ。

金融機関などでは一般的な「受付番号表示」だが、病院ではまだほとんどが「音声」による呼び出しだ。個人情報に気を遣って名前ではなく番号で呼び出すことがあっても、音声で呼びかけることに変わりはない。

ろう者には、それが聴こえない。受付時にあらかじめ「耳が聴こえない」と告げてあっても、忘れてしまうのか面倒なのかは分からないが音声で呼び出すばかりで、気づかずに順番を抜かされてしまうというのはよくあることだった。それゆえこの「聴こえなくても分かる番号表示」は、彼らにはとても助かるのだ。

そんなことを考えながらふいと玄関の方を見ると、薄いジャンパーに痩身を包んだ老年の男性が誰かを探すように周囲を窺《うかが》っていた。田淵から伝えられた年恰好に合う。彼が今日の依頼主だろう。荒井は立ち上がり、男性の視界に入るよう手を上げた。

「じゃあ血圧を下げるお薬を出しておきますから」

一通りの診断を終えた医師が、これで終わり、というように体の向きを変えた。カルテに何かを書きこんでいる。「加齢からくる高血圧症」ということだったが、依頼者の男性はまだ何か訊きたそうに手を動かした。

両手を胸の前で握りながら胸に付けた（＝気を付ける）後、眉を上げ目を開き気味にしながら人差し指を左右に揺らす（＝何？）。

表情と合わせ、〈気を付けなければならないことはあるかな？〉という意味になる。

荒井はそれを瞬時に読み取って、「音声日本語」で医師に伝えた。

「普段、何か注意することはありますか」

医師が顔を上げ、依頼者ではなく隣の荒井の方を見る。

「お酒やタバコはやるんですよね……なるべくやらない方がいいですね。それから塩分も控えめに」

その言葉を手話で依頼者に伝えてから、荒井は医師に訊いた。

「塩分を控えめ、というのは、塩だけでなく塩分の多い調味料、例えばしょうゆやソースなどもあまり摂りすぎない方がいい、ということですよね」

「そりゃそうだよね」

医師は何を当たり前な、という顔で答える。荒井は依頼主に向かって手を動かした。

〈料理に塩をかけすぎないでください。それ以外にもしょうゆやソースなど、しょっぱい調味

料はあまり使いすぎない方がいいです〉

男性は手のひらで胸の辺りを軽く叩いて応えた。〈分かった〉という意味の手話だ。医師は少しだけ首を傾げてから、再びカルテに向かった。

荒井は男性に向けて、上向きに開いた両手をすぼめながら下におろした（＝以上です）。

男性が、指を揃えた右手を縦にし、左手の甲に乗せてから上にあげる（＝ありがとう）。

診察室を出て男性と共に会計窓口に向かいながら、どこの医者も変わらないな、と荒井は思う。

ずいぶん前に、やはりろう者である別の依頼者の医療通訳で、医師が「副作用」という言葉を使ったことがあった。荒井は「薬を飲んだ後に気持ち悪くなったり、湿疹が出たりすることですね」と確認した上で依頼者にそう伝えた。その時も医師は少し妙な顔をしたが、後で依頼者からは〈さっきのが「副作用」のことか、初めて分かったよ〉と感謝された。以前、別の手話通訳者にそのまま〈付属的な〉〈作用〉という手話を使われ、いったい何のことかさっぱり分からなかった、というのだ。

〈「おかず」がどうしたのかと思ったよ〉

そう笑っていたのは、日本語の「副・付属的な」に当たる手話には、ご飯の「副菜」という意味もあるからだ。その通訳者も未熟だったに違いないが、医師にももう少しろう者の特性を理解し、分かりやすい言い回しを使ってもらいたいものだ、と荒井は思う。いやそれは医師に限ったことではない。聴こえる者――聴者の意識は昔も今もまったくといっていいほど変わっていないのだ。

手話通訳士派遣センターの小部屋で荒井の話を聞き終えた田淵は、人の良さそうな笑みをこちらに向けた。

「荒井さんの言うことも分かりますけど」

その日の仕事を終えて報告の電話をしたところ「お時間があったらちょっと寄りませんか」と言われ、新宿の雑居ビルに入っているセンターまで足を延ばしたのだった。小さな窓からは街の雑踏が垣間見える。

「普段から『聴こえない人』たちとの付き合いがない方々には、ろう者と難聴者、中途失聴者との違いなんて分からないですからねえ」

「まあそれはそうですけど」

荒井も、この青年の言うことは理解できた。「聴覚障害者」と十把《じっぱ》一絡《ひとから》げにされることが多いが、生まれつき耳が聴こえず手話を使って生活する「ろう者」と、少しは聴こえる「軽度の難聴者」や、ある時期までは聴こえた経験のある「中途失聴者」では、普段使う「言語」も、メンタリティも違う。そのため「音声日本語」を使う者にとっては当たり前でも、「日本手話」を第一言語とするろう者にとっては分かりにくい表現は多々あるのだ。音声日本語をそのまま手話に置き換えるだけでなく、今日のようにろう者には分かりづらい言葉を確認したり表現し直したりするのは、手話通訳の重要な仕事の一つだった。

「それでもコミュニティ通訳が認められるようになって皆さん助かってると思いますよ。今までは、マスクをされたまましゃべられて『読話《どくわ》』が全然できなかったり、筆談を頼んでも面倒くさがられたり、なんてザラだったようですからね」

彼の言う通り、今のようにコミュニティ通訳――病院や金融機関、役所や学校など、日常生活に必要な場面での手話通訳――を自己負担なしで頼めるようになるまでは、頭を下げ筆談をお願いしたり、読話――相手の口の動きを読むこと――で何とか乗り越えてきたのだ。その前には、聴者である親や教師などが付き添って本人の代わりにやりとりをし、自分の知りたいことを直接訊くことができない、という時代が長くあった。

会うろう者が皆〈昔に比べれば今は天国だよ〉と言うのは本心だろう。そう思いながらも、

「でも」とつい口から出てしまう。

「通訳がいると、医者に限らず相手は皆、こちらに向かって話をしてきますからね。主体はあくまでろう者だということが分かってないんです」

「ああ、荒井さん、通訳する時、先方のことを見もしないいんですって？」

田淵が笑みを浮かべたまま言った。

「益岡《ますおか》さんが言ってましたよ、荒井さんは必ず自分たちの向かいに位置どって、相手の声だけ聞いて視線はいつもこっちに向けてるって」

「それが普通じゃないですか？」

そう、通訳者の「位置」一つとっても、いまだ理解が進んでいない。講演会など大勢の前で通訳をする時はもちろんだが、日常の通訳でもろう者が見やすいように彼らの向かいに位置ど

るのは当然のことだ。結果的に会話相手である医師や役所の職員、ショップの店員らとは並ぶような形になってしまうが、仕方がない。

「でも診察室に入っていきなりドクターの隣に座ったら変な顔されるでしょう」

「別に気にしません」

そこで田淵は噴き出した。「あちらが気にするでしょう」

田淵に笑われ、自分がいささかムキになっていることに気づいた。

「田淵さんに文句を言ってもしょうがないですよね、すみません」

「いえいえいいんです。でも荒井さん、変わりましたよね。最初の頃は嫌々やっている感満載だったのに」

「そんなことはないですよ」

「そうですかぁ?」

田淵は面白がるように荒井の顔を覗き込む。ようやく、からかわれていることに気づいた。

確かに、心から望んで就いた仕事ではなかった。正社員の道を探していたが見つからず、生活費の少しでも足しになればと始めたのだ。それが、いつの間にか「手話通訳の心得」のようなことまで口走るとは。当時を知っている田淵に笑われるのは当然だった。

「何か最近、変わったことはありますか?」

話を変えようとわざと大雑把な質問をした。世間話でもしようと思ったのだが、

「——ああ、変わったことといえば」

田淵が顔から笑みを消した。

「『海馬《うみうま》の家』のことは聞きましたか?」

「『海馬の家』?」

ほんの一瞬、胸に小さな痛みが走った。「あそこでまた何か――」

事件でもあったのか、そう口にしかけて、慌てて飲み込んだ。もうあれは二年前のことだ。今さら何か起こるわけはない。

「閉鎖が決まったんです」

「え……」

「前からそういう噂はあったんですけど、先月、正式に決まったそうです。来年の三月いっぱいで閉鎖だそうです」

「子供たちは――」

真っ先にそのことが浮かんだ。以前に比べれば人数は減ったとはいえ、ろう児施設「海馬の家」ではまだ数人の「聴こえない子供たち」が生活しているはずだった。

「受け入れ先は決まっていません。保護者や職員たちが新たなろう児施設の設立のために寄付金を募《つの》っているらしいですけど……」

「何とかなりそうなんですか」

「分かりません」田淵は首を振った。「インターネットでも告知を始めたそうですから少しは集まるとは思いますけど、土地から何から一から始めるのは容易じゃないでしょうね」

「そうでしょうね……」

それが困難なことであるのは、荒井にも分かった。

「でも、なぜ急に」

「いや急にっていうことでもないらしいですよ。ご存じのように『ろう児施設』はそもそも、貧困などの事情で親元で生活できなくなったろう児たちのための入所施設ですからね。それがここ数年は、地方から東京のろう学校に入るために子供だけ上京させて、いわば寮代わりに入所を希望する親御さんたちが増えてきましてね。本来の目的とはズレてきたってだいぶ以前から問題になっていたようです」

「本当にそれだけですか」

荒井の口調に今までと違う調子を感じ取ったのか、

「荒井さん、もしかして二年前の事件のことを気にしていますか」

と田淵が言った。

「……まあ」

「関係ないですよ。あの事件以降、入所者が減ったのは確かですけど、閉鎖の理由は違います。今言ったように、『困窮者の支援』という本来の役割は終わった、ということです。いうなれば時代の趨勢《すうせい》ですよ。荒井さんが気にすることはありません」

そう言われても、素直に肯《うなず》くことはできなかった。本当に理由はそれだけなのか。あの事件で「海馬の家」の評判が悪化したのは間違いない。入所希望者が減っただけでなく、施設の存在意義に対して世間の理解が得られなくなったのだとしたら。

「海馬の家」がなくなる。それは、関東で唯一のろう児施設が消え去ることを意味していた。

あの時自分がしたことが、ろう児たちから「家」を奪うことになってしまったのではないか――。


「あ、そう言えば『フェロウシップ』から久しぶりに依頼がきているんですけど」

今度は田淵の方から話題を変えた。

「荒井さん、どうですか。勾留《こうりゅう》中のろう者の接見通訳なんですけど」

荒井は返事ができなかった。

「……やっぱり気が進みませんか」こちらの表情を見て、田淵がひとり肯く。

「すみません」荒井は小さく頭を下げた。

「いやいいんですけど」田淵は首を振ってから、「あの、ここからは仕事を離れた話になるんですけどね」と僅かに口調を変えた。

「荒井さん、あれ以来瑠美《るみ》さんとも会っていないそうですね」

瑠美――。日本でも有数のコンツェルンである手塚《てづか》ホールディングス創業者の令嬢で、社会的弱者の救済を目的とするNPO法人フェロウシップの元代表・手塚瑠美のことだ。

その名を聞くのも久しぶりのことだった。今日に限ってなぜそういう話題ばかり出るのか。

荒井は、久しぶりに田淵とよもやま話をするのもいいかなどと思ったことを後悔していた。

「実は、新藤《しんどう》さんから頼まれたんですよ、荒井さんに話してくれないかって」

嘘のつけない青年は、とうとうそう口にした。この件を話すために彼は荒井をわざわざ呼んだのだ。

「一度、荒井さんに瑠美さんと会ってもらえないかって言うんですよ。瑠美さん、フェロウシップの代表からも降りたでしょう？　結婚した時はそれもしょうがないと思いましたけど、今は時間もあるはずだし、新藤さんも片貝《かたがい》さんも復帰してくれるよう頼んでいるらしいんですけど、中々うんと言わないらしくて」

荒井は無言のままだったが、田淵は構わず続けた。

「瑠美さんも、荒井さんに会いたいんじゃないかって新藤さんは言うんですよ。でも荒井さんにこれ以上迷惑はかけられないって」

「迷惑――」荒井は、つい口にした。「別に私は何も迷惑などかけられていません」

「でしょう？　僕もそう言ったし、新藤さんも片貝さんも、荒井さんはきっと迷惑なんて思ってないから遠慮なく連絡すればいいいと、瑠美さんに言ってるそうなんですけど……でも、彼女の方から連絡とりにくいのも分かるじゃないですか。だから、ねえ、荒井さんの方から……」

「私から連絡をとって、何を話せというんです？」

「何でもいいじゃないですか。もうずいぶん会ってないんだから、積もる話もあるでしょう。離婚したのを知ってて何も言わないっていうのも、ずいぶん冷たい話じゃないですか」

積もる話――。一体どんな話があるというのだろう。

自分がわざわざ連絡をとらなくとも、彼女の周りには大勢の人がいる。フェロウシップには、長年の付き合いの新藤に、顧問弁護士の片貝。実家に戻ったのならば手塚総一郎《そういちろう》・美《み》ど里《り》夫妻が温かく迎え入れたに違いない。実の両親である門奈《もんな》哲郎《てつろう》・清美《きよみ》たちにもいつでも会える。服役中の姉の幸子《さちこ》にだって面会することは可能だろう。瑠美が自分と話したがっている？　そんなものは新藤や片貝の思い過ごしだ――。

新宿からＪＲと私鉄を乗り継ぎ、自宅の最寄り駅には一時間足らずで着いた。家に帰る前に近くのスーパーに寄る。入り口で買い物籠を手にすると、メモを見ながら今日の食材を選んだ。青果売り場から精肉売り場、鮮魚売り場と回り、最後に切らしていた日用品もいくつか籠に入れ、レジに向かう。今日の晩御飯のメニューは、イカ大根に白菜と豚バラの味噌マヨ炒め。それとほうれん草のお浸しに豆腐の味噌汁だ。買い物漏れがないかもう一度確認してからスーパーを出ると、安斉《あんざい》みゆき・美和《みわ》の母子《おやこ》と暮らすマンションへと向かった。

この二年で荒井にもいくつかの変化はあったが、その最も大きな出来事が、みゆきが所沢《ところざわ》署に異動になったのと美和が小学校に上がったのを機に、荒井もそれまでの都内のアパートを出て二人と同居生活を送るようになったことだった。

みゆき・美和の母子と一緒に住むようになってから、買い物と夕飯の支度は荒井の役目だ。一人暮らしの時にはほとんどしたことがなかった料理も、最近はレシピを見ずにつくれるほどに上達していた。仕事を終えたみゆきが帰りに学童クラブに寄って、美和と一緒に帰ってくるのが六時過ぎ。その時には、荒井が用意した夕飯ができあがっているという寸法だ。

「ただいまー、アラチャン、今日のご飯はなーに」

玄関口でランドセルを放り投げた美和が、キッチンまで飛んでくる。以前から荒井にはなついていた美和だったが、同居し始めた当初はどう呼んだらいいか子供なりに悩んでいた様子だった。だがある時、「荒井のおじちゃん」を縮めて「アラチャン」という呼び方を見つけてからは、家の中でも外でもそう呼んで周囲を気にする気配もない。たまに荒井が学童クラブへ迎えに行くと、どこまで事情を知っているのか職員たちも「あら今日はアラチャンがお迎え？美和ちゃん良かったねー」などと気安く口にするようになっていた。

「いただきまーす」

六時半から始まる美和が好きなテレビアニメを観ながら、三人で食卓を囲む。会話の中心は、もちろん美和だ。

「今日はねー、がくどうでおりがみしたよ、美和じょうずにできた！　あとでみせたげるねー」

「がくどうのおやつ、わたあめだったんだよ。おまつりで売ってるでしょ、あれ！　わたあめつくるきかいもあった、おもしろかった！　でも口に入れたらすぐなくなっちゃう！」

「美和の話はいつも学童のことばかりね」みゆきが口を挟む。「学校はどうだったの」

「学校はねー、うーんと……」美和は少し考え、「えいちくん、今日もやすみだった」と答えた。

「えいちくん……ああ」みゆきが肯く。「そう、今日もお休みだったの」

「えいちくん」というのは、美和のクラスメイトの男の子だ。いわゆる「不登校児童」らしく、美和の話の中によく登場するので荒井も知っていた。

「あした、せんせいといっしょに、プリントもってえいちくんのうちに美和とケイスケくんで行くことになった」

「あら美和が？　ケイスケくんはおうちが近いから分かるけど、美和は何で？」

「ほかにだれか行ってくれませんかー、ってせんせいがいうから、美和が手ぇあげたの」

「へー、自分で行くって言ったの、何で」

「うーん、なんでも」

そう答えて、彼女はもじもじする。その様子を見て、みゆきが「あれ、何でかなー」とからかうように言う。「いつもは消極的な美和が珍しいなあ、何でかなあ」

「なんでも！」

「あら、何、美和怒ってるの、変だなー、何でかなー」

「おこってない！　アラチャン、お母さんがへんなこという！」

美和から話を振られ、荒井も応えざるを得ない。

「そうだよな、お母さんがおかしいよな、美和は親切で一緒に行ってあげるんだよな」

「そうだよ、しんせつ！　お母さんわかった？」

「はいはい分かりました。でも美和がそんなに親切だなんて知らなかったなー」

「アラチャン、お母さんまだへんなこといってる！」

荒井がたしなめるようにみゆきを睨《にら》むと、彼女は肩をすくめて口を閉じた。それでもまだ二ヤニヤしながら、こちらに目くばせを送ってくる。分かってるから、と肯き、自分がつくったイカ大根に箸を伸ばした。

知らない誰かが見たら仲の良い「家族」のように映ることだろう。だが実際には、まだ正式な家族ではなかった。マンションの名義人はみゆき。形式上荒井は同居人。いわば居候だ。

もちろん「そのこと」については、同居するに当たってみゆきとは話し合った。荒井を婚約者と申告すれば、家族用の官舎に入ることもできた。それをしなかった最大の理由は、荒井と入籍することが警察官としてのみゆきの立場を決定的に不利にするのでは、ということだった。

「そんなの、関係ない」

最初の話し合いをした時、みゆきは、きっぱりそう言った。

「別に出世したいっていう気もないし、いざとなったら警察を辞めたっていいんだもの」

だが、その言葉を額面通りに受け取ることはできなかった。荒井との結婚を強行した結果、みゆきが閑職に追いやられたり警察を辞めたりしなければならなくなった時、三人の生活ははたしてどうなるのか。手話通訳士としての仕事は少しずつ増えてきているとはいえ、こうして「主夫」の役目を担っていることからも分かるように、荒井の収入はみゆきのそれより遙かに少ない。

「それなら俺が他の仕事を探す。定職につく」

荒井がそう言うと、みゆきは「それはダメ」と言うのだ。

「今の仕事はあなたにしかできないことだから。生活の方は自分が仕事を続けていけば何とかなる」

　しかしみゆきが警察で働き続けるには、荒井との結婚は大きな障壁となる。その矛盾をつかれると、彼女も黙るしかなかった。

「とりあえず、今はこのままでいましょうか」

　結局、それが「結論」となった。

　美和を寝かしつけたみゆきが子供部屋からリビングに戻ってきた。テーブルの上でノートパソコンを開いている荒井のことをちらりと見る。

「仕事？」

「ああ、ちょっと調べもの」

　ネット検索で「海馬の家」について調べていた。やはり閉鎖は事実のようで、施設のホームページとは別に「ろう児の親の会」という名称で職員や保護者たちが新たにサイトを開いていた。施設閉鎖の理由と行政の対応への不満、新たなろう児施設建設のための準備を進めているという記述の下に、「補助金交付請願のための署名のお願い」と「寄付のお願い」のバナーがあった。

「この前美和には言っておいたから」

　音声オフでついているテレビの画面に目をやりながらみゆきがぽつりと言う。

「うん？」

「美和がね、アラチャンと早く結婚してよって言うから。弟か妹が欲しいんだって」

荒井は、パソコンを操作する手を止めた。しかしみゆきの方を見ることができない。彼女もこちらを見ずに続ける。

「だから言ってあげたの。結婚したからって、必ず弟や妹が生まれるわけじゃないのよって。変に期待させてもいけないでしょ」

荒井はパソコンを閉じた。何か答えなければとみゆきの方に顔を向ける。

「先に寝るね、お休み」

みゆきは、対話を避けるように寝室に消えて行った。

彼女が言いたいことは十分に承知していた。

「いつまでそんなにきっちり避妊するつもり？」

一緒に住み始めて半年ほど経った頃だろうか。美和が寝入ったのを見計らって寝室の明かりを消した時のことだった。いつものように引き出しの奥にしまった避妊具を取り出そうとする荒井の背中に、いら立った声を向けたのだった。

「いつまでって……」

「結婚するまで？」

「そりゃ――」

「入籍についてのあなたの言い分は分かった。確かに今あなたと結婚するのは得策とは言えないかもしれない。でも、子供は？　子供をつくらないのには他の理由があるんじゃないの？」

「他の理由なんかないよ。結婚もしないで子供だけつくるってことはないだろ？」

「そうかしら。そういうことがあってもいいんじゃない？　少なくともあなたのように、何としても子供ができないようにできないように必死になっているのを見てたら、何だか自分が馬鹿みたい」

「必死になってって」笑おうとしてみたが、うまくいかなかった。

「やっぱり怖いの？　もし『聴こえない子』が生まれてきたらって」

「そんなことは――」

「あなたは、結局私たちのこと信用していないのよ」

みゆきはそう言い捨てて布団をかぶり、背を向けた。

彼女が、何のことを言っているのかは分かった。

――そうなったとして、何か問題があるの？

以前彼女は、そう言ってくれた。

――その時は、あなたに通訳してくれなんて頼まない。私たちが――私と美和が、あなたたちの言葉を覚える。

分かっている。荒井は、胸のうちで呟いた。みゆきの言葉を信じていないわけではない。たとえ聴こえない子供が生まれたとしても、彼女は分け隔てなどしないだろう。そして「手話」を学ばせ、自分も同じ言葉を使えるよう学んでくれるに違いない。美和などは、今でもことある度に「手話を教えて」とせがみ、簡単な会話ぐらいだったらできるようになっている。

だが、とどうしても思ってしまうのだ。その子が、疎外感を覚えないと言えるだろうか。かつて荒井自身が味わったあの寂しさを。

荒井は、リビングの棚に飾ってある二つの遺影に目をやる。二人目の葬儀の後にみゆきが「写真ぐらい置きましょう」と小さな額に入れたものだった。一つは、三十数年前になくなった荒井の父の、もう一つは半年ほど前に特別養護老人ホームで看取《みと》られた母のものだった。これで残っている荒井の血縁者は、母の葬儀以来会うこともない兄の家族だけになった。

その全員が、「ろう者」だった。

コーダ――Children Of Deaf Adults。「聴こえない親から生まれた聴こえる子供」。それが、荒井だ。

聴覚障害の遺伝の仕組みはいまだよく分かってはいない。だが、両親兄弟皆ろう者である自分の子に、遺伝しないとは言い切れない。事実、「聴こえない子供」の九割は「聴こえる」親の元に生まれてくるのだ。

家族がみな「聴こえる」中、ただ一人「聴こえない」子供が生まれた場合、その子は自分と同じような気持ちを抱え込むのではないか――。

田淵は「変わった」と言ってくれたが、荒井には分かっている。

自分は、変わっていない。あの頃のままだ。

幼い頃、安普請《やすぶしん》の家の屋根を強く打つ大雨の日があった。家族が少しも気にせず手話で「談笑」する中、一人だけ荒井はその雨の音を聴いていた。

自分は今もまだ、家族の中で独りぼっちだったあの部屋にいるのだった。

第1話　弁護側の証人

十月の声を聞いた途端、あれほど厳しかった残暑が嘘のように涼しい風が吹くようになった。薄手のジャケットだと首の辺りが肌寒い。もう少し厚着をしてくれば良かったかと思いながら、荒井は駅までの道を急いだ。

今日の仕事は家電量販店での買い物通訳で、依頼者は三十代の男性。今週はほかにも学校での三者面談と電話通訳と、珍しく地域からの依頼が相次いでいた。このうち今日の仕事を含めた二件で、「『日本語対応手話』でお願いします」と指定されていた。

「日本語対応手話」とは、日本語に手の動きを一つ一つ当て嵌めていくもので、元々は手話を学ぶ聴者のために生み出されたものだ。昔からろう者が使い独自の文法を持つ「日本手話」に比べ、習得が容易であることから、中途失聴者や程度の軽い難聴者でも使う者は多い。

でも今日の依頼者は先天性失聴者なんですよね、と訝《いぶか》る荒井に、市の福祉課の職員は、

「高校から地域の公立校のインテ組で、親は聴者であるため日本手話はほとんど使えないそうです。口話《こうわ》もある程度できるようですが、込み入った会話はやはり手話でしたいということで」

と答えた。

「なるほど、分かりました」

荒井には、それだけ聞けば事情は分かる。インテとは、インテグレーション（統合教育）の略だ。「ろう学校」で教育を受けた生徒が途中から地域校へ転校して学ぶケースを、符牒的に「インテ組」と言ったりする。そういう場合は先天性失聴者であっても、親がろう者だったり、ろう者コミュニティに参加したりしない限り、日本手話を習得することは難しい。

《今日はじっくり選んで買いたいのでよろしくお願いします》

量販店の入り口で落ち合った依頼者は、使う対応手話こそ丁寧だったが、店員に商品の特徴の違いを細かく尋ねたり、値段交渉したりと、かなり面倒な通訳を要求してきた。それでも荒井は難なくそれをこなした。

《ありがとうございました。いつもの通訳さんより上手で助かりました》

別れ際に礼を言われ、ほっと息をつく。市の担当者も、「荒井さんは臨機応変に対応してくれるから助かります。またろう者の通訳は荒井さんに頼みますので、よろしくお願いします」と電話口で機嫌の良い声を出していた。

こちらこそまたお願いしますと電話を切ってから、荒井の脳裏にふと一人の女性の顔が浮かぶ。

〈そういう人は「ろう者」とは呼ばない〉

あの人だったらきっと、そう言うだろうな。

今回のケースのように、最近は先天性の失聴者でも日本語対応手話を使う者も少なくない。

その違いをさほど意識しない者もいるだろう。荒井は、そのことに一抹の寂しさを覚えている自分を感じた。

『日本手話はDeaf＝ろう者の母語であり、ろう者とは、日本手話という、日本語とは異なる言語を話す、言語的少数者である』

かつて彼女たちが高らかにそう宣言した時、「部外者」にすぎなかった荒井はその動きを遠巻きに見ているだけだった。それがいつの間にか、日本手話を使う機会が少なくなるのを寂しく思うとは。自分自身が以前とは違っていることを、いや応もなく感じるのだった。

東京都手話通訳士派遣センターの田淵から依頼があったのは、地元での通訳依頼が一段落した週末のことだった。

「今度のは司法通訳なんです」

開口一番、田淵はそう言った。

「刑事裁判の法廷通訳です。被告人はろう者です。この件は是非荒井さんにお頼みしたいんですけど。都合つきますか」

まずは日程を訊いた。第一回の公判日には予定は入っていない。

「大丈夫だと思います。とりあえず資料を送ってください」

「ありがとうございます。すぐにお送りします。是非お願いします」

田淵は再度念を押し、電話を切った。

司法通訳——法廷通訳や取り調べの通訳は、手話通訳者の中でも「通訳士」の資格を持っている者しかできない。もちろん都内に登録通訳士は何百人といるから荒井のほかにも適任者はいるはずだったが、田淵が是非にと頼んでくるにはそれなりの理由があるのだろう。

正式な依頼のメールはすぐに届いた。添付されていた資料に目を通す。

林部学《はやしべまなぶ》という四十代のろう者が被告人となっている強盗事件。弁護人は片貝であり、「フェロウシップ」が支援している事案だった。

荒井の思考は、そこでいったん止まった。なるほどそういうことか……。しかし頭を切り替え、続きを読む。

罪状は、居直り強盗。都内在住の村松《むらまつ》という資産家の家に空《あ》き巣に入ったが、金のありかが分からずもたもたしているうちに当家の主である村松が帰宅してしまった。侵入者の姿に驚き叫んだ村松に、「騒ぐな、金を出せ！」とナイフを突き付け、金庫を開けさせ現金百万円を奪って逃げた、というのが公訴事実だった。

被害者の証言として、犯人は帽子にマスクをしており、ブレーカーが落とされていたのか電気も点かなかったため顔は認識できなかった、とあった。

逮捕・起訴された経緯は——。現場から採取された指紋を照合した結果、空き巣の前科があり、半年前に電気配線工事で被害者宅に出入りしたことがあった林部が被疑者として浮かんだ。被害者の証言にあった犯人の背恰好と似ていること、事件当日のアリバイもないこと、最近急に金回りがよくなったという周囲の証言があったことなどから任意で事情を聞き、犯行を自供したとして逮捕、起訴されたのだった。

この時点でフェロウシップが支援に乗り出し、顧問弁護士の片貝が弁護人となったようだった。

すると、林部は一転して起訴事実を否認。村松宅に配線工事で行ったことは認めたが、強盗など全く身に覚えがなく、自白は取り調べの際に刑事や検事に誘導・強要されたものだとして「無実」を主張した。公判前整理手続でも検察側と弁護側の意見は真っ向から対立し、否認事件として裁判が開かれることになった――。

荒井はしばし考えてから、田淵に電話を返した。

「概要は分かりました。被告人に面会はできますか。どんな手話を使うか知りたいんです。特に今回は」

田淵も、「分かります、今回の争点はそこになるでしょうからね」と同調した。

「でも、残念ながら今回は被告人に面会はできないんです。否認事案ですので、通訳といえど予断は避けなければなりません」

「それは分かりますが……」

ではどうする。林部がどんな手話を使うか――片貝たちに訊けば分かるだろうが、もちろん被告人の支援・弁護をしている側と接触するわけにはいかない。

その時、田淵がその人の名を出した。

「冴島《さえじま》さんに訊けば……」

「冴島さん?」

思わずオウム返しにしてしまう。ついこの間、彼女のことを思い出したばかりだった。

「ええ、冴島さんは被告人のことはよくご存じのようです」

「なるほど……」荒井は肯《うなず》いた。

冴島素子《もとこ》。かつて先鋭的なろう者グループ「Dコム」の代表としてろう者の権利確立のために活動し、今でもデフ・コミュニティに大きな影響力を持つ女性。確かに彼女なら知っていてもおかしくない。

「分かりました。連絡をとってみます」

「あくまで手話についてだけにしてくださいね。事件のことは話さないでください」

「もちろんです」

「ではその件はお任せします。引き受けていただけるということでいいんですよね?」

最後に田淵は念を押した。

迷いがなかったわけではない。冴島素子やフェロウシップと再び関わることに、少なからずためらいがあった。だが今回の事案は、荒井にとってもやり過ごすことのできないケースだった。

「はい、お受けします」

「良かった。では詳しいことは改めてご連絡します」

電話を切ってから、荒井はもう一度田淵から送られてきた公訴事実に目をやる。否認事案という点を除けば、さほど珍しい事件ではなかった。

しかし荒井は、一つの記述に引っかかっていた。


犯人は、被害者に向かって「騒ぐな、金を出せ！」とナイフを突き付け、現金を奪った。


つまり検察は、被告人が「発語した」と言っているのだ。

もちろん、ろう者とて発声ができないわけではない。手話をしながら時折声を出すろう者は少なくないし、声だけでなく「発語」できる者もいる。現に、中途失聴者ではあるものの現在は完全に「聴こえない」片貝も、上手に「口話」を使う。

だがこの林部という被告人が、本当に「金を出せ」と言えたのか。それは、林部がどんな風に育ち、どんな教育を受け、現在どういう「言語」を使うかにかかっている。

荒井が、被告人の使う手話をどうしても知りたい、と思ったのはそういうわけだった。


翌日、荒井は久しぶりに障害者リハビリテーションセンター、通称リハセンを訪れた。午前中から強い風が吹いており、最寄り駅から続く並木道には落ち葉が舞っている。

リハセンに併設されている様々な専門職員の養成・研修施設である「学院」内の手話通訳学科専任教官。それが現在の冴島素子の肩書だ。彼女に会うのも二年振りになる。

エレベータで手話通訳学科のある五階まで上がった。目当ての教官室にたどりつく前に、開け放した窓から教室の中が見えた。一人の学生が立ち上がり、手を動かしている。教官らしき女性がすぐにそれに手話で応える。ここで学ぶのは、ほとんどが手話通訳士を目指す聴者たちだ。荒井の「同僚」にも学院出身の者が大勢いた。

教官室も、他の部屋同様ドアは開けっ放しだった。ノックの必要も、「失礼します」などと声に出すこともない。奥の席でパソコンに向かっている冴島素子の姿が見えた。その視界に入るように足を踏み出す。冴島の隣にいた男性が先に気づき、こちらに会釈《えしゃく》するとともに隣の机をコンコン、と叩く。振動に素子が顔を上げる。荒井を認めたその顔に笑みが広がり、開いた手のひらの親指側を額の辺りに置いてから、前へ出した。

〈やあ〉〈こんにちは〉。昼でも夜でも、ろう者の挨拶はこれ一つで事足りる。荒井は、手の動きは同じながら少し肩を丸め、体をかがめ気味にして返した。同じ〈こんにちは〉でも、これで目上の者に対する敬意を表す。

素子が、手前の応接スペースを指した。改めて〈ご無沙汰して……〉と手を動かそうとしたが、彼女はいいから、というように遮り、座るよう促した。

〈用件というのは裁判の件でしょう。林部さんの〉

刑事裁判に関わることだけに慎重に切り出さなければ、と思っていた荒井は、冴島の方からその名を出してきたことに拍子抜けした。

〈ご存じでしたか〉

〈派遣センターの田淵さんから、あなたに法廷通訳を頼んだ、というのは聞いていたから〉

なるほど、それなら話は早い。

〈林部さんは、先天性失聴者ですか〉

荒井の問いに、素子は、人差し指と親指を二度、付け合わせる。「肯定」を表す手話だった。

〈使用するのは「日本手話」ですね〉

〈そうね〉

素子は再び同じ手話で答えた後、こちらに向けた手のひらを裏に返した（＝でも）。

〈ネイティブ・サイナーというほど上手ではない〉

生まれながらの失聴者ではあるが、ネイティブほど手話はうまくない。その意味はすぐに分かった。この前担当した依頼者と同様、親は聴者なのだろう。幼児の頃から自然に身に付けたのではなく、成長する過程で手話を取得した。そこまでは同じでも、林部は「日本手話」を話す。早い段階でろう者コミュニティと接するようになり、そこで覚えたのだろう。

〈裁判では難しい専門用語も出てきますが、その辺りも大丈夫でしょうか〉

〈それは大丈夫でしょう。片貝さんもついてるし。ネイティブ・サイナーほどじゃないとは言っても、そこらの手話通訳士よりはよほど上手よ〉

そう言って、素子は破顔した。

荒井は苦笑まじりに答える。〈冴島さんが言うと冗談に聞こえないですよ〉

〈あら、こういうのは冗談じゃなくて皮肉って言うんじゃなかったかしら〉

素子はもう一度笑顔を見せる。口ほどには人は悪くない。長い付き合いの荒井は知っている。

だがこういう物言いに反発する「手話関係者」は少なくなかった。

〈ありがとうございます。それだけ聞ければ十分です〉

礼を言って荒井が立ち上がろうとすると、素子が待って、というように手を出した。

〈急いでるの?〉

〈いえ私は。冴島さんがお忙しいかと〉

〈もうすぐ来客があるんだけど〉

〈ではなおのこと〉荒井は再び腰を浮かした。

〈あなたも知ってる人だから〉

そう言った素子の視線が、荒井の後方に動いた。

〈来たわ〉

振り返ると、教官室の入り口で驚いたようにこちらを見つめている女性の姿が見えた。以前は頭の後ろで結ばれていた長い髪は肩先で切りそろえられ、いつもトレーナーなど活動的だった服装からシックなロングスカートへと装いは変わったが、相手を真っすぐに見つめる視線にぴんと伸びた背筋は以前のままだ。

二年振りに見る、手塚瑠美の姿だった。

いつものように六時半からのテレビアニメがスタートした。毎週木曜日に放映されている「龍《りゅう》使いの少年」が主人公のそのアニメが始まると、美和はテレビにくぎ付けになる。この間にみゆきに話しておこうと、切り出した。

「今日、用事があって冴島さんのところに行ってきたんだけど」

「あら、そう。冴島さん、お元気だった？」

「ああ、彼女は相変わらず」

おや、という風にみゆきがこちらを見る。やはり彼女は勘がいい。荒井の微妙な言い回しに気づいたのだ。間《ま》をおかずに続ける。

「そこで瑠美さんにも会った。冴島さんに用があったらしい」

「……そう」

みゆきは荒井のことを見つめたまま、「瑠美さんは、いかが？」とさりげない口調で尋ねた。

「うん、まあ元気一杯というわけにはいかないだろうけど」

少し早口気味に、「でも変わりはなさそうだった。あまり話してないから分からないけど」と続ける。

「あまり話さなかったの？」みゆきが重ねて訊いてくる。

「ああ、彼女もほかの用事で来てたし、俺もちょっと急いでたからね」

「そう」

みゆきが、窺《うかが》うように荒井のことを見た。本当に？　とその目が言っている。

半分は本当で、半分は嘘だった。二言三言しか会話を交わさなかったのは事実だったが、自分が急いでいたというのは違う。瑠美と冴島の用件というのもさほど重要なものではなさそうだった。いや、もしかしたら、と荒井は思っていた。瑠美との約束があったのは本当だとしても、あの時間に呼び寄せたのは荒井が来るのに合わせたのではないか。あるいはその逆で、瑠美との約束と同じ日時をあえて指定したか。いずれにしても「偶然」のはずはない。

「瑠美さん、またフェロウシップの活動に戻ったの？」みゆきはさらに尋ねてきた。

「いや、あそこからは離れたままらしい」

「じゃあ、ご実家に帰ってるのかしら」

「みたいだね。聞いたのはそれぐらいかな」

話は以上、と食卓に箸を伸ばした。実際、それ以上のことは知らない。瑠美が今、どんな生活を送っているのか。なぜ離婚したのか。そういうことは一切話さず、互いに無沙汰を詫び、荒井はみゆきと美和の、瑠美は手塚夫妻や門奈夫妻の、それぞれ身内の息災を報告し合っただけで「ではまた」と別れたのだった。

みゆきも、それ以上は訊かなかった。そもそも、彼女との間で瑠美のことが話題になることはほとんどなかった。半谷《はんがい》との離婚が週刊誌などで取り上げられた時にはさすがに「事情を知っているか」ぐらいは尋ねられたが、荒井が何も知らないと答えるとそれで終わった。

元々みゆきは他人のゴシップめいた話には興味を示さないタイプではあった。それでも関心がないはずはない。だが尋ねなかった。今もまた、訊きたいことはあるに違いないが、胸の内に収めているのだろう。それを良いことに、荒井も多くを語らない。

気まずい時間をやり過ごしながら、なぜなのだろう、と考える。なぜ瑠美のことになると、自分とみゆきはこんなにナーバスになってしまうのか。

一度だけ、瑠美のことを話題にしたことがあった。みゆきが二人の仲を邪推《じゃすい》しているのかと思い、互いに恋愛感情のようなものは全くない、とはっきり告げた時のことだ。

「うん、それは分かってるの」

みゆきは、荒井の顔を見ずにそう言った。

「だけど……ううん、だから、なのかな。だから嫌なのかもしれない。恋愛感情がないのに、なんか分かり合ってるみたいなのが」

そして、ぽつりと言った。

「それって、すごい特別なことじゃない」

それ以来、みゆきが瑠美のことを口にすることはなくなった。おそらく、つまらぬ嫉妬心を抱いてしまうことに自己嫌悪を感じたのだろう。だがわだかまりが消えたわけではない。それは分かっていた。

すごい特別なこと。

彼女の言うことは当たっているのかもしれない。瑠美と話していると、心が落ち着くのを感じる。おそらく瑠美の方も。それは、相手が自分のことを一番理解してくれる存在だと知っているからに違いない。

「アラチャン」

声がした方を見ると、美和がテレビを指さしている。画面には、アニメの主人公が操るそれの数倍もある巨大な龍が映し出されていた。美和が、右の人差し指と中指の先を左の手のひらにつけた状態からパッと離した。〈驚く〉という意味の手話だ。

〈何に驚いたの?〉荒井も手話で訊く。

〈あの子のお父さん〉〈龍だったの〉〈あの子、龍の子供だったの〉

たどたどしくはあるが、美和は荒井直伝《じきでん》の日本手話で続けた。〈だから〉〈龍を自由に扱えるんだね〉

〈へー、そうなんだ〉

〈もしかしたら〉〈あの子も〉

「ねえ、二人だけで話すのはやめて」みゆきが割って入った。

美和は動きを止め、「お母さんも手話をおぼえればいいのに」と口を尖らせて再びテレビへと顔を戻した。

「忙しくてなかなか覚えるヒマがないの、分かってるでしょう」

みゆきもまた、尖った声を出した。美和は不満そうにテレビから顔を動かさない。

美和は日々の合間に荒井と手話で会話することで、少しずつ、しかし着実にそれを自分のものにしていた。だが、みゆきとそういう時間をとることはなかった。

そのことに不満があるわけではない。必要になったら覚える、それでいい。荒井が気になるのは、そこにみゆきの別の思いを感じるからだ。

自分がいくら手話を覚えても、荒井たちと同じようには使えない。いやいくら手話がうまくなろうと、おそらく永遠に彼らのことは分からない。自分は真の意味での「仲間」にはなれないのだ、と。

ましてや、コーダのことなど。

みゆきが瑠美に対して抱く感情の元はそこにある。瑠美は、荒井と同じ境遇の元に生まれ育っていた。

彼女もまた、コーダだったのだ。


林部の第一回公判の日がきた。

荒井が東京地裁の小法廷に入った時には、すでに林部は被告人席に座っていた。体型は荒井と同じく中肉中背。髪は短髪が少し伸びた程度で、あまり手入れされた様子はなかった。トレーナーとコットンパンツの上下は真新しいもののように見える。おそらくフェロウシップの支援によるものだろう。緊張のためか顔色はやや青白かったが、勾留《こうりゅう》やつれのようなものは感じさせなかった。

弁護人席にいた片貝と目が合い、黙礼を交わす。元から痩せ気味だったがさらに細くなったように見える。だが彼が外見とは裏腹の大食漢で酒豪であることを荒井は知っていた。

荒井は、裁判官席の斜め前に設けられた通訳人席に向かう。すでに検察官も着席しているのを確認してから、傍聴席に目を移した。最前列には記者らしき男女が一名ずつ。ほかに林部の仕事関係者だろうか、揃いの作業着姿の男性が数人陣取っている。小さな事件とあって、傍聴人もまばらだった。

開廷時間になり、法服姿の裁判官が現れた。検察官や弁護人だけでなく傍聴人も一緒に起立して迎える。書記官と並び荒井も立ち上がり、一礼した。今回は強盗事件であるため、三名の裁判官による合議体だった。これが「強盗致傷」などになれば裁判員裁判となる。

全員が着席したのを見て、裁判長が開廷宣言をした。

「被告人は前に」

その「音声日本語」を、荒井は被告人席に向かって「日本手話」で伝える。林部がそれを見て中央の証言台へと歩み出た。裁判は「人定質問《じんていしつもん》」から始まる。裁判長が林部の住所、氏名、職業、生年月日などを尋ねる。荒井はそれを手話で表し、最後に〈間違いないですか?〉と確認した。

林部の手が動く。〈はい、間違いありません〉

なめらかな日本手話だった。荒井がそれを通訳するのを聞いて、裁判長が肯いた。

「それでは、これから検察官に起訴状を朗読してもらうのでよく聞いていてください。それでは検察官、お願いします」

「はい」

検察官が立ち上がり、公訴事実と罪名・罰条の朗読を始めた。

荒井はそれを同時通訳する。林部は表情を動かすことなく荒井の手話を見つめていた。

内容は前もって読んだ資料とほぼ変わらない。

被告人は、以前に配線工事で訪れたことがあり勝手を知っていた被害者宅に空き巣目的で侵入し、物色している最中に被害者が帰宅してしまったことから「居直り強盗」と化し、ナイフで被害者を脅し現金を奪って逃げた。罪名・強盗。罰条・刑法二三六条。

「……以上の事実についてご審理願います」

検察官が着席すると、公訴事実の記載内容についての釈明を経て、罪状認否に入る。

「審理に入る前に、被告人に注意しておくことがあります。あなたには黙秘権というものがあり……」

被告人に対する「黙秘権等の権利の告知」。荒井は、それを手話で伝える。以前担当した裁判で、この「黙秘権」について理解できないろう者の被告人がいて裁判が途中で止まったことがあった。今回は片貝らが付いているからまず大丈夫だろうとは思いながらも、慎重に手話表現をした。

〈……逆に被告人がこの法廷で述べたことは有利であれ不利であれ証拠となります。この点を十分注意して述べてください〉

荒井の手話を見て林部は小さく肯いたが、念のために確認した。

〈今言ったことの意味が分かりますか?〉

林部ははっきり〈分かります、大丈夫〉と答えた。荒井は裁判官に向かって「『理解しました』と言っています」と伝えた。裁判長は肯いて続ける。

「それでは、今検察が述べた公訴事実に、何か間違いや言い分はありますか」

荒井がそれを通訳すると、林部は〈あります〉と答えた。そして続けて言った。

〈私は、強盗などやっていません。無実です〉

公訴事実の全面否認――。

予想していたこととはいえ、その断固たる手話に、荒井は身が引き締まる思いだった。音声日本語でその通りに伝える。

「私は、強盗などやっていません。無実です」

傍聴席から「そうだ!」と小さな声が上がった。裁判長がじろっとそちらの方を睨《にら》む。作業着の男たちがしまった、という顔をして頭を下げている。前の席の記者が驚いた顔でメモを取っているのが分かった。

裁判長は粛々と続けた。「弁護人はどうですか?」

片貝が立ち上がり、手を動かした。中途失聴者の片貝は日本語対応手話を使う。

《弁護人の意見も被告人と同様です》

「弁護人の意見も被告人と同様です」片貝の向かいに座ったスーツの男性が、音声日本語で通訳をする。NPOの方で用意した片貝専属の手話通訳者だ。片貝は口話もうまかったが、法廷ではやはり慎重を期して手話を使用するようだ。荒井も林部に向けて同じ言葉を日本手話で伝える。

「……よって被告人は無罪です」

通訳された片貝の言葉を、検察官は苦々しい顔で聞いていた。

「分かりました。被告人は被告人席へ戻ってください」

荒井が手話で伝えると、林部は肯き、元いた場所へと戻った。片貝がその肩をぽんぽんと叩く。

「これから証拠調べを行います。まずは検察官、証拠に基づいて主張しようとする事実を述べてください」

「はい。検察官が林部学に対する被告事件について証明しようとする事実は以下の通りです……」検察官の冒頭陳述が始まった。「林部学は長野県に生まれ……」

起訴状にあった犯行の内容を、被告人の生い立ちから始まって、空き巣の前科があること、事件当日の行動、犯行に至るまでの経緯、というように詳細に語っていく。これらもすべて荒井は林部に向かって手話で伝えた。

事件の流れの説明に従い、具体的な証拠が番号付きで示される。今回検察側が証拠申請したのは、被害者の供述調書、被害者宅で採取された被告人の指紋、事件当日被害者宅の最寄り駅に設置された防犯カメラに写っていた被告人に酷似した人物の映像、被告人が事件後に急に金回りがよくなったという知人の供述調書、そして「被告人が罪を認めた」という警察・検察双方の供述調書などだった。

このうち被告人の供述調書に関しては、弁護側から「警察・検察から誘導・強要され虚偽の供述をしたもので証拠としての採用は認められない」と不同意となった。この辺りは公判前整理手続ですでにやりとりされているらしく、代わって取り調べに当たった警察官の証人申請がなされた。

続いて、弁護側の冒頭陳述――。

《検察側が立証しようとした事実について述べます》

片貝は、検察側の主張を一つ一つ否定していった。

一つ、現場で採取された指紋については、被告人が以前に配線工事の仕事で被害者宅を訪れた時についたものである。

一つ、事件当日被害者宅の最寄り駅に行ったことは事実だが、パチンコをしに行った――以前仕事帰りに入った店で大当たりをした経験があったため、これまでも何度か訪れていた――だけで被害者宅はおろかその近辺にも近寄っていない。

一つ、事件があったとされる時間帯には帰宅しており、自宅でテレビを観ていた。観ていたテレビ番組の内容を「字幕付きだった」ことも含めてはっきり覚えており、その事実に疑いはない。

一つ、事件後に金回りがよくなったように見えたのは、知人に貸した金を返してもらい、気をよくして周囲に奢《おご》ったことがある、という程度である。

一つ、最前から主張しているように、自白については警察・検察に誘導・強要されたものであり虚偽である。さらに、聴取時の手話通訳者の技術不足で、警察・検察の言うことがあまり理解できなかったことも付け加えたい。

《そして、被告人が無実である最大の理由は、検察官の冒頭陳述にある、被告人が被害者に向

かって「騒ぐな、金を出せ」と言った、ということです》
最後に片貝はそう告げた。
《被告人は、「ろう者」です。「音声日本語」を発することはありません。よって、被告人は犯人たりえません。以上の事実により、被告人は無罪です》
検察官の顔はさらに苦々しさを増したが、片貝は平然と続けた。
《そのことを立証するための証人として、被告人のろう学校時代の担任教師である葛西紀一《かさいのりかず》氏を証人申請いたします》
「異議があります。本件とは無関係です」
検察官が立ち上がったが、一種のパフォーマンスだろう。こちらについても公判前整理手続でやりとりはあったはずだ。裁判官は、「被告人が発語できたかどうかを証明する重要な証人である」という弁護側の主張を受け入れた。
「次回公判は、申請された証人に対する証拠調べから行います」
最後に裁判長が、一週間ほど先の次回期日を検察・弁護側双方に確認し、第一回公判は閉廷した。

裁判が終わったのは午後の三時だったから、夕飯の支度には十分間に合った。いつものように駅からの帰りにスーパーに寄り、選んだ食材で献立を練った。
買い物をしながらも裁判の行方がどうしても気になる。荒井が一番引っかかったのは、片貝が林部の「ろう学校」時代の担任教師を証人申請したことだった。その意図が分からない。林部の年齢を考えれば、当時のろう学校は「口話教育」が主流だったはずだ。特に彼の出身地である長野県は「聴覚口話法《ちょうかくこうわほう》」に熱心だったと聞いている。弁護側は、林部が現在「手話しか使わない」ことを立証しなければならないはずだ。彼が「聴覚口話法」の教育を受けていたことを証言させるのは、むしろ逆効果になるのではないか？

おそらく、検察側も捜査段階でそのことは確認しているに違いない。その上で、「証人として呼ぶまでもない自明のこと」としたのだろう。公判前でさしたる異議を挟まなかったのはそれゆえだ。それなのに、なぜ……？

だが、一通訳士である荒井が気にしてどうなるものでもない。料理に没頭している間は余計なことを考えないで済むのが有り難かった。

その日、学童クラブから戻ってきた時から二人の様子は変だった。いつもは帰ってくるとすぐにキッチンに飛んできて荒井にまつわりついてくる美和が、そのまま子供部屋に引っ込んで出てこない。みゆきの態度もどことなく刺々しかった。

食事の最中も二人の態度は変わらなかった。普段はうるさいぐらいおしゃべりをする美和が食事中もだんまり。みゆきも黙々と箸を動かすだけだ。

食事が終わってすぐに子供部屋に入っていった美和を見送ってから、荒井はキッチンにいるみゆきに声を掛けた。

「何かあったの」

「……ちょっとね」

今日は私がするから、と始めた洗い物の手を休めず、みゆきは答える。

「何」

「うん……」

答えを急かさずに待っていると、やがて彼女は水を止め、こちらを振り返った。

「学校に行きたくないって言ってるのよ」

「学校に……」なるほど、そういうことか。「理由は？」

「訊いても答えないの。何でも、だって。行きたくないから行きたくないんだって。何度訊いてもそれの繰り返し」

「……ふむ」

二人の態度には合点がいった。さりとて、原因が分からないのでは対処のしようもない。

「思い当たることは？」

みゆきは首を振った。

「昨日まではおかしなところはなかったでしょう？」荒井に同意を求めるように言う。

「うん……」

おかしい、とまでは言わないが、いつも学童クラブの話ばかりで学校でのことはあまり話さない、ということには気づいていた。だがそれぐらいはみゆきも分かっている。

「まあ行かせるけど」

当然のような口調で言うみゆきに、「うーん、でも……」荒井は遠慮がちに口にした。「とりあえず様子を見るって手もあるんじゃないか？」

「様子って？」

「明日ぐらい休ませて」

「一度休むと癖になるのよ。保育園の時もそういうことがあったから」

もちろん美和のことは彼女の方がよく知っている。自分などにできることはないのだ。

「……そうだな」

踵《きびす》を返そうとした時、みゆきの声が聞こえた。

「あなたから訊いてくれない？」

「うん？」

振り返ると、懇願するようなみゆきの顔があった。

「行きたくない理由。あなたになら話すかもしれないから」

「いや俺が訊いても」

「訊くだけ訊いてみて。お願い」

そう言われたら、嫌とは言えなかった。

子供部屋のドアを小さくノックする。返事がないので、仕方なく「アラチャンだけど」と言った。

しばらくして、カチャッ、とノブを回す音がした。ドアが僅《わず》かに開き、美和が荒井の背後を窺うようにする。

「俺だけ」

美和は肯き、荒井を招き入れた。四畳半の部屋は、彼女の好きなようにコーディネイトされていた。アニメのキャラがプリントされたカーテン。ベッドにも同じ模様の布団がかけられ、小さな勉強机の上にはお気に入りの絵本や図鑑がきれいに揃えられている。

美和は何も言わずベッドに上り、隅っこで膝を抱えた。荒井はベッドの端《はし》に浅く腰を掛けた。

「……学校行きたくないんだって?」

美和は何も言わない。

「行きたくない理由も言わないんだって?」

やはり黙ったまま。

「でも、理由はあるんだろう?」

無言。

「アラチャンにも教えてくれない?」

リアクションはない。

荒井はしばし考え、とんとん、とベッドを叩いた。美和の視線がこちらに向いたのを確認して、ゆっくり手を動かす。

美和のことを指さしてから、手のひらを自分の顔に向け両手の肘を曲げた状態で一、二回軽く前に出し（＝学校）、手のひらを下向きにして水平に中央で付け合わせる（＝休む）。そして、「ポ」という口型《こうけい》をつくりながら親指と小指を伸ばし、その親指の方を鼻に付けた（＝どうして？）。

日本手話には「ポ」「パ」「ピ」のように手話口型と呼ばれる独特の口の形があり、手話と共に表出されることで一種の文法的機能を果たす。眉の上げ下げや表情の変化とともに、この場合は全体として〈何で学校に行きたくないの？〉という意味になる。

荒井のことをじっと見つめていた美和は、やがて手を動かした。

〈先生が〉〈嫌なの〉

荒井は親指と人差し指を伸ばし、親指を顎に付けて人差し指を数回動かした（＝なるほど）。

〈今の先生が〉〈嫌いなの〉〈前の先生は〉〈良かったの〉

荒井も手話で返す。〈二年生になって担任替わったんだよな？〉

美和が人差し指と親指を二度付け合わす（＝うん）。

〈一年の時の先生が産休になって、男の担任になったんだよな〉

〈そう〉

〈その先生のどこが嫌なの〉〈何かあったの〉

美和は、縦にした右の手のひらの小指側で下に置いた左の手のひらを二度ほど叩き（＝説明）、親指と人差し指で頬をつねるようにした（＝難しい）。

〈そうか〉

しばらく考えるような仕草をしてから、美和は再び手話で言った。

〈命令ばかりで〉〈説明をしない〉〈それに〉〈言い方も怖い〉

〈なるほど〉

〈前の先生は〉〈注意するとき〉〈例えば〉〈チャイムが鳴っても席に着かない時は〉〈みんなが座らないと授業を始められないから席に着いてね〉〈って言ってくれた〉

〈うん〉

〈今の先生は〉〈ただ席に着けって〉〈大きな声で怒鳴るだけ〉

〈うん〉

〈ほかにもいろいろあるけど〉

荒井は肯いてから、〈言っていることは分かるよ〉と言った。

〈ほんと！〉

美和の顔に初めて表情が宿った。

〈ああ、分かる〉

おそらく、一方的で高圧的な教師なのだろう。低学年の児童にいちいち説明しても理解を得るのは難しいのかもしれないが、以前の担任はそれを厭《いと》わずに丁寧に対していたに違いない。急に変わったら戸惑うのも無理はなかった。

美和が再び手を動かす。

〈クラスメイトの男の子も〉〈それが嫌で〉〈学校に来なくなったの〉

そう言ってから、こちらに向けた手の指を全部曲げ、次にそこから小指だけを立てる。さらに形を変え、立てた小指以外の指先をつけ合わした。「指文字」だ。固有名詞など手話にはない日本語は、こういった指文字で表現をする。今の文字は順番に、え・い・ち。

えいち——以前にも聞いたことがある。不登校だという同じクラスの男の子の名前だ。

〈そうだったのか〉

「学校に行きたくない」という美和の理由が、分かった。

子供部屋を出て、美和と話したことをみゆきに伝えるとともに「話してすっきりしたみたいだから、今はこれ以上何か言わない方がいい」と助言した。みゆきはやや不服顔だったものの、それに従った。

翌朝起きてきた美和は、いつもの明るさを取り戻していた。もう大丈夫だろうとは思ったが、実際に彼女がランドセルを背負うまでは不安だった。

「行ってきま〜す」

元気よく手を振る美和を安堵の思いで見送りながら、ふと思う。

まるで父親みたいだな。

それは、決して嫌な感覚ではなかった。

第二回の公判期日となった。

傍聴席を見ると、一回目の公判より人が増えていた。否認裁判と知って報道各社が記者を派遺したのだろう。

「では開廷します。検察官、どうぞ」

この日の公判は証拠調べから始まる。まずは書面で検察側から提出された証拠――被害者の供述調書、被害者宅で採取された被告人の指紋、事件当日被害者宅の最寄り駅に設置された防犯カメラに写っていた被告人に酷似した人物の映像、被告人が事件後に急に金回りがよくなったという知人の供述調書などが廷吏《ていり》によって運ばれ、検察官による説明がなされた。

書面での証拠調べが終わると、証人尋問となる。

「証人は証言台の前へ」

最初に検察側の証人として、荻窪《おぎくぼ》警察署の刑事が出廷した。強行犯係に所属するベテランの警部補は、取り調べの状況――犯行の自白は被告人が自ら行ったものであり、誘導や強要など一切していないことを証言した。

反対尋問に立った片貝は、まずは供述調書の録取が、すべて「林部の手話を警察が用意した通訳者が通訳する」という形で行われたこと、「通訳者は手話のできる警察職員で手話通訳士の資格は持っていないこと」を確認した。その上で、供述調書の内容についても言及した。

《供述調書の中に、逮捕時に作成された弁解録取書《べんかいろくしゅしょ》と大きく異なる点があります。弁解録取書では、「被害者が『誰だ』と大きな声を出したので驚き、思わずナイフを出しました」とありますが、供述調書ではその部分が「人の気配を感じ、振り返ると被害者が立っていたので驚き」となっています。これほど大きな違いになっているのはなぜですか》

予想された質問だったのか、刑事はさしたる動揺は見せず、

「被告人が供述した通りに録取しております。違っているのは、被告人の供述が違っていたからで、ほかに理由はありません」

と答えた。これに対し片貝はさらに質問を重ねた。

《耳の聴こえない被告人が「被害者の声が聴こえた」というのをおかしいとは思いませんでしたか》

「当初は、大きな声だったら聴こえるのだろうと、おかしいとは思いませんでした」

《当初は、というのはどういうことですか？　今は、違うのですか？》

「取り調べをしていく過程で、被告人が全く聴こえない重度の聴覚障害者であると知りました」

《つまり弁解録取書作成時には、証人は、被告人の聴こえの程度について、大きな声だったら聴こえると思っていた。しかし供述調書作成時には、被告人が大きな声を出しても聴こえないということを知っていた、ということですね》

「……まあ、そうです」

つまり、弁解録取書にしろ供述調書にしろ、被告人が自ら供述したものではなく、取調官が恣意的《しいてき》に「作成した」ものではないのか。片貝はそう印象付けようとしているのだ。刑事がそれを半ば認めたような形になったが、検察官は余裕からくるものなのか、さして表情を変えなかった。片貝は質問を変えた。

《取り調べの間、被告人は、「音声日本語」、つまり言葉を発しましたか》

「いえ、発しませんでした」

《一度もですか》

「一度もです」

《以上で質問を終わります》

「では、弁護側証人、出廷してください」

続いて、弁護側の立証が始まる。まず林部が勤める電気工事会社の社長が証言台に立った。裁判で証言するなどもちろん初めてのことだろう。適度な空調が効いているはずなのに大汗をかいていた。それでも社長は懸命に質問に答えた。

まず林部を雇用した経緯について、自分の従兄弟《いとこ》にやはり耳が聴こえない者がおり、そういう人の少しでも助けになればと思って雇った、と説明した上で、

「普段は『筆談』と『こちらがゆっくりしゃべって口の動きを読んでもらう』ことでコミュニケーションをとっていた」

ことを証言した。最後に、

「最近は社の連中も簡単な手話ぐらいは覚えて、手話で会話することもありましたよ」

と笑顔も見せた。

これに対し反対尋問に立った検察官は、

「被告人は本当に一度も『しゃべった』ことはなかったか」

ということを「法廷内の証言に関して嘘をつくと偽証罪に問われることになる」と念押しし

た上でしつこく尋ねたが、証人は最後まで証言を変えることはなかった。

社長が退廷し、最後の証人の番となった。

「証人は中へ入って証言台の前に」

裁判長の言葉に、グレーのスーツを着た小柄な男が入廷して来た。年齢は五十を過ぎたところか。林部のろう学校時代の教師にしては若く見えた。担任時は教師になって間もない時期だったのかもしれない。職業柄か、葛西紀一は直前の二人の証人に比べかなり落ち着いていた。

「宣誓。良心に従って真実を述べ、何事も隠さず、偽りを述べないことを誓います」

葛西はよく通る声で朗読してから、余裕のある表情で辺りを見回した。

「それでは弁護人、質問をどうぞ」

裁判長に促され、片貝が立ち上がった。

《証人は、三十年前に被告人が通っていたろう学校の高等部の教員でしたね》

通訳者が発した言葉を聞き、葛西が「はい」と答える。

《今も同じ学校に勤務していますか》

「学校は替わりました。しかし今でもろう学校の教員をしております」

《ろう学校に通っていた頃の被告人の「聴こえの程度」はどれぐらいでしたか》

「全ろうだったと記憶しています」葛西はよどみなく答える。

《全ろうとはどういうことですか？》

もちろん片貝は知っている。この辺りは裁判官や検察官への解説だ。

「全く聴こえない、ということです。正確には『全く』ではないと思いますが、両耳の聴力レベルがそれぞれ一〇〇デシベル以上のものを『両耳全ろう』と言います。例えばガード下での鉄道走行音がかすかに聴こえるかどうか、という感じです」
《被告人は、生まれつき聴こえなかったのですか？》
「確かそうだったと記憶しています。先天性の失聴者だったと」
口調や態度も堂々としたものだった。その言葉を通訳しながら荒井は林部の表情を窺った。特に変化は見られない。
《被告人は全く聴こえなかった。それは分かりました。それでは》
片貝が重ねて尋ねた。
《被告人は「発語」はできましたか》
「はい」葛西は間をおかずに答えた。
片貝が首をかしげる。《被告人は全く聴こえなかった。でも言葉を発することはできた。そういうことですか？》
「はい」
葛西は、何を当たり前な、という顔で答える。
《それはなぜですか？》
「私たちが『聴覚口話法』で教えたからです。私が教えた生徒は、全ろうでも、皆しゃべれるようになりました」

視界の隅に、検察官が首をひねっているのが見えた。「被告人は発語できない」ことを立証すべき弁護人が、「被告人は発語ができた」という証言を引き出しているのだ。検察官ならずとも首をかしげたくなるのは当然だろう。三人の裁判官も怪訝《けげん》な顔だった。
だが片貝は、平然と続ける。
《その「聴覚口話法」というのは何ですか》
通訳を待ち、葛西が答える。
「ろう学校の教育方法です。僅かでも残存している聴覚を使い、また唇の動きを読み取りながら、発語訓練をして『音声日本語』を学びます」
《分かりました》それについて追及していくかに見えたが、片貝は《質問を変えます》と言った。
《証人は手話ができますか?》
葛西は一瞬面食らったような顔をしたが、「できません」と落ち着き払って答えた。
《手話ができずに、ろう学校の教員が勤まるのですか?》
「問題ありません」
《当時被告人が通っていた、つまりあなたが勤務していたろう学校で、手話ができた教員は、全体の何割いましたか?》
葛西は少し考えるような仕草をしてから、
「二割に満たないぐらいでしょうか」

その答えに、傍聴席がざわついた。それしかいないのか、と驚いたのだろう。

葛西はやや鼻白んだように、「今はもう少しいるかもしれませんが、当時はそれぐらいが普通で」と弁解しようとしたが、

「証人は質問されたことだけに答えるようにしてください」裁判長が注意した。

「――すみません」

《以上です》

片貝が座った。

これで終わり? 傍聴人もそうだっただろうが、通訳人席の荒井も訝った。これでは何の立証もできていない。

裁判長もどことなく釈然としない顔で、「それでは検察官、反対尋問をどうぞ」と言った。

「はい」

検察官が立ち上がり、葛西に尋ねる。

「ろう学校の教員になるには、何か特別な、普通の教員免許とは別の資格がいるのですか」

葛西が言葉を選ぶように答える。

「ろう学校や盲学校というのは実は昔の言い方で、今は『特別支援学校』に含まれるのですが、その特別支援学校の教諭になるには、原則として『特別支援学校教諭免許状』を有していなければならないとされています。ですが一方で、『教育職員免許法』では『当分の間』有していなくてもよいこととされています」

「えーと、つまり簡単に言うと？」

葛西は苦笑して答えた。「つまり、普通の教員免許を持っていれば、ろう学校などの特別支援学校の教諭になることはできます」

「証人はその『特別支援学校教諭免許状』というものを有しているのですか」

「はい。着任時には持っていませんでしたが、現在は有しています。『特別支援学校教諭免許状』は、専門課程を経て取得するほかに、教員在職年数と単位修得により取得する方法もあって。私はそのケースです」

「その『特別支援学校教諭免許状』の取得には、手話ができることが条件なのでしょうか」

「いえ、そんなことはありません」

「では、ろう学校の教師が、手話ができなくても、それは特別不思議なことではないのですね」

「はい。我々は別に『手話を教える』わけではないですから。筆談と口話で十分教育はできます」

「以上です」

検察官が座った。裁判長が一つ呼吸を置くように周囲を見渡した。

「では続いて、被告人質問に移ります。被告人、証言席へ」

荒井の手話を見て、林部が証言台に立った。

「では弁護人から質問をどうぞ」

片貝が再び立ち上がる。

《さきほど葛西証人から、あなたが「ろう学校」時代に「聴覚口話法」の教育を受けた、と聞

きました。それは事実ですか？》
専属の通訳者が音声日本語にするのと同時に、荒井も林部に向けて日本手話で伝える。
〈事実です〉林部が答えた。
《葛西証人は、その教育法によってあなたはもちろん、ほかの生徒も皆「音声日本語」を話すことができるようになった、と証言しています。これは事実ですか？》
〈事実ではありません〉
荒井がその言葉を音声に通訳した途端、傍聴席から大きな咳払いが聞こえた。証人用の席に戻っていた葛西だった。その顔はいかにも不服そうだ。
《質問を変えます》
片貝は変わらぬ表情で手話を続けた。
《その「聴覚口話法」というものは、何年生の時から受けるのですか》
〈私が通っていたろう学校では「幼稚部」の時からありました〉
《その内容を具体的にお訊きしたいのですが。まずは「発語訓練」についてお訊きします》
〈はい〉
《その前に確認しておきたいのですが、全ろう、つまり全く聴こえなくても声を出すことはできるのですか？》
林部は少し考えるようにしてから、手を動かした。荒井はその意味するところを汲み、音声日本語にした。

「声帯の機能としては、声を出すことは可能です」
片貝は、一つ肯いてから質問を続けた。
《自分の出した声は聴こえますか?》
林部が答える。〈聴こえません〉
《では、自分が今どんな声を、どんな言葉を発声しているか分からないままに「発語訓練」を行うのですか?》
〈そうです〉
《そのやり方を、具体的に、詳しく教えてください》
林部は、肯き、手話で話し出した。その一言一句を、荒井が通訳していく。
その内容は、実に詳細かつ、驚くべきものだった——。
〈口話では、まず母音の「あ」「い」「う」「え」「お」を徹底的に訓練します。これがうまくできないと、子音が加わった発音もうまくできません。母音は、口型を真似すれば、比較的うまく出せるようになります〉
〈母音の訓練を終えると、次に子音の訓練になります。これは、舌がどういう風な形になるか、動きになるかを先生が図で示したり、実際に自分がやってみせ、口の中を見せて教える、というやり方です。私たちは、それを見て「真似る」のです〉
〈先生はただ「見せる」だけではなく、声を出した時の振動なども身をもって体験させます。

私たちの手をとって、先生がその手を胸とか喉とかに当てるんです。そしてその振動を私たちに再現させることで正しい発音を身に付けさせます。一部の男子生徒の中には、女の先生の胸が触れると喜んでいる者もいましたが、私は嫌でした。女子生徒も男の先生に触られるのを嫌がっていました〉

〈手を当てる部位は、言葉によって異なります。「か」行は、人差し指で喉を押さえ、確かめます。喉の震えを感じながら、口を最初にやった母音の形にして順に発声していくと「かきくけこ」が発語できたかどうかが分かります。ただし、さきほど言ったように自分では聴こえません。正しく発語できたかは先生が判断します。何度かやっていくうちに正しい発語ができた時、先生が「今の声の出し方をもう一度」と言い、それを再現するようにします。再現しているようでもできていない時もあります。何度も何度も繰り返し、正しい発音を身に付けていくのです。

同じように、「さ」行も行います。今度は、発声する時に片手の甲を唇に当てます。手の甲に当たる息で「さ」が言えているかどうかが分かります。同じように「しすせそ」も行います。「た」行は、舌の上に薄く溶けやすい菓子を置き、発声します。それが上顎にくっつくようになると、発語できたとされます。

「な」行は、人差し指を鼻に当て、鼻に振動がくるまでやります。

「は」行は、縦に切った二センチほどのティッシュの切れ端を口の前に置き、それが息によって前に動くことを理解させ、行います。これが「ぱ行」になると、唇を破裂させるようにして発音する、というようになります。

「ま」行は、頬に手を当て、そこが震えるかどうか繰り返し行います。

「や」行は、唇の動き、舌の位置などを教師の口の中を見て、真似します。

「ら」行は、舌の動きを確かめるために舌の先にやはり薄い菓子を置き、それがどこに当たるかを確認させながら行います。

「わ」「を」「ん」は、唇の動きや、どこが震えているかを指を当てて行います。

　発語が一通りできるようになると、次は言葉やアクセントの使い方を教え込まれます。渡る「橋」とご飯の時使う「箸」との違いなどです……〉

　法廷は静まり返っていた。林部の手は絶え間なく動き、それを通訳する荒井の声だけが響く。

〈次に、「聞き取り」の訓練についてです〉

〈聴こえないのに聞き取りができるか、と思われるでしょうが、人によっては僅かに残存している聴覚を、補聴器や人工内耳《じんこうないじ》で補いながら、かすかに聴こえた音をたよりに言語を当てる、というやり方です〉

〈例えば、先生が黒板に「りんご」「みかん」「バナナ」などを絵と文字で書き、唇を紙で隠して何を言ったかを当てる練習をします。間違えれば、正解が出るまで続きます。これはどれぐらいの聴覚が残っているかで決まってしまいます。私は聴力レベルが一〇〇デシベルで補聴器をしてもほとんど聴こえませんから、口を隠されたらお手上げです〉

〈そういう子は仕方がないので紙をはずし、先生の「口型」を読む訓練をします。「聞き取り」

ではなく先生の口の動きの「読み取り」になります。「読話《どくわ》」と言います。これは訓練をすればある程度できるようになります。ただ同じ母音を持ち口の動きも同じになる「たまご」と「たばこ」のような言葉は区別がつきません。前後の会話の内容で理解するしかないのです〉
《今さらの質問ですが》
片貝が口を挟んだ。
《これらの教育や訓練には、手話は使われないのですね》
〈はい〉林部が答える。〈聴覚口話法の授業以外の、普通の国語や算数といった授業でも、手話は一切使われませんでした。すべて、先生が黒板に書いた文字と、発する言葉を「読話」して理解しなければなりません〉
《授業以外でも、手話は使われないのでしょうか》
〈私のいた学校では、そうでした。ほかのろう学校では、友人同士や先輩などと休み時間などに手話で会話をすることで「日本手話」を習得していく人が多かったようですが、私のいた学校では、そういう環境もほとんどありませんでした〉
《それで》
片貝が、尋ねた。
《その結果、被告人はしゃべれるようになったのですか？　つまり、「音声日本語」を話せるようになったのでしょうか》
林部は躊躇《ちゅうちょ》なく答えた。

〈なりません〉

片貝が重ねて訊く。

《さきほど葛西証人は、あなたたちは皆しゃべれるようになった、と証言しましたが、それは間違いですか》

林部は少し考えてから、答えた。

〈何をもって「しゃべれる」とするか、考え方の違いじゃないでしょうか〉

そして、さらに続ける。

〈確かに私たちは、日本語の母音も子音も発声できるようになりました。それを続ければ、ある程度の単語や文章も発語できたように、人には聴こえたかもしれません。しかし〉

林部の顔が僅かに歪んだ。彼の顔に初めて「感情」らしきものが浮かんだ気がした。しかしそれはすぐに消える。

〈それは、はたして「言葉」でしょうか。自分でどんな声を、どんな音を出しているかも分からず発声した音の連なりが、「言語」と言えるのでしょうか。いやその前に、「しゃべれるようになった」というのは、自分の言葉が相手に伝わるようになって初めてそう言えるのではないでしょうか〉

《あなたの言葉は、相手に通じなかったのですか》

林部は、人差し指と親指の先を付け合わせた(=そうです)。そして、一気に語った。

〈私は、ろう学校では優等生でした。葛西先生にもいつもクラスで一番優秀だと褒められまし

た。先生も覚えていると思います〉

〈でも、そんなある日、母親と買い物に行った時のことです。いつもは聴者である母が店員とやりとりをするのですが、私はその時どうしても「言葉」で、「音声日本語」で話してみたくなったのです。問題なく会話ができると思っていました。自信満々で店員に話しかけたのです〉

〈今でも覚えています、簡単な言葉でした。私は、大きく口を開け、「このお菓子はいくら?」と訊いたのです。ちゃんと聞こえなくても、状況だけで分かるような言葉です〉

〈その時、店員の顔つきが、はっきり変わったのを今でも覚えています。最初びっくりするような顔になって、それからちょっと困った表情になって、横にいた母の方を助けを求めるように見たのです。家ではいつも「音声で話すように」と言っていた母も、恥ずかしそうな顔で店員に「通訳」しました〉

林部はそこで僅かに俯《うつむ》いた。しかしすぐに顔を上げ、手を動かした。

〈私はそれ以来、外で声を出すことはしなくなりました。学校を出てから「日本手話」を学び直し、今では「日本手話」が私の「言語」だと思っています。あれから二十五年以上、一切「音声日本語」を発したことはありません〉。

《ありがとうございました。弁護側からは以上です》

片貝の手話を通訳者が音声日本語にしたのを聞いて、裁判長が我に返ったように、「検察官、反対尋問をどうぞ」と促した。

「あ、はい」

検察官は慌てたように立ち上がった。

だがいったん開いた口は、結局何も発しないまま閉じられた。

そして、「反対尋問はありません」と腰を下ろした。

裁判長が、一つ咳払いをしてから口を開いた。

「私から、質問があります」

荒井がそれを手話で林部に伝える。

「学校での言語教育についてはは分かりました。しかしその前――つまり、生まれて間もない聴こえない子供たちは、そもそも「日本語」をどのようにして覚えるのですか？　手話で覚えるのか、聴こえない言葉を、読み書きすることで覚えられるのか、そこのところがよく分からないのですが」

林部は、〈それは、環境によって異なります〉と答えた。

「環境、というのは？」

〈親もろう者である場合、ろう児の第一言語は「日本手話」になります。自然に習得する言語は手話で、書記日本語――書き文字としての日本語は、手話を通して覚えます。一方、親が聴者であった場合、言語環境は音声日本語になります。しかし、聴こえない私たちがそれを自然に習得することはあり得ません。聴者である親は、聴こえない子供に、音声日本語と書記日本語を同時に教えようとします。私の親も、そうでした〉

そして再び、自分の体験を語る――。

〈うちの家の中には、ありとあらゆるものに言葉が書かれた紙が貼ってありました。壁には「かべ」、花瓶には「かびん」、というように。家の中には文字があふれていました〉

〈母からは、絵日記を使った「日本語教育」もされていました。まず母が、「太陽が出ていて、男の子が浮き輪を持って歩いている」というような簡単な絵を描きます。そしてその下に、「いつ」カッコ「誰」カッコ「どこ」カッコ「何」カッコ「どうした」というような言葉を書いていくのです。それに添って、私が絵に合う答え──「夏休み」「ぼく」「プール」「泳ぎ」「行った」を書くのです。カッコの中には「は」「に」といった助詞を入れなければなりません。今でも私は、日本語の文章を読むたびにこのカッコが浮かんできます〉

〈間違えると叱られ、やり直しをさせられます。行動だけでなく自分の気持ちも、「楽しかった」「嫌だった」「悲しかった」など、考えて書かないといけません。絵と感情が合致していなかったらやり直しになります。「楽しい」絵に「つまらなかった」と書いたら間違いです。「本当の気持ち」を書くのではなく、「絵に合う日本語」が正解なのです〉

〈何回も間違えると、涙が出てきて、もうやだよ、書きたくない！　と叫び、鉛筆を投げては絵日記も投げ……とにかくつらかったことしか覚えていません〉

〈「なんで普通の子みたいに言葉が分からないの」。母は何度も何度も言いました。何が普通なのか、私には分かりません。ただ私が「普通の子」ではないこと。それが母をひどく悲しませていること。それだけは分かりました。母を悲しませないため、そのためだけに私は、「言葉」を理解できるように、「音声日本語」をしゃべれるように、必死に努力しました〉

林部の手話がふいに終わった。

それを通訳する荒井の声も終わり、法廷は再び静まり返る。

「証拠調べは、以上です」

裁判長が次の公判期日を確認するとともに次回が結審となることを告げ、第二回公判は閉廷した。


翌日、荒井はリハセンの冴島素子のもとを訪ねた。昼休みも終わり閑散とした喫茶ルームの一角で向かい合った素子は、黙って荒井の手話を見つめていた。

〈このままでは難しいのではないかと思います〉

荒井は、あえて主語や目的語を抜き、そう言った。田淵から、素子とは手話について以外の話はしないように言われていたためだ。

〈彼らの意図は分かります。しかし、いくら彼の人となりやろう教育の現実について訴えたところで、「しかし言葉を発することはできるはず」という周囲の心証は動かないでしょう〉

素子の手は動かない。荒井は、彼女の嫌がる話をあえてした。

〈あなたが「ろう学校」時代、とても優秀な生徒だったと母から聞いたことがあります〉

案の定、素子は大きく顔をしかめた。構わず続ける。

〈誰よりも「口話法」に秀で、優秀な生徒に与えられる名誉ある賞も受賞したことがある、と〉

素子は不機嫌な顔で手を動かした。〈遠い昔の話ね〉

〈しかし、あなたは今「音声日本語」を発することはない。それは理解できます。それは、あなたの、あなたたちのアイデンティティに関わることですから〉

〈そんな大げさなことじゃないわ〉

素子が小さく首を振る。

〈話す必要はないもの。それにもう、話せない。「音声日本語」の出し方など忘れてしまった〉

〈あなたはそれでいいかもしれない。でも〉

自分が職域を逸脱しようとしていることは分かっていた。なぜこんなにムキになっているのか。自分でも分からないまま、手を、表情を動かしていた。

〈彼はどうでしょう。このままでは彼はどうなります？ おそらく彼は、罪に問われる。冤罪《えんざい》を晴らすことはできないでしょう〉

素子が荒井のことを見た。〈だから？ 私にどうしろと？〉

〈彼らにそう伝えてもらえませんか。つまり〉

親指と人差し指でつくった輪を喉元に付けてから前へ出し（＝声で）、手のひらを下にして指を少し開き気味に口元から少し前へ出す（＝話す）、続いて右手の人差し指と中指を曲げ、中指の側面を左手のひらに打ちつけた（＝べきだ）。

素子は首を振った。

〈私が彼らにそんなことを言うことはできない。第一、私はそれほど彼らと親しいわけじゃない。知っているでしょう〉

〈しかし、私が彼らに接触するわけにはいきません〉

厳しい表情で荒井のことを見つめていた素子の顔が、ふっとやわらいだ。

〈適任者がいるんじゃないかしら〉

え？　荒井は眉根を寄せた。

〈彼らと親しく、しかし直接の当事者ではない。あなたもよく知っている人が。その人に伝えなさい〉

誰のことを言っているかはすぐに分かった。

確かに、彼女こそ「適任者」だった。


その家を訪ねるのも、二年振りのことだった。

誰もが知る都内の高級住宅街。その中にあっても一段と目を引く大邸宅のリビングに通され、荒井は初めてこの家を訪れた時のことを思い出していた。あの時大勢の来客で賑《にぎ》わっていた広間ではなく、荒井が通されたのは小さな応接間だった。ここからでもよく手入れがされた洋風庭園は見渡せたが、鮮やかな色を誇る花々が咲き揃っていたあの頃に比べ、今の季節の萩や秋桜《コスモス》はどことなく控えめに映った。

「ご無沙汰しております」

革張りのソファに浅く腰かけ一礼すると、手塚夫妻は揃って「いえこちらこそ」と頭を下げた。

「皆さん、お変わりはないですかな」

相変わらずかくしゃくとした総一郎だったが、二年会わないうちに頭は総白髪になっている。

「美和ちゃんっておっしゃったかしら、可愛いお嬢さん」美ど里が笑顔を向けて来る。

「はい、美和は小学二年生になりました」

「まあ、もうそんなに」

おっとりと答える美ど里の姿にも、年相応の老いが見え隠れしている。

「失礼します」

声がし、紅茶の載ったトレイを抱えた瑠美が姿を現した。荒井が会釈すると、瑠美も小さく頭を下げた。

それからしばらく、四人で何ということはない世間話を交わした。荒井は手話通訳士としての仕事の様子を語り、総一郎や美ど里も一通りの近況を話した。その会話が一段落したところで、

「では、私たちはちょっと失礼しますよ」

夫妻が同時に腰を浮かした。

「瑠美さん、お茶のお代わりさしあげてね」

「はい」

「では、どうぞごゆっくり」

ドアが閉まり、部屋は静まり返った。

瑠美がソファの上で身を滑らし、荒井の正面に移った。顔を上げた彼女と目が合う。瑠美の手が動いた。

〈ご用件は、裁判のことでしょう?〉

以前と変わらぬ、きれいな日本手話だった。

二人きりであるから誰に聞かれるわけでもない。口で話しても良いはずだったが、瑠美は何のためらいもなく二人の会話に手話を選んだ。

荒井も手話で答える。〈詳しいことは話せません〉

瑠美は黙って肯いた。

そう断った上で、冴島にしたのと同じ話をした。

聞き終えた瑠美はやや深刻な表情になり、

〈荒井さんのおっしゃることは分かります〉

と答えた。

〈私も同じ気持ちです。いえ、新藤さんや片貝さんも、そう思っているんです。何度も彼を説得したと言っていました。でも、彼は頑として「発語したくない」と〉

そう言って、整った眉を僅かに寄せた。

発語したくない、それならば――。

〈言葉を発しなければいいんです〉

瑠美が怪訝な顔で荒井のことを見る。

〈でも荒井さんは、「音声日本語」を発しろと〉

荒井は大きく伸びをした。その勢いのまま、「ふぁ〜あ」と口から間抜けな音が飛び出す。

瑠美は驚いた顔でこちらを凝視した。荒井は手を動かした。

〈これは、言葉ですか?〉

瑠美の眉間に、小さくしわが寄った。


最終公判の日がきた。開廷前に荒井は書記官から呼ばれ、本日の公判の流れが一部変更になったことを伝えられた。

本来ならば前回で証拠調べは終わり、今日は検察側の論告から始まるところだったが、弁護側からもう一人証人が申請され、検察側も了承したため、その証人への尋問から行われる、ということだった。荒井は了解して法廷へと入った。

すでに被告人、弁護人、検察官、とそれぞれ席に着いていた。小さな事件であるにもかかわらず、傍聴人席は満杯だ。弁護人席の片貝と目が合った。片貝の手が素早く動いた。

肩の上で手を軽く握って、開く、という動作を二度ほど繰り返す。

瑠美の名前を表す手話——サインネームだ。

続けて、軽く曲げた手の親指側を耳に付けた(=聞いた)。

瑠美との話が伝わっていることが、それで分かった。

裁判官が入廷し、最後の公判が始まった。

「証人は中に入って証言台に立ってください」

裁判長の言葉に、傍聴席にいた人物が立ち上がり、前へと進んだ。

この事件の被害者である、村松だった。

六十がらみで恰幅の良い村松は、明らかに戸惑った表情で証言台に立った。今回は供述調書の証拠採用により、証人として呼ばれることはないと説明を受けていたのだろう。まさか今さら証言台に立つことになるとは思わなかったに違いない。

ましてや、弁護側の証人として——。

「それでは弁護人、どうぞ」

裁判長に促され、片貝が立ち上がった。

《証人にお訊きします。証人は、事件当日、犯人の顔を目撃していますか》

音声日本語に通訳されるのを聞き、村松は「いいえ」と首を振ってから、答えた。

「部屋の中に誰かいるのが分かり、驚いて灯りのスイッチをいれましたが、点きませんでした。部屋の中にいた男は懐中電灯を持っていましたが、顔までは分かりませんでした。ただ何となく帽子のようなものをかぶっているのと、口の辺りが白いマスクで覆われていることだけは分かりました」

《顔は見ていない、ということですね》

「はい」

《では、声は聞きましたか》

「はい」
《犯人は、何と言ったのですか》
「『騒ぐな、金を出せ！』。そう言いました」
《それだけですか》
「はい。後は無言でした。ナイフのようなものを突き付けてくるのが分かりました、それで私は」
《それ以上は結構です。「声」のことだけで》
「――はい」
《その声を覚えていますか？》
村松は首をひねった。
「覚えているというか……怖かったですし、今でも耳の底に焼き付いてはいますが……」
《質問を変えます。その声をもう一度聞けば、それが犯人のものかどうか分かりますか？》
村松は、すぐには答えなかった。しばし思案するように顔を伏せ、やがて顔を上げた。
「はっきり分かるかどうか、自信はありません」
《今でも耳に焼き付いているとおっしゃいましたが、それでも分かりませんか》
「……マスク越しでしたし、それほど特徴のある声ではなかったので」
《確認します。それほど特徴のある声ではなかったので、もう一度聞いても分からないと思う。そういうことですね》

「はい」

検察官が、大きく肯くのが分かった。傍聴席からもため息のような声が漏れる。これが「もう一度聞いたら分かる」という答えであれば、重要な証言になる。しかし「特徴のある声ではなかった」ということであれば犯人の特定にはつながらない。傍聴人、そして検察官もそう考えたのだろう。

しかし、片貝は裁判官に向けて告げた。

《被告人が声を出す許可をいただきたい》

その言葉が音声日本語に通訳されると、傍聴席にざわめきが走った。

今まで、頑なに「しゃべれない」と言い張り、声を出すことを拒否してきた弁護側から、まさかそういう申し出が出るとは思っていなかったのだろう。しかも証人は「声を聞いても分からない」と言っているというのに。

異例の申し出に三人の裁判官は顔を見合わせたが、何事か短く確認し合い、検察官の方へ言葉を投げた。

「検察官、いかがですか」

「異議はありません」

検察官に異議があるはずがなかった。これで被告人が「声を出せる」「しゃべることができる」ことが証明できるのだ。

裁判長は、片貝に向かって肯いた。

片貝も一礼を返すと、一枚の紙片を取り出し、被告人に見せた。
《この言葉を、発してください》
続いてその紙を裁判官や検察官にも見せる。もちろん、通訳人である荒井にも。
そこには、

騒ぐな　金を出せ

そう書かれてあった。

傍聴席が再びざわめく。

林部の表情は変わらなかった。

《お願いします》

片貝がもう一度言い、通訳者が音声日本語にする。荒井も日本手話で林部に伝えた。

〈この言葉を、音声で発してください〉

林部は肯き、おもむろに口を開いた。それは、出廷して初めて被告人の口から発せられた声だった。

さあぐうなあ　かあえおだあえ

静まり返った法廷に、その声が響いた。

証言台の村松の顔色が変わり、傍聴席にどよめきが走った。検察官も明らかに動揺している。

《もう一度お願いします》

林部がもう一度口を開く。

「さあぐうなあ　かあえおだあえ」

その声、その言葉は、どう聞いても「普通の」言葉ではなかった。

デフ・ヴォイス。

ろう者が発する、明瞭ではない声。何を言っているのか、判然としない言葉――。

《もう一度……》

「もう十分です」

裁判長が静かに告げた。

「誰が聞いても分かる、特徴のある声であることは分かりました」

反対尋問で、検察官は証人が「はっきり分かるかどうか自信はない」と証言したことを踏まえ、「今の声が犯人の声ではないとは断定できないのでは」と質問したが、村松は決然と首を振った。

「あんな声ではありませんでした。それだけは言えます。犯人は、あんな声じゃなかった……」

検察官はまた、被告人が「声をつくっている可能性」についても言及し、録音して精査することを申し出たが、却下された。

検察・弁護側双方の立証が終わり、検察官が論告、求刑した。求刑は七年の懲役。累犯であることに加え、犯行を否認し弁済はもちろん謝罪・反省もないことから重い求刑となった。

弁護側の最終弁論では、片貝がもちろん無罪を主張した。そして被告人による最終陳述となった。

「被告人は、何か述べることがありますか？」

荒井が、その裁判長の言葉を林部に伝える。

〈はい、最後に話したいことがあります〉

林部は、毅然とした表情で手を動かした。

〈「音声日本語」の発声を強要されること、それは私にとってとてもつらいことです。屈辱的と言ってもいいかもしれません。それは、私にとって「言葉」ではありません。自分の発した声を聴くことはできないのですから。自分が何を言っているかすら自分で分からないのですから。それが自分の「言葉」であるはずはありません。だから、私は、これまで一貫して「音声日本語」を発することを拒んできました。でも、ある人から言われたんです。「言葉」じゃないんだったら、発してもいいじゃないか、と。それは、ただ口を、口の周りの筋肉を機械的に動かすだけのものじゃないか、と。例えばうがいをするように。例えば咳をするように。例えばあくびをするように。それが、はたして「言語」なのでしょうか。私は、この件に関して無実です。でももし、私がこの法廷で述べたことが――「私は音声日本語をしゃべることができない」と言ったことが「嘘」だというのなら、どうぞ私を罰してください。私が先ほど発した声が、私には聴こえないその音の連なりが、もし「言語」だというのなら、どうぞ私に罰を与えてください〉

林部の手は、そこで動きを止めた。

どことなく晴れやかな表情で彼は一つ肯くと、上向きに開いた両手をすぼめながら下におろした。

荒井はそれを音声日本語にした。「以上です」

そして、判決が言い渡された——。

朝から雲一つない青空が広がっていた。

暖かな陽光が差し込むリビングで、荒井は届いたばかりの新聞を開いていた。もちろん結果は知っている。どのように報道されているか確かめたかったのだ。

社会面のほんの片隅、ごく小さな扱いだったが、それは確かに記事になっていた。

強盗事件に無罪判決　検察は控訴を断念

東京地裁は25日、強盗の罪に問われた男性被告（42）に無罪（求刑懲役7年）を言い渡した。重度の聴覚障害者である男性が、被害者の証言にあるように犯行時に「金を出せ」と言えたかどうかが争われていた。飯坂《いいざか》健三郎《けんざぶろう》裁判長は「被告人は明瞭に発語することができず、犯人たりえない」と判決理由を述べた。弁護人の片貝俊明《としあき》弁護士は「意義ある判決。警察や検察の取り調べでは聴覚障害者のコミュニケーション手段に対する配慮も欠け、虚偽の自白につながった」と話した。検察は控訴を断念した。

短い記述だったが、「意義ある判決」という言葉に柄にもなく胸が熱くなるのを感じた。おそらく、あの時の記者が書いてくれたのだ――。


裁判が終わり、廊下を出た荒井に、背後から「なあ、あんた」と声が掛かった。自分のことは思わずそのまま歩いていこうとしたところ、再び呼ばれた。

「あんただよ、通訳さん」

振り返ると、傍聴席にいたのか、二回目の公判で証言をした荻窪署の刑事が立っていた。

「――私に何か?」

「なあ、ほんとにヤツがあんな立派なことを言ったのか?」

何のことを言っているのか、すぐには分からなかった。

「あの偉そうな御託《ごたく》だよ。あんたがでっち上げたんじゃないのか?」

ようやく、法廷での林部の陳述のことを言っているのだと理解した。

「私は、林部さんが言ったことをそのまま通訳しただけです」

「信じらんねえな」刑事は、せせら笑いを浮かべた。「あいつがあんな大層なことを言えるとは。取り調べの時はろくに日本語も分かんないで、ちょっとオツムが弱いんじゃないかと思ったけどな」

言いたいことだけ言うと、刑事は踵を返した。

その感情は、一瞬遅れてきた。ついぞ経験したことのない熱い塊が腹の底の方から吹き上げてきて、頭が真っ白になった。知らないうちに体が動いていた。

「ちょっと待——」

後ろ姿の刑事に向かって足を踏み出したところを、誰かに止められた。

「相手にしない方がいいですよ」

冷静な声に、我に返った。ゆるめたネクタイに着崩したジャケットをはおった男が立っていた。傍聴していた記者のうちの一人だ。

「あんなの相手にしても馬鹿をみるだけです」

そして、「書きますから。ちゃんと」と彼は言った。

静かな、しかし決然とした声で繰り返した。

「僕らが、伝えますから」

もう一度、手にした新聞の記事に目をやる。彼は、本当に書いてくれたのだ——。

その記事の隣には、埼玉県内で起こった殺人事件を伝える記事が掲載されていた。こちらはかなり紙面を割いている。被害者は、三十二歳のNPOの男性職員。読み飛ばそうとして、遺体が発見されたアパートの住所に目が留まった。荒井たちが住む町の隣の地域だ。

頭から読み直そうとしたところに、みゆきから声が飛んできた。

「ねえ、まだ準備してないの。もう出かける時間よ」

「ああ、悪い」

新聞を閉じて立ち上がる。今日はみゆきの休日を利用して、久しぶりに美和と三人で遊園地に出かけることになっていたのだ。

荒井が着替えていると、子供部屋からよそ行きの恰好をした美和が出てきて、

「アラチャン、そのふく、かっこうわるい」

と難癖をつけてくる。

「じゃあどれがいいんだよ、美和が選んでくれよ」

「えー」

と困った顔を作りながらも満更でもないらしく、数少ない荒井の外出着から選びだす。

「ねー、アラチャン」服を選びながら、美和が言う。「お母さんにはナイショの話ね」

「うん?」

辺りに母親の姿がないのを確認してから、美和が続けた。

「こんど、えいちくんに、手話をおしえてくれない」

「えいちくん?」

問い返して、ああ、例の、と気づく。不登校のクラスメイト。美和の気になる相手だ。

「何でえいちくんに手話を？」

不登校の原因と何か関係があるのか。

「えいちくん、しゃべれないんだよ」

「しゃべれない？」荒井は驚いて訊いた。「えいちくんってろう児だったのか？」

「そうじゃないの」美和は首を振る。「耳はきこえるけど、しゃべれないの」

ということは、聴唖児《ちょうあじ》、か。荒井は、今まで聴唖児はもちろん、「話せない人」とは接したことがなかった。

「完全にしゃべれないの？」

「うーん、おうちではちょっとは話すみたいなんだけど。お母さんとかとは」

では聴唖児ではないのか。要領を得ないので詳しく訊いてみる。話がいったりきたりしながらもなんとか聞き出したところによると、

「うるしばらえいち」というその少年は、母親との二人暮らし。家の中で母親といる時には少しは会話があるようだが、外に出ると、人前では一切しゃべることができなくなるという。美和も学校でえいちくんが言葉を発するのを聞いたことがない、と。

「でも、もしかしたら手話ならしゃべれるかもしれないでしょ。美和、そうおもったのよ」

「そうだな……」

相槌《あいづち》を打ちながらも、多少疑わしく思っていた。確かに手話を覚えれば「声を発しなくとも話す」ことはできるようになるかもしれない。だが、たとえ手話をマスターしたとしても周囲

には通じないのだ。そもそも、本人や家族がそれを望むかだ。

「まあ機会があれば教えるのは構わないよ」

とりあえずそう答えた。

「もちろん、本人と、その子のお母さんがいいっていうならだけど」

「やった！」

曖昧《あいまい》な約束であるのに、美和は小躍りした。

「準備できた？」

みゆきがリビングに入ってきて、美和との内緒の話は終わった。

支度を済ませ、玄関に向かう。

「美和ねー、今日、アンパンマンハッピースカイのるんだ」

「あれ、高いの怖いんじゃなかったっけ」

「うん、でもね、がまんしてのるの」

二人が会話をしながら靴を履くのを背に、玄関のドアを開けた。

「おっと」

チャイムを押そうとしたところだったのか、外に立っていた男が体を引いた。

「なんだ、出かけるところか」

挨拶も抜きに、無遠慮な声が飛んでくる。

「はい、まあ」反射的にそれだけ返した。

そこでようやく男は、「久しぶりだな」と口にした。

スーツの上からでも分かるがっしりとした体つき。ぶっきら棒な物言いは相変わらずだ。

そこにいたのは、埼玉県警の刑事、何森稔《いずもりみのる》だった。

第2話　風の記憶

目の前に立っている男の姿を見ながら、荒井尚人はデジャブのような感覚に襲われていた。

そうだ、二年前のあの時もこうやってふいに現れたのだ。長らく会っていなかったにもかかわらず、そしてさしたる付き合いでもなかったのに、文字通り土足で踏み込むように玄関口に立っていた。あの時の第一声をいまだに覚えている。

まだ寝てたのか。お気楽なことだな。

そして今もまた――。

「何だ、出かけるところか」

埼玉県警の刑事、何森稔は不愛想にそう言い放った。

しかし半ば呆れて相手のことを見返した時、不意の訪問と傍若無人《ぼうじゃくぶじん》な物腰は同じでも、二年振りに見るその顔からは以前のような険しさが消えていることに気づいた。今荒井を見る目にも、その視線で射すくめられるとどんな性悪な犯罪者でも口を割る、と恐れられた鋭さは感じられない。

「また埼玉県警《けんけい》に戻られたんですか」

向こうが何も言わないので、仕方なくこちらから水を向けた。

「ああ、今年からな」

何森は、あれから愛知県警に異動になったという噂を聞いていた。組織内をたらいまわしにされるのは以前と同じでも、さすがに県をまたいでの出向は異例だ。それもあの事件に関係するのではないかとひそかに憂慮していたが、再び古巣に戻されたのだとしたら喜ばしいことだった。

「今から出かけるところなんですが……何かご用でしょうか」

訊くまでもなかった。何森が「旧交を温めに」訪問するはずもない。

「ちょっとな。ある事件のことでお前に協力してもらいたいことがあって」

「急ぎますか」

「ああ」

荒井はすでに今日の外出を諦めていた。振り返ると、みゆきが、そして美和まで眉根を寄せてこちらを睨《にら》んでいる。だが仕方がない。

「悪い、今日は二人で行ってくれないか」

「……分かりました」

みゆきは小さく言うと、「行こう」と美和の手をとった。

「えー、アラチャンいかないのー」

「ごめんな」

二人が出ていくのに身を引き、何森が無言で会釈《えしやく》をした。彼にとっては精一杯の愛想だったろうに、みゆきは目も合わせず通り過ぎて行った。美和などは、わざわざ振り返ってあかんべーをする始末だ。

「立ち話も何ですから、どうぞ」

「いやここでいい」

何森は、たたきに上がりドアだけ閉めると、「今日来たのは、手話通訳の依頼でだ」と言った。

「――取り調べ通訳、ですか」

「そうだ」

意外だった。いや、自分の仕事を考えれば警察に協力できるとしたらそれぐらいしかないのだが、まさか何森から、いや埼玉県警から通訳の依頼がくるとは――。

「取り調べ通訳」とは、外国人やろう者などが被疑者になった際、警察や検察の聴取に立ち会い、通訳する役割を言う。法廷通訳と同じく司法通訳に属するもので手話通訳士の仕事の一つではあったが、被告人に対する情報保障として認められている前者と異なり規定はなく、被疑者の弁護側がつけたり、警察の方で「手話ができる警察職員」をもって行う場合もあった。

「県警にも手話通訳者はいるのではないですか」とりあえずそう言ってみる。「でなければ県のセンターに頼めば」

「そんなことは分かってる」

何森は低い声を出した。

「それでは不足なケースだからお前に頼みたいと言ってるんだ」

何森への対処の仕方を思い出してきた。余計な口を挟まれるのは嫌いなのだ。荒井は黙って話を聞くことにした。何森が続ける。

「先月、鶴《つるが》ヶ島《しま》で恐喝と詐欺でパクられた男がいる。ろう者だ。被害者も同じく『聴こえない』者たちだ。一人や二人じゃない。余罪も含めれば十人規模。加害者の方も集団だ。まあ半グレみたいな連中だ」

その件なら少しは知っていた。「聴覚障害者が聴覚障害者を脅迫」と、扱いは小さかったが報道もされていた。

「西入間《にしいるま》署で取り調べを受けてるんだが、これがやっかいな奴でな」

「否認してるんですか」

「それがそうでもないようなんだが……とにかく通訳が気に入らんらしい。何人か替えてみたらしいがそれでもダメだったようだ。そこの強行犯係長が昔からの知り合いでな」

「……それで私に？」

「お前だったら何とかしてくれるんじゃないかと思ってな」

「そう言っていただけるのは有り難いですが……」

通訳が気に入らないというのはどういうことなのだろう。被疑者《マルヒ》が使う手話はどのようなものなのか。何森は「ろう者」というが、聴こえの程度はどれぐらいなのか。それらが分からないことには判断がつかない。

「接見はできますか」

「接見といっても、結局警察官《さつかん》立ち会いのもとになるぞ。お前が勝手にいろいろ訊くわけにはいかない。取り調べに立ち会うのと同じことだろう」

なるほど確かにそうだ。では、

「弁解録取書《べんかいろくしゅしょ》か、でなければこれまでの供述調書を読むことは」

「それはできんな」

「それだと難しいですね……」

「そう言うだろうと思ってな」

何森はしわの寄ったスーツのポケットから二つ折りにした紙片を取り出した。

「概要を書いてきた。それを読んで嫌なら断ってもらってもいい」

そう言って押し付けるようにする。

「──分かりました」仕方なく受け取った。

「いずれにしても返事は早急にな」

何森はそれだけ言って踵《きびす》を返した。数年振りに会った知り合いが交わすはずの近況を尋ねるような言葉は、一切なかった。


リビングに戻って、紙片を開いた。

Ａ４の紙にパソコンで印字したもの。正規の文書ではない。何森がこのためだけにつくらせたものだろう。事件の概要と被疑者について簡単に記されていた。

被疑者・新開浩二《しんかいこうじ》は、三十一歳。入間市で生まれた後、早くに親を亡くしろう児施設「海馬《うみうま》の家」からろう学校に通う。生まれながらの失聴者ではなく、五歳の頃に病気が原因で聴力を失った。ろう学校高等部を卒業後は自動車製造の仕事に就いたがすぐに辞め、悪い仲間と付き合い始めた。パチンコ店や風俗店などの職を転々とした後、仲間（＝すべてろう者や難聴、中途失聴者）と「ドラゴン・イヤー」という会を結成し、恐喝、詐欺、窃盗、売春あっせん等、暴力団顔負けの悪事を働くようになった。

他の半グレやヤクザと違うのは、狙う相手が全部聴覚障害者だということ。

これには、荒井も驚きを禁じ得なかった。

ろう者だけを狙ったろう者による犯罪集団、ということか――。

直接の逮捕容疑は、ある聴覚障害者の女性を脅し、金融機関から現金百万円をおろさせて奪った、というものだった。

読み終えた荒井は、一つため息をついた。普通、部外者である荒井にここまで事件の資料を見せることはあり得ない。それを分かった上で、何森はこれを渡したのだ。読めば荒井が引き受けざるを得ないことを見越して――。

夕方遅くに帰ってきたみゆきと美和は、これみよがしに遊園地で買った土産《みやげ》を振り回し、「楽しかったねー」「また二人で行こうねー」とこちらの頭越しに言葉を交わした。遊園地のレストランで「おいしいもの」を食べたので夕飯もいらないそうだ。荒井は一言もなく、三人分つくったチャーハンを一人で食べるしかなかった。

「何森さんが埼玉県警に戻ってきたの、知ってたか?」

美和が寝入る時間を待って、みゆきに訊いた。

みゆきはうん、と肯《うなず》き、「今度は県警本部《ほんぶ》勤務みたいね」と答えた。

「何森さん、何の用だったの?」

「取り調べ通訳の依頼。西入間署の強行犯係」

依頼の内容を簡単に説明する。興味なさそうに聞いてから、「――で、受けるの」とみゆきが尋ねた。

「ああ」

彼女は、「はあー」と、荒井がついたよりも数倍大きなため息をつく。

「仕事だからな」

言い訳するように口にしたが、みゆきとて、わざわざ本部の捜査員が家にまでやってきてこんな依頼をするのが通常のやり方ではないことは分かっている。面倒な仕事を押し付けられたのだ、ということを。

「うちの事件《やま》じゃなくてよかったけど」

言われてから、一拍遅れて思い出した。今朝見た新聞記事。隣町で起きた殺人事件。それは当然、みゆきが勤める所沢署の管轄だ。

「捜査本部《ちょうば》が立つのか」

「そうなるみたい。署内バタバタしてて大変よ」

ここらあたりの所轄だと、捜査本部が設けられるような事件が起こるのは、数年に一度だろう。県警本部の人間が乗り込んでくるとあっては、署内あげて大わらわに違いない。

「君も駆り出されるんじゃないか」

「どうかな。可能性はあるけど」

その口調に、おや、と思った。捜査本部が立つような大きな事件が起こると、人員の確保が先決になる。本来の担当である刑事課の課員だけでは足らずに、他の課員にも動員をかけるのはよくあることだった。以前のみゆきだったら、自らの業務に差しさわりが出る事態には露骨に嫌な顔をするところだったが、そうでもない様子だ。

「おやすみなさい」

リビングを出て行こうとするみゆきの背に、

「今日は悪かった。美和にも謝っておいてくれ」

と声を掛けた。

「――美和には、自分で言って」

素っ気なく答え、みゆきは出て行った。

美和の方は大丈夫だ、と荒井は思う。今日も遊園地の土産を見せびらかすように荒井にまつわりついていた様子に屈託は感じなかった。問題があるとすればみゆきの方だろう。

彼女との仲がここのところしっくりいっていないのは、鈍感を自認する荒井とて感じていた。林部の裁判をきっかけに、冴島素子や「フェロウシップ」、そして手塚瑠美との交流が復活したことが原因に違いない。さらに何森まで加わればなおさらだろう。さりとて機嫌をとるようなこともできず、結局様子を見るしかなかった。

みゆきが寝室に消えてから、パソコンを立ち上げ、インターネットで「埼玉県」「ろう者」「犯罪」と入れて検索をした。逮捕時の報道を含め、真偽の分からないものまで含めればいろいろ出てくる。

まずは新開が逮捕された事件について、「手話で100万円恐喝した疑い　聴覚障害の男逮捕」という見出しの記事があった。

耳が不自由な障害者から現金100万円を脅しとったとして、埼玉県警が埼玉県鶴ヶ島市、無職新開浩二容疑者(31)を恐喝の疑いで逮捕していたことが19日わかった。新開容疑者も聴覚障害があり、手話で脅したという。

調べでは、新開容疑者は今年7月、埼玉県鶴ヶ島市羽折町《はねおりちょう》の路上で、通勤途中の聴覚障害者の会社員女性(35)を近くのコンビニエンスストアの駐車場で待ち伏せ、脅したうえ、金融機関から現金100万円をおろさせて奪った疑い。

新開がからんだ別の事件の報道もあった。

聴覚障害者から手話を使って現金を脅し取ったとして、埼玉県警は31日、埼玉県鶴ヶ島市、会社員、佐島健二《さじまけんじ》（33）、住所不定、無職、田村隆久《たむらたかひさ》（30）の両被告＝詐欺罪等で起訴＝と、同県鶴ヶ島市、同、新開浩二容疑者（31）＝恐喝容疑で逮捕・勾留《こうりゅう》中＝を恐喝の疑いで再逮捕した。県警によると、3人とも聴覚障害者で、新開容疑者以外は容疑を認めている。容疑は共謀して今年8月、聴覚障害を持つ同県狭山《さやま》市の女性会社員（25）に手話で、田村容疑者が心臓病になり入院費が必要と嘘を言って金を要求。女性が応じないため、「このままでは（お前は）家に帰れない」と現金30万円を脅し取ったとしている。佐島、田村両容疑者は昨年11月～今年1月、警察官をかたって同県入間市の40代の女性聴覚障害者から金融機関のキャッシュカードを騙《だま》し取り、現金計35万円を引き出したとして逮捕・起訴されている。

この他にも、

●六十五歳の女性宅に押し掛け、健康食品と称してただの菓子を高値で売った。

●七十歳の聴覚障害者の男性から、その男性の息子がレンタカーを運転中に起こした事故について、示談《じだん》にしてやると金を騙し取った。
●対立するグループとの抗争に備えて拳銃や実弾を所持した。
●グループを抜けようとした男性を監禁、暴行してけがをさせたとした監禁致傷の疑い。

など、この半年ほどのうちに県内で起きた「聴覚障害者」が被害に遭った事件すべてに新開が関与しているようだった。

なるほど、手口は様々、かなりあくどい。そして記されているように、「ろう者ばかりを狙った」犯罪集団に違いない。知れば知るほど気が滅入ってくるが、荒井は覚悟を決めて何森に電話を入れた。

携帯電話を鳴らすと、彼はすぐに出た。「何森だ」

「荒井です」

即座に、「概要は分かったな」と返ってくる。

「お引き受けするのに一つ条件があります」

「何だ」

荒井がそう言うことを予期していたのか、さほど不快そうな声ではなかった。

「前任の手話通訳者と、引き継ぎのため会わせてください。どういう手話を使うのかお訊きしたいので」

「分かった」何森は即答した。「それだけか？」

「――それだけです」

「引き継ぎの日時を決めて連絡する。当分体を空《あ》けておいてくれ」

「いやそういうわけには」

電話は切れていた。やれやれ。胸の内で呟いたものの、さほど嫌な気分ではなかった。ああ、何森さんだ。どこか懐かしさを覚えている自分を感じていた。


西入間署は、川越《かわごえ》市の隣、坂戸《さかど》市にある。同じ県内といってもいくつも路線を乗り換えなければならず、都内に出るよりよほど時間がかかった。

受付を通り、二階の刑事課へ向かう。そこかしこから向けられる好奇と非難の視線を感じた。七、八年も前のことを直接知る者は少ないだろうが、すでに自分が何者かは聞かされているのだろう。最初に応対した受付の職員も、「何森さんから聞いています」と慇懃無礼《いんぎんぶれい》に迎えた強行犯係の捜査員も、揃って冷ややかな声を出した。

小さな応接スペースで対面した前任の手話通訳者に至っては、最初から敵意剥き出しだった。丸内《まるうち》という三十代ぐらいのその男は、埼玉県警の職員だった。最近の警察署ではどこでも手話のできる職員を若干名配置していて、中には「指定手話通訳員」なる制度を設けている自治体もあるとは聞いていた。丸内もそういった類《たぐい》の職員なのだろう。今までそれで問題なくやってきただろうに、いきなり外部の手話通訳士に替われと言われて面白かろうはずがない。

「荒井と言います。お手数ですが被疑者《マルヒ》の手話についてお聞かせください」

なるべく下手《したで》に出たつもりだったが、相手は、

「手話っていったって何も答えないんだから話すこともないよ」

横柄な口調で、にべもない。

「完全黙秘《かんもく》ですか?」

「少なくとも私が通訳に入ってからはね」

「あなたの手話は理解しているようでしたか?」

「さあねえ、何しろこっちを見もしないから」

「筆談には応じるんでしょうか」

「そっちはボチボチやっていたようだけどね」

ボチボチとはどの程度か。筆談も手話によるコミュニケーションもとれていないのだとしたら、被疑者ではなく「こちら側」に問題があるのではないか……?

「失礼ですが、丸内さんはどちらで手話を習得されましたか」

「そりゃ地域の講習ですよ」

「では認定試験に合格されて――」

「何だよ」丸内は目を剝いた。「私の手話のスキルに問題があるとでも?」

「いえ、そんなことは申していません。何が原因で被疑者が反応しないのかを知りたいと思いまして」

「手話の問題じゃないよ、ふてくされてんだよ。ていうより、本当は聴こえてるんじゃないかって思うんだ」

「聴こえてる？」

「ああ、逮捕当初は手話なしで会話が成り立ってたそうだから。最初は取調官も耳が聴こえないって分からなかったって」

「そうなんですか――」

「最初は聴こえると思った」ということは、新開はかなり読話《どくわ》ができるのだ。もしかしたら口話《こうわ》も使えるのかもしれない。中途失聴者でろう学校卒というから、聴覚口話法《ちょうかくこうわほう》をかなりマスターしているということだろう。

「聴覚障害を詐称してるんじゃねえかな、あれ」

丸内はなおもそう言い放った。

「手帳は持ってるんですよね？」

「ああ、三級だけどな」

身体障害者手帳は、元々程度の重い聴覚障害者に支給される。「三級」というと軽そうに聞こえるが、聴こえの程度は九〇デシベル以上。「耳元での怒鳴り声や叫び声であれば聴こえる」レベルで、かなりの難聴だ。

「それなら詐病はないでしょう」

「いや分からんぞ。例の音楽家の件もあったしな」

例の音楽家――。何のことを言っているのかは分かった。

「替わるんなら、その辺も確かめてくれよ。あんたにだったら分かるんじゃないか」

その言い方には、明らかに皮肉が込められていた。

結局まるで収穫のなかった前任者との引き継ぎを終え、荒井は刑事課室《デカべや》へと向かった。

何森から依頼された時以上に、暗澹《あんたん》たる気持ちになっていた。

――聴覚障害を詐称してるんじゃねえかな。

おそらく丸内の頭には、つい最近世間の注目を集めた、「全ろうの音楽家」として人気のあった作曲家に実はゴーストライターがいた、という一件のことがあるのだろう。

その出来事が大々的に報じられたのは、今年の二月のことだった。

当の音楽家は、中途失聴とされる聴覚障害がありながらゲーム音楽や交響曲などを作曲したとして脚光を浴びたが、自作としていた曲がゴーストライターの代作によるものと発覚し、同時に聴覚障害の程度についても疑義を持たれた。音楽家が開いた「謝罪会見」には実に四百名もの報道陣が駆け付け、テレビでも生中継された。荒井は観なかったが、後で聞いたところによると、さながら「人民裁判」の場と化したという。

音楽家がいくつかの「嘘」をついてきたことは確かで、それにより傷つけた相手には謝罪しなければならないだろう。だが、そのことと彼の聴覚障害のレベルとがどう関係するのか、荒井には分からない。皆、障害者がつくった曲だから褒めたたえたのか、そうでなければ価値はゼロなのか。いや、きっとそうなのだろう。高名な歴史上の音楽家になぞらえた宣伝文句を見れば分かるように、みな、彼が「耳が全く聴こえないのに作曲した」ことに驚嘆したのだ。

　それにしても、会見で糾弾に近い言葉を浴びせた記者や、コメントを寄せた「専門家」たちは、どこまで聴覚障害のことを理解していたのか。会見では、「なぜ補聴器をつけないのか」とか「手話通訳が終わらないのに答えているのはおかしい」といった声も飛んだという。現在の音楽家の聴覚レベルでは身体障害者手帳の交付対象にはならないことから、不正取得の疑いもかけられているらしい。

　だが。

　一概に「難聴」と言っても、原因や聴こえの程度によって症状は様々だ。指摘されている補聴器についても、疾患などで外耳《がいじ》や中耳《ちゅうじ》が正常に機能しなくなる「伝音性《でんおんせい》難聴」であればともかく、音楽家が診断されたという「感音性《かんおんせい》難聴」にはあまり効果がないと言われている。後者は内耳やそれより奥の中枢の神経系に障害があるもので、高音域が極端に小さくなったり抜け落ちたりするだけでなく、音が歪んだりする。つまり、補聴器をつけたとしても歪んだ音が大きくなるだけで、「良く聴こえる」状態にはならないのだ。

　もちろん荒井には、件《くだん》の音楽家が本当に聴こえているのかいないのか、どの程度聴こえていないのかは分からない。それは極端な話、本人以外には誰も分からないのだ。しかしこの出来事の影響は大きく、障害者手帳の交付に際しての条件や、聴力検査の内容が厳しくなったと聞く。聴覚障害者に対する世間の印象も、かなり悪くなったのではないか。

　――本当は聴こえてるんじゃないかって。

丸内の言葉に、それが表れている。手話通訳者が口にするぐらいだから、取調官たちもみな同じような疑念を抱いているのだろう。

「なんか分かったかい?」

取調官である津村《つむら》という西入間署強行犯係の捜査員は、戻ってきた荒井にそう訊いた。

「いいえ」

首を振ると、「だろうな」と口の端《はし》を歪め、「じゃあ行くぞ」と立ち上がった。

津村に続いて、取調室に入った。

二坪ほどの狭い部屋の真ん中に、年季の入ったスチール机が置かれている。その机の向こうに、手錠ははずされているものの腰縄に繋がれたままの被疑者が座っていた。

新開浩二はパイプ椅子に浅く、やや斜めに腰掛け、顔はうつむき加減、自分の右の足元を見るような姿勢で座っていた。表情はよく分からない。髪型はやや長めの髪を後ろになでつけている。両耳に補聴器をつけているのが分かった。座っているのではっきりはしないが、身長は荒井よりだいぶ高いように見える。スマートではあるが筋肉質、といった体つきだった。

「よく眠れたか」

津村が手前の椅子を引き、座った。荒井もその脇に置かれた椅子に腰かけながら、中途失聴者ということを考慮してまずは日本語対応手話で通訳をしてみる。

首を傾げながら軽く握った拳を頭の横に付け(=眠る)、右手の親指以外の指の先を左の胸に付けてから右胸へと移動させる（＝できる）。最後に手のひらを相手に差し出した（＝か？）。全体で《眠れましたか》という対応手話表現になる。だが、新開は顔を上げない。

「こっちを見ないか」

津村が不機嫌に言う。三十代前半ぐらいに見えたが、取調官を任命されるぐらいだから優秀な捜査員なのだろう。

荒井が《こちらを見てください》と手話で伝えても、新開は視線を動かさない。

「通訳に不満みたいだったからな、今日は新しい通訳さんを連れてきた」

荒井は、《今日から通訳を務めます。荒井と言います。よろしくお願いします》と自己紹介をした。新開は見向きもしない。

バン！　突然津村が机を叩いた。隣にいた荒井が思わずビクッとするような音がした。振動が伝わったのだろう、新開が顎を少しだけ動かし津村に目を向けた。

「何だ、聴こえてるのか」

《聴こえてるんですか》

新開の口元が、小さく歪んだ。

「何がおかしい」

《何かおかしいですか》

新開がこちらに目を向けないまでも、その視界で自分の手の動きをとらえているのを荒井は感じていた。

「おい、舐めてると承知せんぞ！」

《失礼なことをすると――》と手を動かそうとして、止めた。

咄嗟《とっさ》に手話を替えてみる。

険しい表情をつくり、握った両手の小指どうしをくっつけて胸の前に置いた状態から、片方だけ勢いよく前に差し出す。続けざま、胸に手のひらをつけて前方にひっくり返した。口の形は「ピッ」だ。そしてその表情のまま新開のことを強く指さした。

〈おい、舐めた態度とるんじゃないぞ！〉

新開の顔に、おや、という表情が浮かんだのが分かった。やはり、見ていないようで見ていたのだ。

「じゃあ始めるぞ。何度も聞いているだろうがあらかじめ言っておく。あなたには黙秘権があり……」

取調官が黙秘権の告知をするのを、荒井は今度は日本手話で通訳をした。新開は相変わらず斜に構えながら、ちらちらと荒井のことを見ている。

黙秘権の告知が終わり、聴取に入った。津村が逮捕容疑について、事件当日の新開の行動を確認していく。

「被害者の女性をコンビニの前で待ち伏せしていたところからだ。その日、被害者が出勤前にいつもコンビニに寄るのを知っていて……」

荒井は、日本手話でそれを通訳していった。新開がそれを視界の隅でとらえているのが分かる。

「で、お前はムカついた、というわけだな……」

ここも、普通の〈怒る〉という手話ではなく、胸に手のひらをつけて前方にひっくり返す、という手話を使う。やはり口の形は「ピッ」だ。これで〈ムカつく〉という表現になる。

新開が顔を上げ、初めて荒井の方を向いた。

手のひらを自分に向け、顔の前で下ろした（＝へー）。そして、手話で続けた。

〈あんた、ちょっとはマシな手話を使うな、どこで習った〉

表情も豊かで手の動きも素早い——立派な日本手話だ。荒井は咄嗟に返事をしてしまった。

〈特に習ってはいない。そういう環境で育った〉

「おい、なんか言ってるのか！」津村が目を剝いた。「勝手に返事をするな、逐一通訳しろ！」

「あんた、ちょっとはマシな手話を使うな、どこで習った？　と言っています」

「そんなことはどうでもいい。あんたも答えんでいい」

だが新開は、荒井に向かって手話を続けた。

〈あんた、もしかしてコーダか？〉

〈そうだ。だが悪いが、勝手な会話はできない〉

「勝手に話すなと言ってるだろう！　何を話してる！」

「勝手な会話はできないと伝えました」

「それでいい。続けるぞ。おい、新開、こっちを見んか、話してるのは俺だ！」

荒井はそれを通訳しようとしたが、新開は無視して荒井に向かって手話を続ける。

〈前の通訳はひどいもんだった。でたらめな手話を使いやがって〉

さすがにそれを音声日本語にするのはためらった。だが津村は、

「何て言ってるんだ、逐一通訳しろと言ってるだろ！」

と苛立った声をあげる。

「前の通訳の手話がひどかったと言っています。でたらめな手話だったと」

「手話がでたらめ？」津村がその言葉に反応した。「おい、何でそんなことが分かるんだ」

怪しむように新開に言葉を向ける。

「おい、お前、俺たちが言ってることが分かるのか。じゃなけりゃ手話がでたらめかどうか分からんよな。おい、お前、こっちを見ろ。こっちを見んか！」

取調官は再び机を叩いた。新開はちらりとそれに目を送ってから、荒井に、

〈こいつは何を喚《わめ》いてるんだ？〉

と訊く。

〈君が本当は「聴こえて」るんじゃないかと言っている。でなければ手話が間違っているか分からないだろう、と〉

「は！」

新開は呆れたように声を出した。

「おい、お前、しゃべれるのか⁉」津村が驚いた顔になる。

〈あんたから言ってやってくれよ。あいつの手話がでたらめかどうかなんて、ちょっと見ただけで分かるって〉

荒井は、津村の方を向いた。

「手話がでたらめかどうかは、少し見ただけで分かる、と言っています」

「何だと……で、あんたの手話はでたらめじゃないって言ってるのか」

これは荒井に向けた言葉だったが、手話にして新開にも伝えてから、津村に答えた。

「たぶん私の手話の方が、彼らの普段使う言葉に近いということなんじゃないかと思います」

「ふぅ～ん……怪しいもんだな……」

取調官は納得できない表情で、新開の前に顔を突き出した。

「お前、本当に聴こえてないのか？　俺の言ってることが分からないか？　本当は分かるんだろう？」

荒井が通訳しようとするのを、津村が手で制した。

新開が初めて津村のことを正面から見た。彼がしゃべるのをじっと見つめている。口の動きを読んでいるのだ。しかし新開は何も反応せず、津村から荒井へと目を移した。

荒井は津村の制止を振り切り、通訳をした。

〈本当に聴こえてないのか？　俺の言ってることが分からないか？　本当は分かるんじゃないか？〉

新開は黙ったまま肩をすくめた。たぶん、今まで何回も、いや何十回も言われていることなのだろう。

「なあ、分かるんだろう？　聴こえてるんだろう？」

津村は机の上にあった資料のファイルを口元に当てた。

「通訳するなよ、これも取り調べのうちだ」

そう荒井に注意してから、ファイルで口元を覆ったまま言った。

「なあ、お前、本当は聴こえてるんだろ？　嘘を言っても分かるぞ、おい、こっちを見ろ！　聴こえてるんだろ本当は！」

新開は、燃えるような目で津村のことを睨んでいる。

彼が激しい怒りを覚えているのが分かった。その怒りは、取調官の言葉に対してではない。彼のしている行為そのものに向けられていた。

すい、と視線を床に落とすと、新開は再び体を斜めにした。

「おい、どうした。図星をつかれて怒ったか。おい、何とか言ってみろ。おい、通訳しろ！」

荒井は通訳を再開したが、もはや新開がこちらを見ることはなかった。

被疑者は再び貝になった。やがて津村が根負けしたように「今日はこれまでだ」と言う。

「また明日やるからな」

荒井はそれを通訳したが、新開は一度も視線を動かすことはなかった。

西入間署を出た足で、何森の携帯に電話をした。

「何森だ」

電話の向こうでは、複数の声が飛び交っている。

「今少し話せますか。都合悪ければ掛け直しますが」

「手短に話せ」

素早く頭の中で整理し、たった今終わった取り調べの様子を簡潔に伝えた。何森はすぐに理解した。

「つまり、前任の通訳者の手話レベルと取調官の偏見が、被疑者《マルヒ》が聴取に素直に応じない理由、ということか」

「私にはそのように思えました」

「被疑者《マルヒ》が本当に聴こえていないかどうか、お前の意見は」

「あくまで私の判断ですが――」

「だからそれを訊いてるんだ」

何森が少し焦れた。内心苦笑して答える。

「本当に聴こえていない、と思います。ただ、読話はかなりできるようです。もしかしたら口話も」

「読話っていうのは、口の動きを読むやつだな。口話ってのは――つまりしゃべれるってことか」

「おそらくろう学校時代に聴覚口話法でかなり厳しくやられたのでしょう。そういうところが、聴者から見ると『聴こえるし、しゃべれる』と映るのではないでしょうか」

「だが手話通訳が必要なことに変わりはない、か」

「はい。読話や口話は、あくまで副次的手段ですから。意思の疎通を完全にはかることは無理です」

「分かった。俺から伝えておく」

「私は——」

「引き続き、頼む」

「取調官の覚えは良くないようですが」

「そんなこと気にするお前じゃないだろう」

今度は笑いが顔に出た。もちろん何森には見えない。

「そういうことでいいか。ちょっと取り込んでるもんでな」

確かに背後の声はかなり大きくなり、錯綜《さくそう》していた。

「お忙しいところすみませんでした」

電話を切ってから、捜査本部にでもいるのだろうか、と思った。最近県内で起こった大きな事件と言えば——。みゆきが言っていた「所沢署に捜査本部が立った」という件が思い浮かぶ。もしかしたら、何森は県警本部からそっちに派遣されているのかもしれない。だとすると、何森が所沢署でみゆきと顔を合わせる可能性もある。

荒井は、何事にも動じることのない何森が、みゆきのことだけは少し苦手にしているのを知っていた。加えて先日の件もある。二人が鉢合わせした時の何森の気まずそうな顔を想像すると、少しおかしくなった。

それにしても、と思う。あれから何年も経《た》ち、「指定手話通訳員」の制度ができたことなどから、もう少し彼らの理解も進んでいるのではないかと荒井は思っていた。

だが、本質は何ら変わっていないのだ。

警察の捜査における「聴覚障害者に対する情報保障」に対する認識不足は、これまで何度も問題視されてきた。せんだっての林部の事案でも、そのことが「嘘の自白」につながる一つの要因だったと片貝が指摘していたほどだ。取り調べにおける手話通訳の手配も同様だ。どこの自治体にも、聴覚に障害を持つ者が事故や事件の当事者になった際には被害者・加害者を問わず手話通訳者の派遣を頼める制度があるのに、それを捜査員が知らない、あるいは筆談で十分、補聴器をしているから聴こえるだろう、という「現場」の勝手な判断でその制度を利用させない、ということが多々あった。

警察の体質は、荒井が事務職員として勤めていた頃と少しも変わっていないのだ。当時経理課にいた荒井が、急きょ「ろう者による傷害致死事件」の取り調べ通訳の役目を振られた、二十年近く前のあの頃と――。

取り調べは数時間に及ぶこともあるのでそのつもりでいたが、予想外に早く帰宅できることになった。そのことをみゆきの携帯電話の留守録に入れると、すぐにコールバックがあった。

「そういうことなら、美和のお迎え頼めるかな?」

電話口でみゆきが遠慮がちな声を出した。

「ああ、いいよ。夕飯もつくれる」

「あ、私の分はいらないから」少し言いにくそうに、「今日、遅くなりそうだから」と続けた。

それ以上の説明はなかったが、事情は察した。電話の背後で、何森の時と同じようなガヤガヤした声が聴こえたのだ。どうやら荒井の懸念は的中したらしい。

学童クラブにはみゆきから連絡が行っていたらしく、美和の迎えはスムーズにいった。

「きょうお母さんおそいんだってねー」

美和は少しも不満そうな様子はなく、荒井が差し出した手をとった。

「急な仕事ができたみたいだな。夕飯も二人だけだから、何かデリバリーでもとるか」

「あ、じゃあピザがいい!」

そう言うだろうと思っていた。日ごろは「主夫」として倹約を心がけていたが、たまにはいいだろう。荒井も少しはのんびりしたい気分だった。

家に戻ってからピザのデリバリーを注文し、美和と二人で洗濯物を取り込んだ。一人暮らしの時はついぞしたことがなかったが、今ではTシャツも端を揃えてたためる。美和にはさすがにシャツは難しいので下着や靴下を任せた。

「テレビつけていい?」

「いいけど、今日はアニメはやってないんじゃないか?」

「うん、いいの」

母親にうるさく言われず好きにテレビが観られるのが嬉しいらしく、リモコンをカチャカチャいじっている。だがこの時間にはニュースぐらいしかやっていないようだ。

「あれ、ここ、ヤオコーじゃない⁉」

美和の声で、テレビに目を向けた。

確かに見覚えがある場所が映っている。見慣れた隣町のスーパーや家並みの中で、レポーターらしき男性がマイクを握って立っていた。

「被害者が遺体で発見されたのはこちらのアパートの一室でした。まだ警察の現場検証が続いており、近づくことはできません。遺体が発見されたのは三日前の朝で……」

『被害者は三十代のＮＰＯ職員か』『殺人事件とみて捜査』というテロップが出ている。

まさに、何森やみゆきが捜査本部の一員になっているであろう事件現場からの中継だった。

「ねえ、そうだよね。ここ、えいちくんちの近くだ！　なに、どうしたの！」

興奮したように叫ぶ美和に、「なんか事件が起きたらしい、ちょっと静かに」と言い聞かせ、テレビの音量をあげる。

新聞報道よりも詳しい事件の解説がされていた。現地レポートやテロップ解説などにより分かったところでは――。

三十代のＮＰＯ職員の男性が、勤めているＮＰＯが管理するアパートの一室でコードのようなもので首を絞められ絶命しているのが発見されたのが三日前の朝。遺書などはなく、遺体の状況などから警察ではその前日の夕刻に絞殺されたとみて目撃情報などを集めているが、今のところ手掛かりはなし。

さらに続報として、殺された男性は身分を詐称しており、当初被害者の氏名として発表された「上村春雄《かみむらはるお》」という人物は、昨年病死していることが判明したという。「本当の上村さん」は長い間ホームレス生活をしており、福祉団体の支援を受けて自立をはかったものの、持病の肝硬変が悪化して亡くなったもので、その死に事件性はなかったという。警察は、男性と上村さんの関係を調べるとともに、被害者の似顔絵などを作成し、身元の確定を急いでいる、ということだった。

ニュースはそこで終わり、CMに切り替わった。

「なーに、じけんって。えいちくんだいじょうぶ?」

「えいちくんって、この前話していた『しゃべれない』って男の子のこと？　この辺に住んでるの?」

美和がうんうんと肯く。「ヤオコーのちかく」

「そうか。でも火事とかじゃないから大丈夫だよ、心配いらない」

「そうかー、よかった」

だが美和は洗濯物たたみに戻ろうとはせず、「ねえアラチャン」と荒井の方へ寄ってきた。

「うん?」

「えいちくんのおうちにいつ行く?」

「えいちくんのおうち？　いつって、何のこと」

「えー、わすれたのー、えいちくんに手話おしえてって言ったじゃない」

「ああ、そのことか……」ようやく思い出した。

美和のクラスメイトの男の子。単なる不登校だけでなく、その子は「ほとんどしゃべらない」というのだ。いや、美和が言うには「しゃべれない」。何かの障害ゆえなのかまでは分からなかったが、つい先日、「手話ならしゃべれるかもしれない」からと、その子に手話を教えてくれないかと頼んできたのだった。

「行くのはいつでもいいけど、えいちくんと、えいちくんのお母さんがいいって言ったらだよ」

「じゃあ、あしたきいてみる！　えいちくんのお母さんがいいって言ったらいいのね！」

「えいちくん本人もね。それと、お母さん、美和のお母さんにも了解をとらないとな」

「うちのお母さん？」美和は少し考え込んだ。「うーん、ないしょじゃだめ？」

「それはダメだよ」

「うーん、そっかあ、わかった、それもあしたきいてみる」

美和は真剣な表情になって再び洗濯物たたみに戻った。かなりえいちくんという少年のことを気にしているようだ。

荒井の方は、事件のことが気になっていた。近隣で起こった重大犯罪、しかもみゆきが捜査に加わっているかもしれないとあってはなおさらだ。さらなる詳細を求めてチャンネルを替えてみたが、ニュースを報じている局は他にはなかった。

再び元のチャンネルに戻してみるが、CM明けはもうニュースの時間ではなく「今週の顔」というコーナーになっていて、洒落たハーフリムのメガネをかけた恰幅の良い壮年男性がインタビューを受ける姿が映っていた。

「今注目の〈正育学《せいいくがく》〉」「加持秀彦《かじひでひこ》さんに聞く！」というテロップが出ている。

「誰でも子供を産んだ瞬間に親になれるわけではないんです。子供をきちんと育てあげた時、初めて、親になる。それが、『正育学』の考え方です」

歯切れの良い口調で語っている男性のバストショットには、「加持秀彦　四宮《しのみや》学園理事長」という肩書が表示されている。関心があったわけではないが、そのままにしておいた。

美和と並んで洗濯物をたたみながら、聞くともなしにその声が耳に入ってくる。

「子育ての基本は、親です。親の愛情の多寡が子供の将来を決めるといっても過言ではありません。三歳までは常にそばにいて、添い寝、あやし、読み聞かせをする。就学年齢になってもテレビは見せない。もちろんゲームやスマホなどはやらせず……」

ふと、同じような話をどこかで聞いたな、と思う。

画面に目をやると、インタビュアーが質問をしていた。

「先日、埼玉県知事が『子育てサポート条例』というものを議会に提出しましたが、その基本にも『正育学』の考えがある、ということですが……」

「ええ、高階知事は私の考えをよく理解し、賛同してくれています」

男性が鷹揚に肯く。質問が続いた。

「条例の中に、『発達障害も親の愛情次第で予防・改善できる』という一文があり、論議を呼んでいるようですが……」

そうだ、と思い当たる。いつだったかやはりテレビで取り上げていたニュース。埼玉県知事が何かの条例を提案して市民から反対されている、という内容だった。その条例の元にあるのが、この男性の提唱する考えらしい。

荒井も、今の発言には引っかかりを覚えた。「発達障害」についての深い知識はなかったが、確か生まれついての脳の機能障害のようなものではなかったか。それを「親の愛情次第で予防・改善できる」と言い切ってしまうのはかなり乱暴な気がした。

洗濯物をたたむ手を休め、関心を抱いてテレビを観ようとした時、ピンポーンとチャイムが鳴った。

「ピザだ！」

美和が喜々として立ち上がる。自分で応対したいらしく、インターフォンに「はーい、どなたですかー」と声をあげている。

「ピザのお届けでーす」

「アラチャン、ピザきた！」

「はいはい」

テレビのことが少し気になったが、仕方がない。荒井は、財布を持って玄関に向かった。

翌日も、朝から西入間署へと足を運んだ。みゆきは一足先に、美和を送りがてら出勤している。昨夜は九時過ぎに帰宅し「あー、疲れたー」と食事もとらずにシャワーだけ浴びて早々に寝室へと消えた。本当に捜査本部に参加しているのか、事件のことも知りたかったが、訊く暇を与えてくれなかった。

「おはようございます」

刑事課の入り口で、ちょうど出てくるところだった津村に挨拶をしたが、彼はこちらを一瞥《いちべつ》したただけで無言のまま取調室へと向かった。昨日以上に険のある態度だった。何森から何か言われたのだろう。それならこちらも遠慮は無用だ。

取調室に入ると、新開は昨日と全く同じ姿勢で机の前に座っていた。津村は音を立てて椅子を引き、ドン、と腰を下ろした。

「眠れたか」

昨日と同じ台詞《せりふ》を繰り返す。荒井も通訳の仕事を始めた。

〈眠れたか〉

乱暴な口調はそのまま乱暴な手話にする。「できる限り正確に」という通訳の心得に従って。

新開はちらりとこちらを見た。

「昨日は悪かったな。本当は耳が聴こえるんじゃないかと疑ったりして」

荒井はそのまま手話で伝える。新開はふん、と鼻を鳴らした。

「聴覚障害者のことをあまり知らないんでな。お前らは」そう言ってから「あんたらは」と言い直す。「口が読めるんだってな。便利で結構なことだな」

抵抗を覚える物言いだったが、こらえてそのまま手話で伝えた。新開は同じ姿勢のまま、だが荒井の手の動きをじっと見ている。

「『あんたがしゃべってるのを聞いた』っていう証言もあったもんでな。それでつい勘違いしちまったんだ。勘弁してくれよな」

荒井は通訳をしながら、新開のことを観察した。今のところ津村の言うことに感情を動かされた気配はない。手も表情もぴくりとも動かなかった。

「ただ、あんたがホンモノの聴覚障害者だっていうなら、逆に分からんことがあるんだがな」

津村の言葉を、荒井は正確に通訳をした。「聴覚障害者」という表現も「ろう者」（耳と口を同時に手で覆う）とせず、「聴覚」（耳を人差し指で押さえる）「障害」（胸の前で何かを折るような動き）「者」（親指と小指を立てた両手を中央から左右に離していく）という手話をわざわざ使った。

新開の目が開き、荒井の手の動きを凝視した。

津村が続ける。「なんで聴覚障害者ばかりを狙ったんだ？　それが分かんないんだよな。仲間だろう」

荒井の手話を見ていた新開が、最後の「仲間」（両手を合わせ、軽く円を描く）という手話のところで「はっ！」と声を出した。

〈仲間？〉

荒井の手話を真似てからわざとらしく笑う。

〈一緒にしないでくれ、あんな馬鹿どもと〉

そのきつい手話にひやりとしたが、仕方なくそのまま「音声日本語」にする。新開が荒井の口の動きを見ていた。正しく通訳しているか確かめているのだ。

「馬鹿ども？　ずいぶんひどいことを言うな」

そう言いながら、津村は口元を緩めた。何はともあれ新開が反応したことに「しめた」と思っているのだろう。

「あんたは違うのか？　あんたは利口っていうわけか」

荒井が通訳するのを見て、新開は肯きながら人差し指と親指を二度、付け合わせた（＝そうだ）。

そして、こめかみのあたりを人差し指でとんとん、と叩く。

〈俺はここでのし上がってきたんだ。あいつらみたいに馬鹿じゃない〉

「頭でのしあがってきた？　それで暴力団を結成っていうのはおかしいんじゃないか」

津村の言葉に、新開が目を剝いた。

〈俺たちは暴力団じゃねえ〉

「同じようなものだろう」

〈同じじゃねえ！〉

新開は、取調官ではなく、その言葉を通訳した荒井に怒りの目を向けてきた。

〈お前に何が分かる！〉

眉間にしわを寄せてこちらを指さしてから、立てた両人差し指を額の前と耳の少し上に置き、前と横に二度動かした（＝お前は結局、脳みそが聴者なんだよ！）

さらに続ける。

〈お前は所詮、犬だ。犬、日本語でそう言うんだろう？　権力の手先。回し者。スパイ。犬っころ！〉

新開は口を開けて「アウアウ」と声を発した。犬の鳴き真似のつもりなのだろう。

荒井はそれを、一つ一つ音声日本語にして津村に伝えた。津村もさすがに気まずそうな顔になる。

「そんなことは訊いていない。私の質問に答えなさい。つまりだ、あんたは、聴覚障害者だったら騙しやすいと思ったんだな。あまり知識がないから。そういうことか？」

新開は一瞬目を見開いたが、しばらくして、そうだというように肯いた。

「同じ障害を持つ者たちを騙したり脅したりして罪悪感は覚えなかったのか」

津村の言葉に再び「はっ！」と声をあげる。

〈罪悪感？　何でそんなものを覚えなくちゃいけないんだ〉

凄まじいスピードで手と表情を動かす。

〈奴らからいただいた金は、「講師料」みたいなもんだ。「聴こえる世界」には悪い奴らがいっぱいいるから気を付けろってな。訊いてみろ、俺たちがいるおかげであいつらも悪い聴者に騙

ぐらいだ〉

されたり脅されたりしないですんでるんだ、それをあいつらも分かってる、感謝されてもいい

「ふん」津村が鼻を鳴らした。「都合のいい理屈だな。悪事を正当化か」

〈うるせえっ、俺たちの間のことにクチを出すんじゃねえ！〉

新開は再び、通訳をする荒井に激しく食ってかかる。

〈いいか、これは俺たちの問題だ、犬っころが余計な口出しをするな！〉

新開の怒りは、明らかに津村ではなく荒井に向けられていた。

普段の通訳でも、対話の内容によってはろう者が「通訳をしているだけ」の自分たちに感情をぶつけてくることは珍しくはなかった。だがそれは無意識のうちに混同しているだけで、本人の中ではあくまでその感情は対話相手に向けられている。

しかし、今の新開は違った。

彼の憎しみは、取調官である津村にではなく、はっきりと荒井に向けられていた。

その感情がどこからくるものなのか、荒井には分からなかった。

取調室を出たところで、津村に話しかけた。

「さっきの被疑者《マルヒ》の言い分ですが……被害者たちは実際は何と言ってるんですか？」

「あん？　何のことだ？」

無視されるかと思ったが、昨日と違いかなり供述をとれたことで気を良くしているのか、津

村の態度も軟化していた。

「『被害者も分かってる、感謝されてもいいぐらいだ』と言っていましたが」

「ああ、なんか御託《ごたく》を並べてたな」津村は肯き、「被害届が出ていなかったのを都合よく解釈
してるだけだ」と答えた。

「被害届は出ていなかったんですか?」

意外だった。ではどういう経緯で事件化されたのだろう。

「ああ、奴らからの報復を恐れたんだろうな。それで今まで連中の悪事も露呈しなかったって
わけだ。今回の件は、四係が別の恐喝事件で押収した拳銃《どうぐ》の流れを追っていて、それで奴らに
行きついて……そうしたら余罪が出るわ出るわで」

新開について調べていた中に、「対立するグループとの抗争に備えて拳銃や実弾を所持した」

という容疑があったことを思い出した。それが摘発の発端になったわけか。

「四係もそれまでは全く摑んでいなかったんですか、彼らの存在を」

「そうみたいだな。障害者同士でそんなことがあるとは誰も思っていなかったからな。今まで
は身内同士の出来事ってことで表面化してなかったんだろう」

そう言って津村は、軽い足取りで刑事課室《デカべや》へと戻って行った。

身内同士の出来事――。

何でもないように放たれた言葉だったが、荒井の胸には重くのしかかっていた。

確かにろう者社会の結束は固い。良くも悪くもコミュニティ内で起きたことが「外」に出に

くいのは事実だ。ろう者だけに限らず、障害者の抱える問題が、いや存在そのものが社会の中で顕在化しにくいのはそのせいもある。

犯罪ですら、そうなのだ。

所詮「身内同士」のもめごと。俺たちには関係ない、と——。


取り調べが軌道に乗り始めると、連日、昼の休憩を除いて朝から夜まで続けられることになった。美和の迎えや食事の支度のこともあり、荒井は交代要員を用意してくれるよう申し出た。それは聞き入れられ、荒井の担当は午後二時までということになった。

「あんたの通訳だと奴も『よくしゃべる』んだけどな。まあしょうがないな」

津村は少し残念そうにそう告げた。

午後の早い時刻で解放されるとなると、逆に時間が空いた。西入間署からの帰路の時間を考えても、美和の迎えまで二時間近くは余裕がある。その時間を効率的に利用することにした。

荒井はメールと電話で二か所にアポをとり、まずはより近い方へと足を向けた。

彼女なら、何か知っているはずだ——。


〈この前の裁判はご苦労様でした〉

リハセンの喫茶ルームで向かい合った冴島素子は、まずは荒井をそうねぎらった。

彼女が言っている「裁判」とは、先日荒井が法廷通訳として関わった「ろう者が被告人となった強盗事件」のことだ。日本でも数少ない聴覚障害者の弁護士である片貝らの弁護や支援もあって、被告人だった林部は無罪を言い渡されたのだった。

〈無罪はもちろんだけど、彼が偽証罪に問われなかったことは大きい。音声日本語が私たちにとって言語ではない、と認められたということだもの〉

素子はそう言って相好《そうごう》を崩したが、実際の事情は少し違った。

判決は、林部が「明瞭な音声日本語を発することができない」と認めたに過ぎない。彼が「しゃべることができない」と言ったことの真偽までは判断していない。そもそも、他の証人と違って被告人に「偽証罪」は成立しない。被告人が自分の利益のために虚偽を口にすることは、裁判では織り込み済みなのだ。被告人だけが「宣誓」をしないのはそのためだ。

ましてや判決は、「ろう者にとっての言語とは」まで踏み込むものでは到底なかった。

だがそれを今、素子に告げ、あえて不興を買う必要もない。荒井は、〈そうですね〉と当たり障りのない返答をした。

〈で、今日の用件は?〉

彼女は、雑談というものをほとんどしない。荒井も単刀直入に切り出した。

〈新開浩二という男を知っていますか。ろう者同士の恐喝・詐欺事件で逮捕された男ですが〉

途端に素子の眉間にしわが寄った。

〈あの子はろう者じゃない〉

素子がそう言うであろうことは予測していた。

〈それは、彼の生い立ちによるものですか、それとも彼らの行為ゆえですか〉

つまり、新開が中途失聴者で口話も使うことから「ろう者ではない」のか、あるいは同じ耳の聴こえない者たちを食い物にしていたその行為のことを指して言うのか。

だが彼女は、小さく首を振っただけで答えなかった。質問を変える。

〈彼のことはご存じなんですね〉

素子は肯き、答えた。〈少しは〉

〈彼のした犯罪のことも〉

〈ええ、聞いてる〉

〈今頃になって事件が表面化した、というのが気になるんです。なぜ今まで、被害者は訴え出ていなかったのでしょうか〉

〈そんなこと、私が知るわけがないでしょう〉

素子の答えは素っ気なかったが、荒井はなおも食い下がった。

〈私は、新開のことを何も知らないんです。新聞記事の情報だけです。冴島さんが彼のことをご存じならば、何か違う見方があるのではないかと〉

素子の表情に少し変化があった。しばし荒井を見つめてから、〈これはあくまで私の想像だけど、それでもいい？〉と言う。

〈もちろん〉

彼女は肯き、話し始めた。

〈あの子は、口話が得意らしい。もちろん、読話もね。それを強みに、ろう者たちに近づき、騙し、奪っていったんじゃないかしら〉

〈ろう者に、ですか？　聴者に近づいたのではなく？〉

〈もちろん聴者との間に立って「通訳」みたいなことはしたのでしょう。得意の読話と口話でね。でもそこから深く入り込んでいくのは、聴者たちの方へではなく、あくまでろう者の方へ。そこがあの子の〉

親指と人差し指を付けた指先をこめかみの近くに置き、人差し指を跳ね上げるように前へ伸ばした。〈賢い〉という意味の手話だが、この場合は決して良い意味ではない。〈ずる賢いところ〉と言っているのだろう。そして続けた。

〈被害者には年配の人が多く、インテ組はほとんどいなかったという話も聞く。音声でのコミュニケーションはもちろん、筆談も苦手だった人が多かったんじゃないかしら。そういうところに、あいつらはつけこんだのよ〉

この素子の発言は、地域の学校に通っていないから日本語ができない、ということを意味しない。ろう学校で中途半端な口話ばかりを学ばされ、自分たちの言語である手話でコミュニケーションをとる機会を奪われた結果、文字としての日本語の習得も不十分に終わっている者が多い。そのことを言っているのだった。

取り調べの際に津村が彼らのことを「あまり知識がないから」という言い方をしていたが、それも違う。書記日本語を十分に習得していないために漢字が苦手だったり「てにをは」を間違えたりすることを、聴者はそのように誤解してしまうのだ。

一方新開は、口話や読話が得意であるのに加えて、押し出しも強いし見てくれもいい。取り調べの際の刑事への態度を見ても、普段から聴者に対して一歩も引かないであろうことは想像がつく。多少しゃべりに難があっても、聴者より優位に立つケースは多々あったに違いない。

素子たちのように、日本手話を自分たちの言語とし、ろう者としての誇りを持つ者がいる一方で、口話ができなかったり日本語が苦手だったりすることを「聴者に比べ自分が一段劣った存在」と感じているろう者もいるだろう。そういう人たちにとって新開は、同じ「聴こえない者」でありながら一般社会に溶け込み、聴者と対等、いやそれ以上に相対《あいたい》している存在として映ったのではないか。

〈被害者には女性が多かった、とも聞いている〉

素子はそうも言った。

〈社会に出て「ほとんど聴こえるかのようにふるまう」新開のような男たちは、彼女たちにとって頼りがいがあり、憧れる存在だったはず。詐欺のような目に遭っても被害者意識は持たないどころか、お礼代わりととらえている人もいたかもしれない。そんな彼女たちの心理を、あいつらは卑怯にも利用したのよ〉

今まで被害届が出ていない理由としては、肯けるものだった。少なくとも「報復を恐れた」と単純に言えるものではないのだろう。

荒井にはもう一つ気になっていることがあった。

〈彼の出身についてはご存じですか〉

〈ああ、「海馬の家」にいたらしいわね〉

素子の顔に、特別な感情は見えなかった。彼女が「海馬の家」に対しあまり良い思いを抱いていないことは承知している。だが、少なくとも新開が少年時代を送った当時は、彼らのような行き場のないろう児たちにとって「海馬の家」はなくてはならない場所だったはずだ。

〈「海馬の家」が閉鎖されると聞きましたが……〉

〈らしいわね〉

〈ろう児たちの親や職員が中心になって、新しいろう児施設の設立に動いているとか〉

〈聞いてはいるけど〉

ここで、荒井はおや？　と思った。いくらなんでもあまりに無関心にすぎるのではないか？かつての「海馬の家」に対する感情はともかく、「新たなろう児施設」の設立を模索している人々がいるならば、素子に何も助言を求めないとは考えにくい。職員らはともかく、ろう児の親たちの中には素子のシンパが少なからずいるはずだ。いや、素子自身が、新しい施設がどのような教育方針を持つかということに関心がないはずがない。

〈冴島さんはその件に何も関わってないんですか〉

素子は、無言で荒井のことを見返した。答えようかどうしようか迷っているような表情だった。

〈少なくとも〉素子が、ためらいがちに手を動かした。

〈以前の「聴応訓練《ちょうおうくんれん》」のようなことが行われないようにと願っている〉

ふいをつかれた。ああ、そうだった――。

「聴応訓練」。その言葉が、一瞬にして荒井の脳裏にいくつもの映像をフィードバックさせる。結婚式の時の瑠美の手話。デパートの屋上で向かい合った何森の表情。寮の一室で再会した門奈夫妻。そして、接見室のガラスの仕切り越しに荒井に対して憎しみの目を向けてきた、一人の少女。彼女の手の動き。

おじさんは、私たちの味方？　それとも敵？――

すべては、二十年近く前に「海馬の家」で起きた出来事から始まったのだ。愚かだった。素子がそのことについて口にしないのは、自分を信用していないからではない。むしろ気遣ってくれていたのだ。

あなたはもう、このことに関わらない方がいい、と――。

リハセンを出た足で駅へと向かい、上りの電車に乗った。

余計な詮索をしたおかげで古い記憶を呼び戻されてしまい、気分は沈んでいたが、もう一つのアポ先に向かわなければならない。社会的弱者の救済を目的に活動するＮＰＯ法人フェロウシップの片貝や新藤は、新開による一連の事件の被害者たちについての情報を持ちあわせている。

住所こそ新宿区にあるものの、いまだ高架整備もされていない小さな駅から歩いて数分、さびれた商店街を抜けたところにフェロウシップの事務所はあった。

これまで何度も仕事の依頼を受けたが、いつも落ち合うのは「現場」であったため、事務所を訪れるのは初めてだった。一階がNPOの、二階が片貝の弁護士事務所、三階は生活困窮者のための住居スペースになっているという。元々は手塚ホールディングスが所有する建物だったのだろう。

一階のチャイムを鳴らすと、すぐに新藤早苗《さなえ》が以前と変わらぬふくよかな顔を現した。

「荒井さん、お久しぶりです～」

天性の人懐っこさで、無沙汰を感じさせない。

「どうぞ、ちょうど瑠美さんもいらしてるんですよ」

荒井を招き入れながら、何でもないように言った。

「瑠美さんが」荒井は足を止めた。

「ええ、残念ながらすぐに出てしまいますけど」

「瑠美さん、こちらの活動に復帰されたんですか」

「そうなんです」新藤は屈託なく続けた。「これも荒井さんのおかげです！」

「私の？」

「はい。この前の林部さんの裁判が刺激になったみたいで。もう一度関わってみたいって」

「そうなんですか……」

裁判の件に瑠美を巻き込んだのは、確かに荒井だった。だが、それは一つのキッカケに過ぎなかったのではないか。おそらく彼女自身の中に以前からそういう気持ちがあったのだ。自分はただ、背中を少し押しただけだ。

　小さな打ち合わせルームに通される。荒井が入ってきたのを見て、テーブルの向こうで片貝と話していた手塚瑠美が立ち上がった。

「その節は大変お世話になりました」

　ぴんと背筋を伸ばした姿勢から、深々と頭を下げる。

　荒井も一礼を返す。「いえ、先日は突然お邪魔してすみませんでした」

「荒井さんには本当に感謝しています。ありがとうございました」

　その物言いは、すでにフェロウシップの代表としてのものだった。

「いえ私は、何も……」

　ただ自分の仕事をしただけです、と続けようとしたが、それは嘘だ。自分は間違いなく出過ぎたことを――職域を逸脱することをしたのだ。

《林部さんは今は?》

　瑠美の隣にいた片貝に向かって日本語対応手話で尋ねる。林部の弁護をしたのが、彼だった。

《仕事に復帰しました。事件前に働いていた職場に》

《そうですか、それは良かった》

《彼も、荒井さんに感謝していました。本当は直接お礼を言いたかったのだけれど、と》

《いえ》

「じゃあ私たちはこれで出てしまいますので、後は片貝さんとお話しください」

新藤が言って、瑠美を促す。瑠美も改めて荒井に向き直る。

「では失礼します。また是非、お会いできますことを」

丁寧にお辞儀をし、二人は出ていった。ドアが閉まるのを見ながら、瑠美が一度も手話を使うことがなかったことを思う。もちろん、聴こえる者同士であるし、片貝も口話を使えるから不自然ではないのだが。

林部の件で久方ぶりに手塚家を訪れた時、応接室で二人だけになった瑠美は会話を日本手話に切り替えた。聴こえる者同士でありながら。それもまた、至極自然なことだった。あの、話をしていて奇妙な安堵感を覚える感覚。それは、同じ手話を使った会話でもろう者と話している時には味わえない、いわばコーダ同士の共感覚なのか――。

トントン、と机を叩く音がした。

《お名残惜しいでしょうけど、こっちも始めましょうか》

片貝が、からかうような表情を向けていた。

《すみません、お願いします》

揶揄についてては気づかなかったことにして、彼の向かいに腰を下ろした。

《警察の方では、新開浩二の聴取は進んでるんですか?》

片貝が、手元のファイルを手繰りながら訊いてくる。

《少しずつではありますけど……彼の弁護は、こちらではされないんですよね》

ええ、と片貝が肯く。《逮捕された時に向こうが国選《こくせん》を指名しましたからね。それに、私たちの立場としては被害者側のことも考えなければなりませんから》

《そうですね》

ここが、今回の事件の複雑なところだ。聴覚障害者が逮捕されたとあれば、通訳を含めてフェロウシップがその支援に乗り出してもおかしくない。だが、本件の場合は被害者もまた聴覚障害者なのだ。

《彼らのやり方は巧妙ですよ》片貝が言った。

《暴力で脅したケースは、逮捕容疑の事案以外は仲間内のものぐらいです。あとは架空の出資話や預金を騙し取るなどの手口ですね。年金や保険を狙われたケースも多いです。「聴こえない人たち」は、障害基礎年金などをそのまま貯蓄に回している人が多いんです。資産運用といったことに慣れていないから、同じ「聴こえない者」からのうまい話にはつい乗せられてしまうんですよ》

肯ける話だった。年寄りの中には、事務手続きが面倒で銀行にあまり行きたがらない者もいる。

《預金を下ろしたり預け替えたりっていう面倒なことは、一切合切新開たちがやってくれますからね。保険会社との交渉とかも。親切な男だと思ってもおかしくないし、頼りがいがあるように見えたと思います。何より、同じ「聴こえない者」だってことで端《はな》から信用していますし》

この辺りは、素子が言っていたことを裏付ける。

《これまで被害届がほとんど出ていなかった、というのは本当ですか》
《そのようですね》片貝は、ファイルを捲《めく》った。《うちでもちょっと調べてみましたが、今でも「お金さえ返してもらえればいい」と言っている人が多いみたいです》
《それは、彼らの報復を恐れて、ということですか?》
《それがどうもそういう感じではないんですよねえ。新開のことを怖がっている様子はあまりありませんね。「彼は悪い人じゃない」と言っている人もいるみたいですから》
やはり、そうなのか——。
片貝が逆に尋ねてきた。《取り調べの最中の彼の態度はどうですか?》
《決して良いとは言えませんね》荒井は苦笑を返す。《取調官にはもちろん、私にまで食ってかかってきますから》
《ほう、荒井さんにも》
《いやむしろ》荒井は、取り調べ中に異様に感じた新開の態度のことを話した。
《私の方に強く怒りや憎悪を向けてきている感じさえします。「お前はこいつらの犬だ」とまで言われましたから》
《ほう〜》片貝は少し意外な顔をしてから、《新開は、荒井さんがコーダだというのを知っているんですか?》と訊いた。
《ええ、訊かれたので答えました》
《なるほど、そうですか》

片貝は、少し考えるような仕草をしてから、荒井のことを見た。
《新開が荒井さんに憎しみの目を向けるのは、分かるような気がします》
《どういうことです？》
《憧れと憎しみは裏表《うらおもて》ですから》
怪訝《けげん》な顔の荒井に、片貝が続ける。
《被害者の女性たちが読話や口話の得意な新開に憧れたように、新開にとって、コーダである荒井さんは憧れの存在であると同時に、彼が手に入れられなかったものを持っている、嫉妬と憎しみの対象でもあるんですよ》
《手に入れられなかったもの？》
《聴こえる、ということですよ》
そう答えてから、片貝は《私にはよく分かります》と続けた。
《新開は、本当は、「聴者になりたい」んです》
聴者になりたい。「聴者のように」ではなく、聴者そのものに。「聴こえる人」に――。
その思いは、新開と同じく中途失聴者であり、口話も手話も器用に使いこなす片貝とて同じなのだろうか。彼らから見れば、聴者でありながらろう文化を身に付け、日本手話を巧みに操るコーダは、自由にその両者の間を行き来する特別な、うらやむべき存在に映るのか――。
だが片貝はそれ以上言及せず、《もっと新開について知りたければ、彼をよく知っている男を紹介します》と話題を変えた。

《深見《ふかみ》慎也《しんや》という人です。新開とはろう学校の同級生で親しかったそうです。実は彼の方も新開についてとても気にしていて。もちろん通訳者の守秘義務は承知していますので、その範囲内で構わないので一度会ってみたらどうですか》
最後に、少し言いにくそうに付け加えた。
《彼も、「海馬の家」の出身です》

その夜も、みゆきの帰りは遅かった。夕飯はいらないとは言われていたが、念のためにレンジで温めれば食べられるように、二枚の耐熱皿にバラ肉とキャベツのはさみ煮とエビと豆腐のマーボー風を用意しておいたが、みゆきはどちらにも手をつけず、缶ビールを一本だけ空けた。

「捜査の方はどう」

十時を過ぎていたが、荒井も缶ビールを付き合い、彼女の座るダイニングテーブルに向かい合った。

「うん、ボチボチ」

みゆきは小さく答えてビールを呷《あお》る。

「何森さんも一緒?」

「うん」肯いてから、「っていったってこっちは人数合わせだから」と言い訳するように付け加えた。

今日、また瑠美と会ったことを伝えるべきか、荒井はためらっていた。冴島や片貝、新藤たちとはこれからも会う機会があるだろう。それらについて話せば、これ以上あの人たちと関わらないで、と言うだろうか。今のみゆきの様子を見れば、余計なことを話して煩《わずら》わせるのは申し訳ない気もした。迷っていると、みゆきの方から口を開いた。

「美和が、『お友達』に手話を教えてもらいたいんだって？」

予想していなかった話題に、一瞬戸惑う。

美和のお友達——「えいちくん」のことだと思い出した。

「ああ、そうみたいだな。あちらのお母さんとみゆきがいいって言うんだったら俺の方は構わないと答えたけど」

「えいちくんのお母さんは是非にって言ってるそうよ。まあ美和の言うことだけど」

「そうか」

「あちらがいいって言うのなら、私が駄目とか言うことじゃないし」

「うん」

「うるしばらさん、って言うらしい。電話番号を聞いたから、明日にでも電話してちゃんと訊いてみる」

「分かった」

「たぶん、私は行けないと思うから。二人で行って」

「……そうか」

「ごちそうさま。ご飯、せっかく用意してくれたのにごめんね」

みゆきはビールのアルミ缶をキュッとつぶし、キッチンへ入って行った。そして出てくると、「おやすみなさい」と小さく言って寝室に消えて行った。

翌朝もみゆきは美和と一緒に早くから家を出、荒井は少し遅れて西入間署へと向かった。取り調べ通訳へ臨む前に、昨日の夕方以降の調書があれば見せてもらいたいと頼んだが、まだ調書をとるまでには至っていないという返答だった。

「どうやらあんたにしか話したくないようだな」

津村は不服そうだった。

取調室に入ると、新開がいつもの恰好で椅子に座っていた。こちらを見て、軽く手を挙げる。その顔には、前回のような激しい感情は見当たらなかった。

荒井も、〈こんにちは〉という挨拶の手話で応えた。津村はその様子を面白くなさそうに眺めている。

「さ、じゃあ今日はちっとは進めようか」

津村は手にしたファイルを乱暴に机の上に置くと、どかっと腰を下ろした。

〈では聴取を進めましょう〉

通訳する荒井の手話を見ながら、新開がふん、と鼻を鳴らす。

「別件についてだがな。まあこれについては任意ということになるが」

「任意」という言葉については、寝かせた人差し指をあごの辺りでひねりながら横に動かした後（＝強制）、首を振り（＝ではない）、両手の伸ばした人差し指と親指を口の前から出し（＝答えは）、指を曲げた手を自分の肩の辺りから相手の方へ手首を返しながら開く（＝任せる）という手話で伝えた。新開が再び鼻で笑う。

津村が続ける。「今まで聞いた二件の被害者女性については以前から知り合いだったということは分かったが、ほかの件は、どうやって狙いをつけたんだ。住所とか連絡先はどうやって知った」

その言葉を荒井が通訳すると、新開はごく短く答えた。

〈名簿〉

「名簿？　何だ、名簿って」

津村の質問に、新開は面倒くさそうに首を振る。

おそらく地域ごとにある聴覚障害者協会などの加入者名簿のことだろう。誰でも見られるものではないが、同じ聴覚障害者であれば手に入れることも可能だ。コミュニティによっては各種のサークルなどもある。それらの名簿を見て、年齢や住居などから金を持っていそうな人間の当たりをつけたのではないか。だが、もちろん通訳者の立場でそんな「解説」をするわけにはいかない。

「まあいい。名簿で知って、狙いをつけた、そういうことだな」

新開は答えなかったが、津村は手元の書類に何事か書きこんでいく。

「今年の二月十日」

津村がファイルを見ながら言う。

「鶴ヶ島市の六十五歳の女性宅に押し掛け、健康食品と称するものを強引に売りつけてるな。その女性を知ったのも、名簿でか」

新開は首をひねった。〈健康食品と称するもの?〉荒井に問い返す。

〈あなたが、健康食品だと嘘をついて、売ったもの〉そう言い換えると、ああ、と肯き、

〈あのばあさんをどこで知ったかって? ゲートボール大会かな〉

と答えた。

「ゲートボール大会?」津村が意外そうな声を出す。「そんなものに参加してたのか?」

〈俺じゃない、仲間が〉

「ゲートボール大会で女性のことを知って、健康食品の話を持ち掛けたのか」

〈住所を聞いて、家に行った〉

「アポもとらず、いきなりか」

〈そうだ〉

「相手は不審に思わなかったのか」

新開は無言で首を振る。津村は、「どうもよう分からんな」と小さく呟いた。

荒井には、よく分かった。「聴こえない人たち」は、電話が使えない。若い人はメールを使うが、年配の人たちは、用があれば直接訪問するのが普通のことだった。そのため、見知らぬ人がいきなりやってくることに不審を抱きにくいのだ。そういったいわば「ろう文化」を、新

開たちは悪用したのだ。

　釈然としない顔ながらも津村は聴取を続けていく。

「三月九日。狭山市の七十歳の男性宅。その男性の息子がレンタカーを運転中に起こした事故について、示談にしてやると金を騙し取ったな」

　荒井の手話を見て新開は首を振った。

〈騙し取ってはいない。あれは礼金だ〉

「礼金？　どういう意味だ。事故の賠償金として三十万円、騙し取ったろう。実際には賠償金はレンタカー会社が契約する保険会社が支払っていた」

〈レンタカー会社や保険会社との折衝《せっしょう》も全部俺がやってやった。あの金は、その礼にともらったんだ〉

「そんな言い分が通用するか。実際、被害者は騙し取られたと言ってるんだ」

〈あの時はそんなことは言っていなかった。俺に礼を言っていた。感謝していた〉

「だから、それを騙した、と言うんだろう！」

　荒井の手話を見た新開は、険しい表情で身を乗り出し、胸に手のひらをつけて前方にひっくり返す。口の形は「ピッ」だ。そしてその表情のまま荒井のことを強く指さした（＝ふざけんな！）。

　そして、勢いよく続ける。

〈あれを「騙す」って言うなら、あいつらはこれから社会でずっと騙されっぱなしだ。簡単に人を信用するんじゃねえ。簡単に人に頼るんじゃねえ。俺は、それを教えてやったんだ。聴者相手だったらこんなもんじゃすまない。まだ俺たちでましだったんだ！〉

荒井は、一呼吸置いてからそれを音声日本語に通訳した。津村は呆れた顔で、

「全く反省の色なし、だな」

と呟いた。

少し進んでは停滞するということを繰り返しながら、その日の取り調べの担当時間を終えた。取調室を出てから携帯電話の電源を入れると、みゆきからメールが入っていた。

【英知くんの件、連絡しました。あちらは是非にとご希望。あなたの方から電話して日時を決めてください】

最後に、漆原真紀子《うるしばらまきこ》という名と携帯番号らしき数字が記されている。どうやら時間を見つけて連絡をとってくれたようだ。えいちは「英知」と書くのか。いい名前だな、と荒井は思った。

西入間署を出て、坂戸駅に向かう。この後、片貝に紹介してもらった深見という男と会う約束をしていた。昨日教えてもらったアドレスにメールを入れると、明日なら仕事が休みなので会える、という返事が返ってきたのだ。最後に、【新開のことは僕も気になっていたんです。様子を聞かせてください】という言葉も添えられていた。

待ち合わせたのは、深見の自宅の最寄りだという入間市駅の改札口だった。荒井の住む町とも近距離でありがたかった。ホームから改札へと上がっていくと、すぐに人待ち顔の男の姿が

見えた。三十歳前後。カーキ色のジャンパーにジーンズといういで立ちだった。他にも同じような年恰好の男性の姿はあったが、特に容姿も聞いていないのに荒井にはすぐに彼だと分かった。

手話通訳士となり初対面のろう者と待ち合わせることが多くなって初めて気づいたのだが、荒井には、集団の中にあっても一目でろう者を見分けることができた。

目の動きが聴者とどこか違うのだ。聴こえない分、視覚の情報に頼る、ということはもちろんあるだろう。だが、単に「キョロキョロしている」というのとは違う。ろう者独特の「目の振る舞い」があるのだった。象徴的なのが、相手の目を見て話す、ということだが、今のように所在なげに立っていても、目の動きはやはり聴者とは異なる。

荒井が近づいていくと、向こうも分かったのか小さく頭を下げた。近くまで行って立ち止まり、〈初めまして、荒井と言います〉と手話で告げた。男は安堵したように、〈初めまして、深見です〉と同じく日本手話で答えた。

駅の階段を降りたすぐのところにあるカフェに移動して、話を聞いた。

〈深見さんは、「海馬の家」でもろう学校でも新開と一緒だったんですよね〉

〈はい〉

仕事は、大手の自動車会社の技術職と聞いていた。ろう学校を卒業してから職業訓練校などで技術を身に付けたのだろうか、と思いそう尋ねた。

〈いえ〉深見は首を振った。〈ろう学校を卒業した後は、一般大学に進みました〉

〈そうなんですか〉

大学まで行っていたとは意外だった。

ろう学校の中には高等部の上に二年の専門科を持つところもあるが、それ以上進学しようと思えば「一般の」学校に進むしかない。しかしそれには、単に本人の学力の問題だけにとどまらない、多くの障壁があった。

まず、ろう学校では授業の進み具合が地域の公立校に比べ遅れている、というケースが多い。数か月ぐらいの遅れであればいい方で、ひどいところでは一年以上遅れる学校もあると聞いていた。これも聴覚口話法ありきの弊害で、例えば国語以外の教科でも、問題文の聞き取り・読み取りや発話の訓練をまずはしなければならない。それで肝心の中身の勉強が遅れてしまうのだ。加えて、受験の指導体制が整っていなかったり、情報保障がないゆえ大手の進学塾に通えなかったり……大学合格にこぎつけるまでの努力は並大抵ではない。

それゆえに、初めから大学進学を希望しているろう児の親たちは、中学や高校の段階で学校へのインテグレートを考える場合が多い。しかし、そこではまた「聴こえない」ことでの大きなハンデが待ち受けている。「海馬の家」出身ということは、経済的な問題か、あるいは家庭環境になんらかの問題を抱えていたに違いない。先ほど「意外」と感じたのはそれゆえだ。「海馬の家」の出身者が大学まで進めるとは思わなかったのだ。荒井は、自分の中にあった偏見を深く恥じた。

気持ちを立て直し、改めて今日の本題に入る。

〈新開は、どういう生徒だったんですか?〉

〈まあ、一言で言えば〉

深見は、「偉い人」を表す、親指を立てて上げるという手話に、口型《こうけい》で「ばんちょう」とつけた。

〈子供の頃から喧嘩が強くてね。それは小学部の頃から有名でしたから、中学部・高等部にあがっても先輩を含めてあいつの相手をしようなんていう奴はいませんでした。しょうがなく、外に出て他校の奴らと喧嘩してましたよ〉

深見はおかしそうに笑ってから、〈でも〉と言った。

〈喧嘩がしたくてしていたわけじゃないんです。僕らろう学校の生徒は、近くの学校の生徒たちから、からかわれたり嫌がらせを受けたりすることも多かったんです。特に女生徒なんかは、他校の男子生徒に手話の真似をふざけてされたり、聴こえないのをいいことに目の前で露骨に馬鹿にするようなことを言われたり〉

深見はそこで、大きく目と口を開いた表情をして両手で耳をふさいだり、ムチャクチャに手を動かしたりした。

いつになっても同じだ、と思う。

障害を持たない者が障害を持つ者を馬鹿にするときには、必ず、その身体的特徴を誇張する。脳性まひの人、下肢に障害のある人、知的障害のある人――その仕草や表情を大げさに真似するのだ。ろう者の場合は、「手話」がその対象になった。荒井が子供の頃は、「猿の真似」をする者が多かった。ろう者のスピーディな手の動きや時折発する声が似ていると言いたいのだろう。顔まで猿の真似をして馬鹿にする者もいた。近くまで来て、露骨に。どうせあいつらには分からない、と。

分からないわけはない。

真似をされた者、馬鹿にされた者がそれに気づかないわけはないのだ。見下されていることを理解し、そのことに深く傷つき、そして悔しさを胸にしまう。そうやって生きてきたのだ。

トントン、と深見がテーブルを叩いた。彼の方を見ると、軽く指を曲げた両手を上下に胸に当てた後（＝心配）、「プ」という口型をしながら脇の辺りにつけた両手を払うように前に出した（＝いらない）。

そして、続けた。

〈そういう時、新開が飛んでいくんです。仲間なんか連れません、一人でその馬鹿にした相手のところに乗り込んで行って、問答無用でぶん殴るんです〉

深見の顔は再び明るくなった。

〈それはもう痛快でしたね。新開のことを不良と怖がっている者も中にはいましたが、大抵の奴は、他校の不良から自分たちを守ってくれる心強い味方と思ってたんじゃないでしょうか〉

〈……そうなんですか〉

片貝が言っていたことを思い出す。

《「彼は悪い人じゃない」と言っている人もいるみたいですから》

頼もしく「見える」だけではなかったのかもしれない、と思う。事件を起こす前のろう者との関わりの中でも、聴者との間に立ってトラブルから彼らを守ることもあったのではないか？

〈それにね、ある意味、新開も優秀だったんですよ〉

深見が続けた。

〈勉強の方はさっぱりでしたが、読話や口話が得意でしたから。たぶんクラスで一番できたんじゃないですか〉

〈やはり、聴覚口話法で厳しく教えられた？〉

〈もちろん聴覚口話法の授業もありましたが、新開の場合は、やはり五歳ぐらいまで聴こえたっていうのが大きいですよね。「音の記憶」がありますから〉

音の記憶――。

そう言った時の深見の顔には、どこか羨《うらや》ましげな表情があった。

〈僕は生まれついての失聴ですから、全く分からない世界ですけど、新開はそっちの世界を少しだけ知っているんです。あいつは、「風の音」を覚えてるって言ってました〉

〈風の音？〉

思わず問い返した。不思議な表現だった。

〈ええ、他の音の記憶もあるはずなんですけど、不思議なことに、あいつがちょくちょく言うのは、「風の音」のことなんですよ〉

深見は、当時のことを思い出すように、ゆっくりと話を続けた。

〈風の強い日とかに外に出ると、耳の近くを通り過ぎる空気の流れとともに、その空気を切り裂いていくような音が聴こえるんだって。学校時代でも、風の強い日があると、休み時間が終わっても外にいて、風の中に立っていましたね。そんな時のあいつは、いつもの強気な様子と違ってちょっと寂しげというか、何だか小さく見えたのを覚えています〉

吹きすさぶ風の中に一人立つ、十四、五歳の少年の姿が浮かぶ。

「風の記憶」を懐かしんでいるのか、あるいは今となっては一向に聴こえない「風の音」を何とか摑まえようとしているのか――。

再び、片貝の手話が蘇る。

《新開は、本当は、「聴者になりたい」んです》

今でも新開は、一人風の中に立ち、その音を摑まえようとしているのだろうか――。

深見と別れてから、地元に戻り、美和を学童クラブに迎えに行った。出てきた美和に早速みゆきからの伝言を伝えると、「やった！」と飛び上がった。

「えいちくんのおうちいつ行く？　今日行く？」

「いきなりはダメだよ。ちゃんと日時を決めてから。……あちらはいつがいいんだろう。やっぱり日曜かな」

「いつでもいいみたいだよ。明日にする？　ね、えいちくんのお母さんにでんわしてみて！」

いつでもいいというわけにはいかないだろうと思いながら、自宅に着いてからみゆきが残してくれた番号に電話をした。

「はい、漆原です」

受話器の向こうから、女性の細い声が返ってきた。

「突然すみません。私、荒井と言います。英知くんのクラスメイトの安斉美和の……」

どう関係を説明しようかと思っていたが、それだけ言ったところで、

「はい、お母さま、みゆきさんからお聞きしています」

と少しだけ声のトーンがあがった。どうやら説明は済んでいるようだ。改めて「英知くんに手話を教えることを本当に希望しているか」について確認した。

「はい、お願いできるのであれば、うちとしては大変ありがたく思います」

漆原真紀子は丁寧な言葉遣いで答えた。

「本人も、嫌がってはいないようです。もちろん、手話についてどこまで理解しているかは分かりませんが……実は、あの子は『しかくゆうい』のところがありますので、以前からちょっとだけ考えていたことではあるんです」

「しかくゆうい」の意味がよく分からなかったが、「考えていたというのは、手話を習うことを、ですか?」と問い返した。

「はい、もしかしたらコミュニケーションをとるいい手段かもしれない、と……詳しいことはお会いした時にお話ししてもいいでしょうか。電話だと長くなりますので……」

「分かりました。では、ご都合の良い日なのですが……」

美和の言う通り、「うちはいつでもいい」と答えが返ってきた。真紀子はパートで清掃やヘルパーの仕事をしていたが、英知が不登校になってからはほぼ家にいるらしい。こちらは美和の学校が終わってからの時間であれば平日でも構わない、と伝えると、では明日にも是非に、ということになった。

翌日、学童クラブにはお休みの連絡をして、小学校の校門前で美和と待ち合わせ、漆原真紀子・英知母子《おやこ》が住む町へと向かった。学校からは徒歩でも十分ほどの場所だ。

そのことを思い出したのは、真紀子との電話で日時を決め、最後に住所を確認した時だった。事件を伝えるテレビニュースを観ていた時に美和がさんざん「えいちくんの家の近くだ」と騒いでいたのに、すっかり失念していたのだ。彼らの家は、NPO職員が殺害されたという「事件現場」の界隈《かいわい》にあった。

木造の二階建てアパート。建物の名を聞いた時に気づいたが、二人が暮らしているのは古くからある公営住宅だった。母子家庭や高齢者、生活保護を受けている世帯が優先的に入れるようになっているのではなかったか。この一帯は古くからある一戸建てや、開発が進んだ三十年前より以前に建てられたアパートが多い。街灯も少なく、不用心だという話は荒井も聞いたことがあった。最近はかなり普及している防犯カメラの類《たぐい》もほとんどない。事件の捜査が難航しているとしたら、その辺りにも原因があるのかもしれない。

外階段を上がり、二階の角にある部屋の前に立った。チャイムは鳴らないと聞いていたので、玄関の板張りのドアを強めにノックする。すぐに「はい」と声がし、ドアが開いた。

「お待ちしていました」

細面の輪郭に、目鼻立ちの整った女性だった。少し疲れたような表情が印象を暗くしている。漆原真紀子の年齢は聞いていなかったが、三十歳前後だろうか。彼女の背後には仕切りのカーテンがかけられていて、奥は見えない。たたきには女性物の靴とともに小さな運動靴が並んでいた。

「どうぞ。狭いところですみませんが」

真紀子に促され、「失礼します」と靴を脱いだ。「おじゃましまーす」と美和も続く。

カーテンを開ければすぐに小さなダイニングキッチン。その奥に八畳ほどの和室があった。

「お座りください。今お茶をいれますから。美和ちゃんはジュースでいいかしら」

「どうぞおかまいなく」「はーい」二人が同時に発した声に笑みを浮かべて、真紀子がキッチンへと向かう。

荒井は、ダイニングテーブルの前に並べられた不揃いな椅子の一つに腰を下ろした。

「あれ、えいちくんは？」

美和がキョロキョロと辺りを見回す。荒井も、部屋に入った時から英知の姿がないのが気になってはいた。今いるダイニングと奥の和室が、おそらく生活空間の全てだろう。和室の壁に沿って並べられた整理ボックスにはそれぞれ紙が貼られ、色分けされたマジックで「おもちゃ」や「えいちの服」といったイラストや文字が描かれている。部屋の隅には、脚の短い折り畳みのテーブルが置かれ、その前の壁にもやはり綺麗に色分けされたスケジュール表が貼られてあった。

「ああ、英知は自分の部屋に」

真紀子はそう言って、部屋の奥の方に目を向けた。

「英知、出ていらっしゃい」

荒井は真紀子の視線を追った。もちろん他に「部屋」などない。彼女の視線の先にあったのは──押し入れだった。

その押し入れの戸が静かに開き、色あせたトレーナー姿の男の子が現れた。身長は美和より少し低いぐらいだろうか、顔を伏せているので表情はよく見えない。

「あ、えいちくんだ！」美和が嬉しそうに声を上げた。

「誤解しないでくださいね」真紀子が言い訳するように言った。「私が『入っていろ』と言ったわけじゃありませんから。あそこが、あの子の一番落ち着く場所なんです。自分の好きな物だけを持ちこんで。中に明かりもつきますから」

「そうですか」

「えいちくん、こんにちは！」

美和が元気よく声を掛けたが、英知は荒井とも美和とも視線を合わせようとしない。自宅で真紀子が散髪しているのか、眉の上で切られた髪先はやや不揃いだった。

「英知もここに座って」

真紀子が、美和が座っているのと同じような子供用の椅子をぽんぽんと叩く。英知は黙って近づいてきて、そこに座った。荒井は、無理に話しかけるのはやめた。荒井がそうせずとも、美和が、

「今日がっこうでねー、おかしかったんだよー、むらにしくんってわかるでしょ。あの子がねー」

と臆することなく話しかけている。英知の視線は斜め下を向いているが、時折相槌《あいづち》を打つようにその首が小さく動くところを見ると、聴こえているのは間違いないようだ。肯く度に、男の子にしては長いまつ毛が一緒に揺れた。

「どうぞ」

お茶を運んできた真紀子は、自分もそのままテーブルについた。

「電話では詳しいことをお伝えできなくてすみませんでした」

彼女はそう詫びてから、「英知の症状は、心因性の『場面緘黙症《ばめんかんもくしょう》』と診断されてるんです」と言った。「緘黙症についてはご存じですか?」

「いえ」

何となく聞いたことはあったが、ほとんど知らないに等しい。真紀子は小さく肯き、話し始めた。

「言葉を話したり理解する能力は正常なのに、特定の状況では話したりすることができない症

状のことを言います。全然話すことができないのを『全緘黙』と言うんですが、『場面緘黙』は、家の中や家族とだったら話せるのに、学校とかだと声を出すこともできなくなってしまう状態を言います。家だと話せる分、『嘘なんじゃないか』とか『頑張れば話せるでしょう』と誤解されることもあって……」

確かに、そう思ってしまう人はいるかもしれない。特に深いことまで理解できない子供同士だと、心無い言葉を浴びせられることもありそうだ。

「ただ、英知は最近、家でもまったくしゃべることがなくなってしまって……今は全緘黙に近い状態になっています」

真紀子はそう付け加えた。悪化しているということなのだろうか。親としてみれば心配だろう。

「原因については……」尋ねると、真紀子は首を振った。

「はっきりとした原因は分からないんです。もっと幼い頃は、口数は少なかったですけどしゃべりましたし……心因性とは言われていますが、何か具体的な出来事がトラウマになって、ということでもないようなんです」

「そうなんですか……」

どこまで理解しているか分からないが、美和も興味深そうに真紀子の話を聞いていた。

「ただ英知の場合は、発達障害を併《あわ》せ持っているので、そのことが関係しているのだとは思います」

「ああ、発達障害……」

つい最近、そのことについてニュースで聞いたばかりだった。

「ええ、緘黙症の子供で、発達障害を併せ持っている子は結構いるそうなんです。因果関係ははっきりしていませんが……」

「さっき、緘黙症については心因性ということでしたが、発達障害もそうなんですか？」

「いえ、発達障害は生まれついてのものです。脳の機能障害の一種だと言われています。でも、精神障害とかとは違って。知的障害とも……あ、といってもこの辺りは明確な区別はつけにくいんですけど」

何度も人に訊かれているのだろう。真紀子は嚙んでふくめるように説明をした。

「知的な障害を伴うものは、昔は『カナー型自閉症』と言われて区別されていましたけど、最近では『自閉症スペクトラム』といって、知的障害のないものも含めて『ひとつながりのもの』としてとらえる考え方もありますから」

なるほど、と荒井は肯いた。

「すみません、どうしても説明が難しくなってしまって」

苦笑しながらも、真紀子は続けた。

「発達障害といっても、多動《たどう》や注意欠如が特徴のADHDというものから、LDといって学習障害を指すものなど、いろいろです。英知の場合は、コミュニケーションの取り方が他の子たちとちょっと違うというのと、興味や関心を持つことが限られていたり、聴覚過敏《かびん》や接触過敏、といった特性があります。以前は『アスペルガー症候群』と言われていたものと近いですが、最近ではＡＳＤという言い方をします。さっきお話しした『自閉症スペクトラム』の略称です」

説明が難しいものになったので飽きたのか、美和は、再び英知に学校で起きた出来事について話しかけている。英知は時折肯いて応えていた。

「小学校に上がる前には分かっていましたから、特別支援学校のことも少し頭を過《よぎ》ったんですが、最近は地域校も理解があると聞いていたので今の学校に入ったのですが……」

英知が再び押し入れの方へと向かうのが見えた。美和も後についていく。その動きを目で追いながら、真紀子は続けた。

「一年生の時は良かったんです。担任の先生が発達障害に理解があって。英知の特性を分かった上で、あの子が混乱しないような指導をしてくれました。あの頃はまだ、家ではぽつぽつと話してくれていたんです……それが、二年生になって担任が替わってからうまくいかなくなってしまって……」

彼女は言葉を濁したが、美和から聞いていたので大体のことは察しがついた。新たに担任となった男性教師が無理解な指導をしたため、学校に行くのを嫌がるようになってしまったのだ。

「『聴覚過敏』というのは、それほど大きくない音でもうるさく感じたり、ほかの人だったら気にならないような雑音を感じ取ってしまうものなんです。それで、外に出る時にはイヤーマフという耳あてのようなものをしていたんですけど、それもダメだと言われてしまって。音楽を聴くヘッドフォンと同じ形をしているので誤解されるのも分かるんですけど……前の先生はそういう特性を理解してくれて、大事なことは口で話すだけじゃなくて文字や絵に書いて伝えてくれていたんです」

荒井は、改めて部屋の中を見渡した。箱に貼られた紙や、イラストや文字。色分けされたスケジュール表などは、すべて「英知に分かりやすく」と工夫されたものなのだろう。電話での会話で真紀子の口から出た「しかくゆうい」という言葉の意味がようやく分かった。

「視覚優位」。確かに手話には向いているかもしれない。

二人は、と見ると、英知が押し入れから何やら取り出し、カーペットの上に並べている。色とりどりのミニカーだった。

「へー、すごい、こんなにもってるのー」

美和が感嘆の声をあげている。それをほほ笑ましく眺めながら、さらに視線を移す。

子供でも取りやすいように低い位置に設置された本棚は、きれいに整頓されていた。児童向けの絵本の類のほかに、発達障害や緘黙症についての参考図書もある。それらを眺めていると、並べ方に一定の法則があることに気づいた。著者名が、正確に「あいうえお順」で並んでいるのだ。おそらく英知に分かりやすいようにという配慮だろう。

ふと、そのうちの一冊に目が留まった。

「正育学　正しい子育てで子どもの問題を未然に防ぐ　加持秀彦著」

そのタイトルや著者に、どこかで聞き覚えが、見覚えがあるような気がした。

「ねえ、アラチャンちょっと来て、すごいよえいちくん！」

美和の呼ぶ声に目を向ける。

美和がスケッチブックを手にして、興奮したように手招きしている。

「なに？」

「ちょっと来て！」

なおも呼ぶので仕方なく腰を上げ、二人の方へと近づいた。

美和が、手にしたスケッチブックを突き出すようにして開く。

「えいちくん、ぜんぶのミニカーのなまえと、つけてるばんごう、ぜんぶおぼえてるんだって！」

確かに画用紙には、何十台という車の絵が描かれてあった。さらにその下には、

スバルインプレッサ　熊谷《くまがや》332さ78××
日産フーガ　春日部《かすかべ》354み45××
トヨタレクサスIS　所沢328ぬ29××

といった車種名と、車両ナンバーらしき数字が書きこまれてある。

その絵は、上手というのとは少し違うが、細部まで精緻《せいち》に表現しようとしていることは伝わってきた。自動車についての知識も関心もない荒井には、知っている車種名は銀色に塗られた高級車として有名なトヨタレクサスぐらいしかなく、すべてが実在しているものかは分からな

い。ましてや「ナンバー」については判断のしようがなかった。

「車種はもちろん、そのナンバーも実際の車のものなんですよ」

真紀子が苦笑まじりに言った。

「たまに外に出た時なんかに、自分の持っているミニカーと同じ車種の車を見つけると、帰ってきてそのナンバーを書きこむんです。本当は人様の車のナンバーなんか書いたらいけないんでしょうけど……」

「車のナンバーをいちいちメモするんですか」

「いえ、見ただけで覚えてしまうんです。この子はそういうのは得意なんです。数字とか記号とか」

そういえば、以前に映画で見たことがあった。驚くほど記憶力の良い人物が登場して、床に落ちたつまようじの数を一瞬にして数えたり、カードの順序をすべて暗記してカジノで大勝ちしたり……。そのことを話すと、

「映画やドラマで取り上げるのは、たぶんサヴァン症候群といって、極端に高い記憶力や速算力を持つ人のことでしょうね。ＡＳＤの場合はそこまでとはいきません。でも、普通の子どもに比べて、文字や数字や記号、図形などを覚えてしまう傾向は強いと思います。意味のあるなしにかかわらず」

なるほどと思いながら再び英知の方に目をやると、隣にいた美和と目が合った。

美和が手を動かす。指を開き軽く曲げた手を、こめかみの辺りでひねった（＝すごいよね

ー〉。

荒井も〈すごいね〉と手話で応える。

〈こんなの私〉〈全然覚えられない〉

〈私だってそうだよ、大人よりずっと記憶力がいいんだな〉

〈クラスの子たちが〉〈知ったら〉〈驚くだろうな〉

英知が、そんな二人の手の動きを、視線を行ったり来たりさせながら見ていた。

実は、適当なタイミングを見計らって手話で話そう、というのは美和と相談していたことだった。英知が興味を持つかどうか試そう、と。

荒井は、美和と手話での会話を続けた。

〈美和が、英知くんの能力についてクラスの子たちに教えてあげればいい〉

〈そうだねー〉〈先生にも教えよう〉〈先生、きっと〉〈びっくりするよ〉

二人の会話を食い入るように見つめている英知の手が、もぞもぞと動いている。動き自体は小さいが、二人の手話を真似ようとしているのが分かった。

荒井は真紀子の方を向き、「興味がありそうですね」と言った。

「本当に」真紀子も嬉しそうに答えた。

英知の様子を見て、かなり脈はあると荒井は確信した。真紀子ともさらに相談した上で、定期的に美和と一緒に来て、英知に手話を教えることを決めた。

〈新開はどれぐらいの罪になるんでしょうか〉

この前と同じカフェで向かい合った深見は、心配そうな顔を向けてきた。もう一度会いたいと連絡したのは荒井の方だったが、深見も取り調べの行方が気になっている様子だった。

通訳として守秘義務のある荒井には、新開が起訴されるかどうかも答えることはできない。

〈一般的な話ですが〉と断った上で、通常の恐喝罪の量刑について教えた。初犯の場合は執行猶予がつくことが多いが、余罪のある場合は実刑の上、罪が加算されるということも。

〈そうですか……〉

さすがに深見も暗い顔になった。

〈示談が成立していたり、そうでなくとも本人が反省し、被害者に謝罪などすれば情状酌量で多少罪も軽くなるとは思いますが〉

深見を慰められればと言ったことだったが、荒井自身、そのことが気になっていた。新開はここまで、自分の犯した罪に対して全く反省の色がなく、被害者への謝罪も一度も口にしたことがない。もちろん示談など進んでいなかった。このままでは情状酌量の余地はない。検察の求刑に近い判決が下るのは間違いなかった。

だが、前回深見からろう学校時代の話を聞いたばかりの荒井には、新開が警察が考えているほどの悪党であるとはどうしても思えないのだった。いや、確かに彼のしたことは罪が重い。せめてその罪の重さを自覚させることができないだろうか。そんなことを考えていた。

〈ところで〉

荒井は話題を変えた。もう一度深見と会いたいと思ったのには、実は新開の件とは別に、もう一つ訊きたいことがあったからだった。

〈深見さんや新開がいた「海馬の家」について、少しお訊きしたいんですが〉

〈はい、何でしょう〉

深見はやや怪訝な顔で答える。

〈近々閉鎖されるということを聞きました〉

〈ああ、そうなんです〉

深見は、再び憂い顔になった。自分が育った場所がなくなるのだから当然のことだろう。

〈新たなろう児施設を設立しようという動きがあるとも〉

〈ええ、よくご存じですね〉

〈寄付も募《つの》っているとか。再建の見込みはどうなんでしょうね〉

OBであれば少しは知っているのではないか、という程度の期待だったが、深見は、

〈実は今、ちょっと複雑なことになっていましてね〉

と深刻な顔になった。

〈複雑なこと、というのは〉

〈ええ〉深見は肯き、〈実は私も、再建実行委員のメンバーなんですけど〉と言った。

今度は荒井が驚く番だった。まさか深見がそこまで「海馬の家」に深く関わっているとは思わなかったのだ。

深見は話し始めた。

〈再建の運動を始めたのは昨年の末ぐらいからで、最初は全然寄付も集まらず、ほとんど無理じゃないかって諦めかけていたんです。それが今年の四月ぐらいですかね。実行委員の一人が大口の寄付をしてくれそうな人を連れてきて、それで一気に動き出したんです〉

〈ほう、それは良かったですね〉

日の当たらないろう児施設の設立に大口の寄付とは、よほど福祉事業に理解のある実業家なのだろう。

荒井の脳裏に、一人の人物が思い浮かんだ。手塚総一郎、まさかあの人が？

〈その人というのは、実業家ですか？〉

〈いえ、教育者です。学校経営者って言ったほうが正しいかな。すでに中学から大学まで系列のある私立の学園の理事長をされていて〉

〈ああ、そうなんですか〉

総一郎ではなかった。一抹の落胆を覚えながらも、かえって興味が湧いた。今時、ろう児施設の設立に協力しようなどというのはよほど志のある教育家だ。

それなのに、話す深見の表情が今一つ晴れないのが気になった。

〈何か問題があるんですか〉

〈ええ。ろう児施設の設立に金を出す、というだけならいいんですが、そんな単純な話ではなくて〉

深見は、言葉を選びながら話し始めた。

〈そもそも、その方は特別支援学校の設立に意欲があったようなんです。それも普通の特別支援学校ではなく、聴覚障害教育部門と知的部門を併設したものをつくりたい、と。すでに県内にそのための土地も取得済みで、認可も下りてるっていうんです。地方からの入校希望の子供たち用に寄宿舎も建てる予定らしいんですが、そこに、自分のところの生徒以外のろう児を受け入れてもいいっていうんです〉

〈それは、つまり……〉

つまり「新生海馬の家」の設立に金を出す、という話ではなく、自分の建てる特別支援学校の寄宿舎に行き場のないろう児たちを受け入れよう、ということか。

〈ずいぶん話が違いますね〉

〈でしょう？　いや、それだけだったらまだいいんです。どんな形であれろう児たちの住む場所が確保されるんだったら「海馬の家」にこだわる必要もありません〉

深見の話の核心は、これからだった。

〈問題は、その人物が設立しようとしている私立の特別支援学校ですけど、その学校の教育方針が、私たちが考えているものとは全く違う、いやそれどころか真逆のものである、ということなんです〉

〈真逆、と言うと？〉

〈実は、私がいた頃の「海馬の家」は、職員にも手話を解する者は少なく、使えてもほとんどが日本語対応手話だったんです。以前には、ろう学校から帰ってからの時間に「聴応訓練」という、聴覚口話法をさらに厳しくしたような話し方の訓練をさせられていたらしいです〉

目の前の男がその辺りの事情をよく知っているなどとは思わず、深見は話を続けた。

〈最近ではそういうこともなくなって、手話が使える職員も増え、入所者同士ももちろん自由に手話で会話できるようにはなっていたんですが、それでもやっぱり職員の半分以上が聴者でしたから、日本手話を使える人はほとんどいなくて。それに対し「新生海馬の家」では、口話法を排するのはもちろんのこと、職員も日本手話を使える者を採用する、というのが前提になっていたんです。ところが〉

深見の表情がやや険しくなった。

〈一部の委員がそれに対し、「新生海馬の家」でも入所者たちが社会に出て困らないように口話法を学ばせるべきだ、と主張していたんです。数は少なかったんですけど、再建の中心的な役割を担っていた人たちがかなり強硬にそれを主張していて……件の人物は、その委員が連れてきた人だったんです〉

〈ということは、その新しく設立する私立の特別支援学校、というのも〉

〈彼らが提唱するのは、聴覚口話法、いや、聴応訓練の復活です〉

深見は、さらに厳しい顔になり、続けた。

〈思いもかけないところから、亡霊が蘇ったんですよ〉

勾留満期の日は近づいていた。事実関係については新開もほぼ認め、津村による司法警察員面前調書《いんめんちょうしょ》は、かなりの部分が出来上がりつつあった。

「じゃあここまでのところ間違いはないか、調書を読み聞かせるぞ」

津村は、荒井に通訳するよう促すと、パソコンから印字した調書を読み上げていった。

「私は、七月十二日の午前八時二十分ごろ、埼玉県鶴ヶ島市羽折町二丁目十番のコンビニエンスストアの駐車場で、知人である会社員女性を待ち構え、現れた女性を車の中に押し込み、近くの金融機関から現金百万円をおろさせて奪ったことで取り調べを受けています。本日は事件発生当時の状況についてお話しします……」

荒井はそれを、日本手話で逐一《ちくいち》通訳していった。相変わらず分かりにくい言い回しが多く通訳しづらい文章だったが、そのことに文句を言うわけにはいかない。せめて、途中聞き取れなかったところや意味の分からなかった箇所についてはいくら津村が不快な顔を見せても聞き直す、ということを徹底し、なるべく正確な通訳になるよう心掛けた。

「以上について、何か誤りはないか」

荒井が通訳する言葉に、新開は面倒くさそうに首を振った。それでももう一度、

〈本当にこれで間違いはないですか〉

と念を押す。

新開は、少し意外そうに荒井のことを見たが、人差し指と親指を二度、付け合わせた（＝ああ、間違いない）。

「間違いないそうです」

「よし。ではそこに署名、指印《しいん》」

津村は調書を新開の方に向け、荒井に向かって、「あんたにも署名・捺印してもらうから」

と言う。

「――はい」

津村がペンを差し出すと、新開が大儀そうに体を起こした。

「ようやく終わったなあ」津村が大きく伸びをする。「ったく、世話を焼かせやがって」

荒井の胸に、焦りに似た感情が湧いた。本当にこれで終わりでいいのだろうか――。

ペンを手にした新開を見ながら、津村が独り言のように言う。

「しかしお前も偏屈な男だよ。自分のしたことは認めてるくせに、反省も謝罪の言葉もないとはな。お仲間はみんな少しでも情状酌量を得ようと反省や謝罪を口にしているのに。おまけに悪いことは全部お前にそそのかされてやったって言ってるぞ」

荒井は、その言葉を新開に向けて手話で伝えた。

「おい、いちいち通訳することはないぞ。独り言みたいなもんだ」

「はい」

そう答えた時には、すべて通訳し終わっていた。

新開は書きかけのペンを置き、荒井に向かって挑発的な表情で手を動かした。

〈何で俺が謝らなきゃならないんだ。俺は何も悪いことなんかしちゃいない。俺が騙したって

いうなら、騙されたあいつらが悪いんだ〉

荒井がその言葉を音声日本語で伝えると、津村が嫌悪感を露《あら》わにした。

「つくづく呆れた男だな。被害者だってお前のことを同じ聴覚障害者だから信用したんだろうに、その信用を悪用しておいて、その言いぐさか」

今しかない。荒井は、その言葉を少しだけ意訳した。

〈被害者は、相手があなただだから騙されたんじゃないか？　あなたを信用していたから〉

「はっ！」

新開がまた声をあげる。荒井は手話で続けた。

〈そして、今でも信用しているんじゃないか、あなたのことを〉

新開が、怪訝な顔になった。ちらっと津村の方を見る。そんなことをこいつは言っていたか？　そういう顔をしていた。構わず荒井は続けた。

〈一方で、あなたの共犯者たちはどうだ？　あなたに全部罪をなすりつけている。どっちの方が本当の「仲間」だと思う？〉

津村が不審の目を向けて来る。「おい、なんか通訳が長いんじゃないか？　何の話をしてるんだ」

「さきほどの、共犯者の件を話しているんです」

「だからいちいち全部通訳しなくていいと言ってるだろう」

「はい」

新開がドンドン、と机を叩いた。振り返ると、こちらに険しい顔を向けている。

〈余計なことを言うんじゃねえ！　お前はただの通訳だろう！〉

荒井も口調を変えた。

〈そうだ、だが少しはお前のことを知っている〉

〈俺のことを？　俺の何を？〉

「おい、何を話しているんだ」

「共犯者の件について、そんなことはどうでもいいと言っています」

「だからそんなことはもう話さなくていい。早く署名をさせろ」

「署名するよう伝えます」

荒井は新開の方に向き直った。もはや完全に通訳の仕事を逸脱しているのは分かっていた。こんなことをしてしまっては、もう自分に手話通訳士の資格はない。分かっていながら、言葉は止まらなかった。

〈学生時代のお前は、ろう学校の仲間を他校の生徒から、聴者たちから守ったそうじゃないか。それなのに、今のお前は何だ？　聴者には敵わないと知ったから、立場の弱いろう者から奪うと思ったのか？　いつからお前はそんな卑怯者になったんだ〉

新開が血相を変える。〈何だと！〉

〈聴者にもなれず、ろう者のことは馬鹿にして、そうやって孤高を気取っているつもりか。お前はいつまで一人で風の中に立っているつもりなんだ〉

新開が眉をひそめた。

〈風の中？〉

「おい、署名をさせろと言ってるんだぞ。ちゃんと伝えているのか？」

「すみません、何か言いたいそうです。後でまとめて通訳します」

新開の手が動く。〈おい、風の中って何だ〉

荒井も答える。

〈もう風の音なんか聴こえない。聴こえるわけがない。風なんかもう吹いていない。もし聴こえるんだとしたら、それは、お前の中から聴こえてくる音だ。風は、お前の中で吹いているんだ〉

新開の目が大きく開いた。

「おい、あんた、一体何を話している！」津村が荒井の肩を摑んだ。

「ちょっと待ってください、彼が何か言おうとしています！」

確かに新開の様子に、変化があった。荒井に向けてカッと見開いていたその目からふいに力がなくなり、表情からも険しさが消えていく。

新開が、ふっと顔を上げた。

まるで何かの音が聴こえたかのように。

一秒、二秒、宙をさまよっていたその視線が戻ってきて、荒井のことを正面から見た。

荒井を見つめたまま、新開の手がゆっくりと動く。

〈……風は、俺の中で吹いている……?〉

荒井はその目を見返しながら、親指と人差し指を二度、付け合わせた(=そうだ)。

〈もう風の音なんか聴こえない。聴こえるわけがない、だと……?〉

〈そうだ〉

〈お前に、俺の何が分かる……〉

〈分かるさ。俺もおんなじだ。ろう者と聴者の間で、ずっと一人で立ちすくんでいた。俺もずっと一人で……〉

「おい!」津村が摑んだ手で荒井の肩をゆすった。「奴は何と言ってるんだ? 通訳しないか!」

荒井は津村の方に向き直り、答えた。「反省しているようなことを言っています」

「何だと?」

「もう一度確認させてください。被害者に謝罪したいような素振りを見せています」

「おい、本当か?」

新開はぼんやりとこちらに目を向けていた。荒井が津村に何と言ったか分かったはずだ。だが否定も、反論もしなかった。

「よし、もう一度訊け。本当に反省しているのか? 被害者へ謝罪の気持ちがあるのか?」

荒井は新開の方を向いた。そして手を動かす。

〈自分のしたことを、間違っていたと思いますか?〉

新開はしばし荒井のことを見つめた。そして、ゆっくりと肯く。

〈被害者に、謝りたいと思いますか?〉

しばしの間があってから、新開が肯いた。

そして片方の手の親指だけを突き上げると、それをこちらに向けて曲げてから、伸ばした親指と人差し指を顎の下に持っていき、下ろしながら指を閉じた。

荒井は、津村にそれを通訳した。

「謝りたい、そう言っています」

『供述人の目の前で、上記のとおり録取して通訳人を介して手話通訳させて読み聞かせたところ、次のとおり追加及び訂正を申し立て……』

新開の反省と謝罪の言葉は、調書に付け加えられた。それに新開が署名・指印をし、荒井も通訳人の欄の『右の通り、手話、筆談、口話により録取したところ、誤りのない事を解読した』という箇所に署名・捺印をした。

起訴前にもう一度検事の取り調べがあるはずだが、この員面調書《いんめんちょうしょ》を元にした型通りのものになるはずだ。起訴されれば実刑判決は免れないかもしれないが、「反省と謝罪」の言質《げんち》がとれたことは無意味ではないはずだった。

津村が取り調べの終了を告げ、刑務官が新開を迎えに入ってくる。手錠をかけようとする刑務官を新開が手で制し、荒井の方を向いた。

〈世話になったな。またな〉

その表情は、今までと違う、穏やかなものだった。

だが荒井は、同じく〈また〉という手話を返せなかった。

新開がおや、という顔になる。

〈裁判もあんたが通訳してくれるんだろう?〉

荒井は返事ができない。

「まだ何か言ってるのか?」津村がうんざりした顔で訊いてくる。

「裁判の時にもまた通訳してくれるのか、と」

「ああ、そのことか」津村の口元に、うっすらと笑みが浮かんだ。

「残念だったな、この通訳さんとはここでお別れだ、裁判は別の通訳が担当する」

その口を読んでいた新開の表情が変わった。荒井の方を見る。

荒井は津村の言葉を通訳した。

〈私が通訳を務めるのはここまで。裁判は別の通訳が担当します〉

新開が口の端を上げて言う。

〈こいつがそう言ってるのは嘘なんだろう? 俺への嫌がらせだよな。本当は裁判もあんたが担当してくれるんだろう?〉

荒井は、首を振るしかなかった。

〈規則で、それはできないんだ〉

予断が生じることを避けるため、取り調べと裁判の通訳は違う人間が務めなければならない。そう決まっているのだった。

新開が目を見開いた。その手が動く。

〈嘘だろう?〉

〈すまない〉

新開の顔が大きく歪んだ。何かを訴えかけるような表情で手を動かしかけ――

ふいにその動きが止まった。やがて手を下ろした彼の顔には、歪んだ笑みが浮かんでいた。

再びその手が動きを開始する。

荒井のことを指さしてから、手のひらを肩から腕に沿って勢いよく下ろした。

〈お前とはこれまでだ〉

「おい、行くぞ」

刑務官に促され、新開は部屋から出て行った。その後ろ姿に声を掛けようとして、気づく。声を掛けても、彼には聴こえない。

まだ伝えたいことがある。しかし呼び止めたくても声は届かない。

振りむいてくれ、と荒井は願う。

だが新開は、一度も振り返ることなく、部屋から出て行った――。

新開は起訴され、しばらくして第一回の公判が開かれた。裁判を傍聴に行こうかと最後まで迷ったが、結局行くのはやめた。

あれから、手話通訳の依頼は断り続けていた。地域のセンターの方からは何も言われなかったが、長い付き合いの田淵はさすがにおかしいと思ったようだ。

「お加減でも悪いのでしょうか」

遠慮がちに尋ねる彼には、「家の事情もあり、しばらく休ませてください」と答えていた。

こんな曖昧《あいまい》な状況をいつまでも続けてはいられないことは分かっている。だが、「手話通訳士を辞める」とは中々言い出せなかった。いや、言い出せないのではない。荒井自身、まだ辞める決心がついていないのだ。

一方で、「自分にはもう手話通訳士をする資格はない」という思いも変わらなかった。取り調べ通訳の場で、私情をまじえて相手に意見するなど、倫理規定に反していることは明らかだ。いつかはすべてを田淵に話し、資格返上を申し出なければならない。そう覚悟を決めていた。

新開の裁判については、結果だけ、傍聴に行った片貝から聞いた。

執行猶予なしの実刑判決。恐喝一件と詐欺二件の併合罪で、求刑二年六か月に対し、判決は二年。検察・弁護側ともに控訴はしないという。

《判決は妥当なものでしょう》

片貝の言葉に肯きながらも、荒井は思う。法廷通訳士は、新開の言葉を正しく伝えてくれただろうか。彼の抱える複雑な思いを――。

片貝が言うには、最後に法廷を出るとき、新開は傍聴席の方を向き、深々と頭を下げたという。

傍聴席には、被害にあったろう者たちが大勢座っていた。

彼は、謝ることができたのだ。


包丁がまな板を叩く音を聞きながら、美和とおしゃべりをしていた。

〈英知くん〉〈手話の上達早いよねー〉

〈そうだな、元々素質があったんだな〉

みゆきはここのところ、早く帰った日には荒井に代わり、キッチンに立つようになっていた。直接聞いてはいないが、事件から日数が経って捜査本部も縮小され、応援の職員は元の業務に戻ったのではないか。新聞やテレビのニュース番組をまめにチェックしていても、例の事件については最近はほとんど取り上げられなくなっていた。

〈もう完全に〉〈私追い抜かれてるよねー〉

〈今は同じぐらいじゃないかな。もう少しで抜かれそうだけど〉

〈私もがんばる！〉

「お待たせ」

みゆきが料理を盛りつけた皿をトレイに載せ、リビングに入ってきた。美和は気づかぬようで、会話を続けている。

〈今度〉〈英知くんが学校に来たら〉〈二人で手話をして〉〈みんなをびっくりさせてやるんだ〉

〈クラスのみんなにも手話を教えてあげればいいじゃないか〉

「美和、テーブルの上の本どかして」

〈お母さん〉美和がみゆきの方を向いて手を動かした。

〈アラチャンね〉〈英知くんにはやさしいのに〉〈私には厳しいんだよ〉

〈そんなことないだろう〉

〈そんなこと〉〈あるよ〉〈ねえお母さん〉

「本どかしてって言ってるでしょう！」

突然の大声に、美和が驚いた顔で固まった。

「みゆき……」

制止しようとしたが、みゆきは一気にまくし立てる。

「私がいるのに何で二人で手話で話してるの!?　私が分からないの知ってて、私だけのけものにするの！」

「のけものになんかしてない……」

美和が顔を歪ませ、それでも必死に声を絞り出した。

「お母さんも手話ではなせばいいのに……」

「お母さんは話せないの！　美和のようにうまくないの。覚えられないの、分かってるでしょ！」

「みゆき！」

荒井の大きな声に、ようやくハッとしたように言い募るのを止めた。

「ごめんなさい……」泣き声を出す美和の目には、すでに涙があふれている。「お母さんおこらないで……」

「――ごめん、言い過ぎた」

「お母さん、おこらないで……」

泣きながら両手を差し出す美和を、みゆきは搔き抱いた。

「ごめん、お母さんが悪かった。美和は悪くない。ちょっと疲れてイライラしちゃったの、ごめんね」

「おこっちゃいやだ……」

同じ言葉を繰り返す美和を抱きながら、みゆきは荒井の方にもごめんね、と視線を送ってきた。

首を振り、「さ、飯にしよう」と軽い口調で言った。

「そうね、ご飯ご飯。せっかくつくったおかずが冷めちゃう」

みゆきは、まだぐずぐず言っている美和をテーブルにつかせた。しゃくりあげながらも、美和も言うことを聞いている。

もう大丈夫だろう。そう安堵しながらも、荒井は、みゆきの苛立ちの原因を思う。

美和のせいではない。自分のせいだ。

そのことは、よく分かっていた。分かってはいても、ではどうすればいいのか。その答えが出ないままなのだった。

次の日曜日、みゆきと美和と連れだって英知の家まで出かけることになった。

私もご挨拶したいし。そうみゆきが言い出したことだった。真紀子に連絡をすると、「こちらこそご挨拶が遅れてしまってすみません。是非皆さんでお越しください」と返事がきた。

隣町に入り、英知たちが住むアパートに近づいたところで、みゆきが「ここなの？」と立ち止まった。

「ああ、事件の現場に近いんだろう？」

「近いっていうか、真向かいよ」

「え？」

みゆきの視線の先を見た。英知たちが住む公営住宅と空き地を挟んだ向かいに、やはり老朽化したモルタルのアパートが建っていた。

「そこよ。そのアパートの二階」

「そうなのか……」

荒井も驚いた。事件現場の詳しい住所までは知らず、近いとは思っていたがまさかここの真向かいだとは想像もしなかった。現場検証はとうに終わっていたのだろう、最初に訪れた時から黄色いテープの規制線もブルーシートもなく、警察官の出入りもなかった。真紀子との会話の中にも事件の話題は出なかった。

クした。

「君もこの辺りに来てたのか」

「ううん、私は地取《じど》り班じゃないから現場には……でも真紀子さんは聴取されたでしょうね」

そうだな、と肯いた。これだけ近ければ、当然捜査員の聞き込みの対象になる。これまで真紀子がそんなことはおくびにも出さなかったことがむしろ不思議だった。英知のことで無遠慮なことでも訊かれ、嫌な思いをしたのではないか。そんなことが気になりながら、ドアをノックした。

初対面だったが、みゆきと真紀子はすぐに打ち解けた。みゆきが初めから敬語抜きで接したことが二人の仲を近づけたようだ。

英知と美和は、二人でテレビの前にかじりついていた。美和の好きな「龍《りゅう》使いの少年」のアニメの再放送が流れる時間だったのだ。どうやら英知もそのアニメの大ファンらしい。始まったアニメを観ながら盛んに手話で会話をしている。

美和がやっかむのも無理はない。英知の手話の上達振りは目覚ましいものがあった。教え出してひと月もたたないというのに、すでに初心者の域を超えている。美和には冗談めかしたが、「素質があった」のに間違いはない。

みゆきは真紀子に、事件のことを尋ねていた。

「ええ」と真紀子が肯いている。「聞いた時には本当にびっくりしてしまって……」

「警察に聞き込みされたでしょう」

「しつこかったでしょう、ごめんなさいね」

「ええ、何度か」

すでに警察官であることは紹介済みだった。

「いいえ。こんな近くだもの、しょうがないわ。最近はもう来ないし……でもまだ解決してないんですよね」

「そうなの。被害者の身元すら分かっていないぐらい。この前、似顔絵が公開されて、いくつか問い合わせはあるみたいなんだけど……」

珍しくみゆきの口も滑らかだった。彼女の口から事件のことが語られるのは初めてかもしれない。

「真紀子さんは、被害者の男性と会ったことはあるの？」

真紀子は首を振った。「見かけたこともない。そこに住んでた人じゃなかったって言うし」

現場になった部屋は被害者が勤めていたＮＰＯが管理する物件で、被害者自身も出入りはしていたが住んでいたわけではない、と聞いていた。

「写真は見たのよね」

真紀子は肯く。「といっても、はっきり顔が分かるものじゃなかったけど」

「ああ、そうね」みゆきが少し顔をしかめる。

「そうなのか」荒井が訊くと、みゆきは答えた。

「うん、携帯で撮ったのをプリントアウトした画質の悪いものしかなくて。それも、大勢が写っている写真の、ほんの端っこに横顔だけ。あれで判断しろっていうのは無理よね」

いまどき、そんな写真しか残っていなかったというのは不思議だった。身元を偽っていたということと併せて考えると、意識的に写真に撮られないようにしていたのかもしれない。

「ああ、でも」とみゆきが思いついたように口にする。「最近、似顔絵が公開されたんだけど。まだ見てない？」

「見てないわ」

「またそれを持って聞き込みにくるかもしれないけど……今見てもらってもいい？　実はバッグに入ってるの」

みゆきが、真紀子の返事を待たず、バッグを取りに行った。アニメが終わったのか、入れ替わりに美和がこちらに来た。

「えいちくんが、テレビにでてる人、しってるって」

テーブルの上のお菓子をとりながら、美和が告げる。

「テレビに出てる人？」答えながらテレビの方に目を向けた。「芸能人？」

美和が首を振る。「じゃないみたい。今うつってる人。見たことがあるって」

英知が、熱心にテレビに見入っていた。画面には、壮年の男性が映っている。どこかで見た顔だった。美和が言うように、芸能人ではない。見た目は政治家風ではあるが、あれは確か——。

「見たっていうのはテレビでだろう？」

荒井も以前、その人物をテレビで観たことがあったのだ。

美和が首を振る。「おうちのちかくだって」

「家の近く?」

「そうなんでしょう、えいちくん!」

振り向いた英知に、美和が手話で訊く。

〈そのおじさん〉〈どこで〉〈見たの?〉

英知の手が動く。

〈おうち〉〈まえ〉

うちの前?

〈おうちのまえで〉〈何してたの〉

英知が、少し考えるようにしてから、両手の人差し指をバチバチと交差させた(=争い・けんか)。

〈けんか?〉荒井がその手話を繰り返した。

英知が肯く。

〈誰と?〉

英知は親指を立てる(=男の人)。

「えいちくん、こっちにおかしあるよ」

もうその話に興味はなくなったのか、美和が呼んだ。英知は肯き、テレビから離れこちらに歩いてくる。

今の話について荒井がもう一度尋ねようと思った時、

「これなんだけど」

みゆきが、一枚の紙を持って戻ってきた。

「被害者の似顔絵。見たことない？」

気乗りしない様子の真紀子の方へと差し出す。仕方なく真紀子も紙へと目を向けた。美和も、つられてか英知も、一緒に紙を覗き込む。

似顔絵担当の警察職員によって書かれたのであろう、かなり精緻に描きこまれた男性の顔だった。三十代半ばぐらいだろうか。耳にかかるぐらいの髪の長さで、やや面長。眉は濃く、目も大きい方だろう。メガネや髭などの特徴はなかった。

「どう？」

真紀子がみゆきの問いに答えるより早く、英知の手が動いた。

〈この人！〉

その顔が高揚している。

〈あのおじさんと〉〈けんかしてた〉〈おとこのひと〉

この人——つまり「殺害された被害者」と、テレビに映っている男性が、家の前で喧嘩をしていた。英知はそう言っているのだ。

荒井は再びテレビに目をやった。その時にはすでに名前も思い出していた。

「正育学」なる考えを提唱している教育者。
加持秀彦という人物だった。

第3話　龍《りゅう》の耳を君に

1

英知の手の動きはぎこちないところはあるものの、確かなものだった。表情にも迷いはない。むしろそれまでの反応のとぼしさに比べれば、感情の発露さえ見て取れる。自信をもって、手話でこう表現をしていた。

〈似顔絵の男の人と、テレビに出ていた男の人が喧嘩しているのを見た〉

横から、何？　とみゆきが目で問いかけていた。

「ああ……」荒井が説明しようとした時、美和が叫んだ。

「えいちくん、この絵の人しってるって！　いまテレビにでてたおじさんとけんかしてるのみたんだって！」

「え？」みゆきの表情が変わる。荒井の方を向いた。「ほんと？」

「ああ、確かにそう言った」

「もう、美和がいってるのに！」美和が不服そうな声を出す。

「テレビに出てる人って？」

みゆきはテレビに目をやったが、すでにほかの番組に変わっていた。荒井に、「誰のことだか分かる？」と訊く。

「分かるけど、その前にもう一度英知くんに確認してみよう」

ちらりと真紀子の方を見ると、呆然としたような顔をしていた。何について話しているのか理解できないのだろう。

「英知くんがこの似顔絵の男の人を見たことがあると言ってるんです。ちょっと確認させてください」

真紀子から返事はなかったが、荒井は英知の方に向き直った。

「もう一度訊くけど、英知くんはこの絵の男の人を見たことがあるの？」

英知は黙ったまま肯《うなず》く。

「どこで？」

英知は窓の外を指さした。その先には向かいのアパートがある。つまり事件現場だ。前から被害者が出入りしていたことを思えばそれ自体は不思議はない。

「さっきテレビに映っていた男の人のことも見たの？」

英知は再び肯く。

「絵の男の人と、テレビの男の人が、一緒にいた？」

英知が肯く。

「それはいつのこと？」

英知は少し首を傾げてから手を動かしかけたが、諦めたように動きを止めた。まだ日付を表す手話は教えていなかった。質問を変える。

「絵の男の人と、テレビの男の人が、喧嘩してたのを見たの？」

最後の部分だけ、手話で同じことを表した。さっき英知がしたように、両手の人差し指をバチバチと交差させてから（＝けんか）、英知のことを指さし（＝あなた）、親指と人差し指でつくった輪を目の辺りに置いてからそれを開きながら下ろした（＝見た）。同時に表情で「疑問」を表す。

英知は肯きながら親指と人差し指を二度、付け合わした（＝そう）。

荒井はみゆきのことを振り返った。

「そうだと言っている」

「『テレビに出ていた男の人』っていうのは誰なの」

「加持秀彦という人だ。教育者——いや学校経営者かな。県内で大きな私立学園を経営しているらしい」

そう教えてから、最近、その人物について見聞きした覚えがあることに気づいた。テレビではなく……。

「有名人なの？」

「どうだろう。テレビに出ているぐらいだから、教育方法が話題になっているのかもしれない」

「ふーん」

　みゆきが思案顔になった。もし英知が言ったことが事実ならば、事件の被害者と加持秀彦なる人物には面識があることになる。被害者の身元の特定につながる可能性もあった。

「捜査本部に伝える？」

「そうねえ……」

「今の話を警察に報告するんですか？」

　初めて真紀子が口を開いた。

「今考えてるんだけど……」曖昧《あいまい》な言い方でみゆきが答える。

「それはやめてもらえませんか」

　強い懇願口調に、思わず真紀子の顔を窺《うかが》った。表情にも声と同じほどの必死さがあった。

「英知のことを報告するのはやめてほしいんです」

「……それは、どうして？」

「今のことを報告すれば、警察の人がまた聞き込みに来ますよね。それで英知に、いろいろ訊くことに」

「……そうなるかもしれないけど」

「実は、さっきは言いませんでしたけど、事件の直後に何度も刑事さんが訪ねてきて。私はいいんですけど、あの子にも『何か見なかったか』『何か知らないか』としつこく」

　そこで真紀子は「ごめんなさい」とみゆきに謝ってから、「何度も尋ねて」と言い直した。

「それであの子、すっかり怯えてしまって。しばらく『自分の部屋』から出なくなってしまったんです」

「そうなの……」今度はみゆきが申し訳なさそうな顔になる。「ごめんなさいね」

やはり真紀子は警察の執拗な聞き込みに遭っていたのだ。英知の緘黙《かんもく》の症状が少し前から悪化しているというのはそれが原因なのかもしれない。

「いいえ、それはいいんです。実はそれだけじゃなくて」真紀子は表情を曇らせた。「警察の人には、以前、嫌な思いをしたことがあるんです……」

英知が小学校に上がった頃のことだったという。学校の帰りに道に貼ってある選挙ポスターをビリビリ破って回ったことがあったらしい。その候補者が子供の仕業《しわざ》とは思わずに「選挙妨害」だと警察を呼び、英知の行為と判明したところで警察官からひどく侮蔑的な言葉を吐かれたのだ、と真紀子は話した。

「もちろん、警察の人みんながそういう人たちだとは思っていませんが……」

「そうだったの……」

具体的には口にしなかったが、よほどひどいことを言われたのだろう。

みゆきと目が合った。彼女は小さく肯き、真紀子に向き直った。

「分かった。英知くんのことは言いません。その加持秀彦という人についてはちょっと調べるかもしれないけど、こちらに迷惑がかかるようなことはないと思います」

「――ありがとう」

真紀子は深々と頭を下げた。

それからしばらくして、アパートを辞去した。二階の通路に立って見送る母子《おやこ》の姿が見えなくなったところで、みゆきに訊いた。

「捜査本部に報告しないというのは本当？」

「言ってもどうせまともに取り合ってくれないでしょ」

「そうだな……」

彼女の言うことはもっともだった。英知の年齢、加えて彼の緘黙症や発達障害といった特性を知れば、警察はおそらく偏見を持つだろう。

英知の証言自体にも曖昧なところは残る。〈けんかしていた〉と手話表現したが、英知にはまだ単なる言い合いと喧嘩の区別はできない。さらに、テレビで一度見ただけの人物のことを、本当にその男性だと断言できるのか。仮にそうだったとしても、同じ県内の教育者とＮＰＯの職員が会っていたとすれば仕事上の用件とも考えられる。特に取り上げるほどのことではないのかもしれない。

「えいちくんがいってたこと、ほうこくしないの？」

二人のやり取りを聞いていた美和が不服そうに口を挟んでくる。

「また根掘り葉掘り訊かれて嫌な思いをするからね」みゆきが諭《さと》すように答えた。

「ねほりはほりって？」

「しつこくいろいろ訊かれること。美和だってコワそうなおじさんたちからしつこくいろいろ訊かれたら嫌でしょう?」

「んー、いやだけど、でもえいちくんが『みた』って言ってるのに……」

美和はなおも不満げだったが、今回の件に関しては荒井もみゆきの判断に賛成だった。それでいてどこかすっきりしないのは、今日のやり取りの中で一つ引っかかることがあるからだった。


意外な人物から連絡があったのは、その数日後のことだった。

【手話通訳、休んでるんだって? ちょっと頼みたいことがあります 連絡ください 益岡】

馴染みの老人の顔が浮かんで、笑みがこぼれた。以前は直接の連絡の時はファックスだったが、ようやくメールを使えるようになったらしい。一文字一文字苦労しながら打っている姿が見えるようだ。

それから、何度かメールのやり取りをした。個人的に買い物の通訳を頼みたい、どうせ公費派遣の対象外だから自己負担で構わない、という。

通訳の仕事はしないつもりだったが、個人的な頼みであれば受けても構わないという気になっていた。もちろん通訳料などいらない。だがそれでは益岡が遠慮する、いや承知しないだろう。

その時、英知のことが頭に浮かんだ。悪くない考えのような気がした。益岡は断らないだろうと思い、先に真紀子の了解をとることにした。

「『ろう者の手話』を知るいい機会ではないかと思いまして。もちろん英知くんが知らない人と会うのは嫌だと言ったら無理にとはいいません。美和も連れて行きます」

真紀子は、あの子に訊いてみます、といったん電話を切った。すぐにコールバックがあり、

「英知は行きたいと言っています。良かったら連れて行ってやってください」と言った。

「お母さんがいなくても大丈夫？　と訊いたら大丈夫と言うんです。荒井さんから手話を教わるようになって、間違いなくあの子は変わってきていると思います」

早速、益岡にそのむねを伝えた。買い物には付き合う。通訳料はいらないから、かわりに聴者の子供たちに手話を教えてくれないか、と。思った通り、益岡は喜んだ。買い物とは、親戚にあたる小さな男の子へのプレゼントなので、年齢の近い子供の意見を聞くことができるなら願ったり叶ったりだ、と。

益岡と日時を決めてから再度真紀子に連絡をとった。了解の返事をしてから、真紀子は少し遠慮がちに「その日、私もちょっと外出していいでしょうか」と切り出した。もちろん構わない。

「真紀子さんがお帰りになる時間に合わせて英知くんを送りますので、どうぞごゆっくりお出かけください」

「ありがとうございます。そんなに遅くはならないと思うんですが……久しぶりに昔のお友達に会おうかと。助かります」

普段、英知のことで自由に動ける時間も持てないのだろう。思い付きから始まった今回の件

だったが、真紀子にとっても有意義であれば喜ばしいことだった。

週末とあって、街は人で溢れていた。荒井は英知と美和を連れ益岡と待ち合わせのハンバーガーショップへと向かっていた。英知は、耳にヘッドフォンのようなものをつけている。以前真紀子が言っていたイヤーマフなのだろう。

道中はぐれないように美和とはいつものように手を繋いでいたが、英知の手は握らなかった。英知の特性として、聴覚過敏のほかに「接触過敏」というものがあると聞いていたのだ。

「もっと幼い頃はハーネスを使っていたこともあるんですけど……」

接触過敏について訊いた時、ハーネスというものを知らない荒井に真紀子は教えた。別名「迷子ひも」と言い、リード付きの服やリュックなどを子供に着せ、そのひもの端《はし》を親が握って道に飛び出したりしないようにするものだという。

「でも他人から見ると『ペットの散歩みたい』に映るらしくて、一度通りがかりのご婦人から『これは虐待ですよ』って凄い剣幕で責められたことがあって、それ以来止めました」

形状だけを考えれば誤解するのも分からないではない。だが手を繋げないと人ごみの中では終始離れないように気を遣っていなければならない。道路への飛び出しなども心配で、気の休まることがないだろう。

「抱きかかえるのも駄目なんですね?」

念のため確認すると、真紀子は少し寂しげな顔で肯いた。

「私、あの子のこと、ぎゅっと抱きしめたこともないんです。分かっているのに思わず抱こうとしてしまって、手を払いのけられたこともあります。嫌われてるわけじゃない、って分かっているつもりですけど……」

真紀子の気持ちは痛いほどに分かった。嫌われているわけじゃないと分かっていても寂しいと思う。そして寂しいと思ってしまった自分を責める。その繰り返しなのだろう。

そんな母親の気持ちが通じているのか、手を繋いでいてもあっちこっちへ行こうとする美和とは対照的に、英知はここに来るまで荒井のそばをぴたりと離れずついてきた。今もハンバーガーショップの入り口で立ち止まった荒井の横を一歩も動かない。

「おじいちゃん、いた?」

美和の方は、早く中へ入りたそうに落ち着きがない。

「今探してるから」

益岡はすぐに見つかった。家族連れでにぎわうテーブル席の一角、ぽつんと飲み物を前に背中を丸めている益岡の姿は、一段と小さく見える。近寄っていくと、振り向いた顔がパッと輝いた。

〈よう〉

〈お久しぶりです、お元気そうで〉

〈ああ、久しぶりだな。あんたも元気そうじゃないか〉

美和と英知のことを紹介した。さっきまでの元気はどこへやら、美和はもじもじしてろくに挨拶もしない。一方英知の方は、視線こそ合わさないものの、きちんと挨拶の手話で応えた。

〈へー、手話ができるんだ〉益岡が嬉しそうに手話で応える。

英知は親指の先で人差し指の先を弾いた（＝少し）。

〈いや、上手だよ〉

益岡の手話が分かったのか、英知の顔に嬉しそうな表情が浮かんだ。

買い物の前に腹ごしらえをすることにして、それぞれの食べたいものを訊き、注文した。英知は豚肉や牛肉はダメ、ポテトフライも細いと食べない、と聞いていたのでフィッシュバーガーとサラダを頼んだ。益岡は食事は済ませたとかぶりを振った。

〈一年振りぐらいですかね〉改めて益岡と向かい合う。〈最近は通訳の依頼もなかったですよね〉

荒井が他の仕事が入っていて指名に応えられなかったこともあったが、少なくとも半年以上はセンターへの依頼そのものがなかったはずだ。

〈ちょっと体調が悪かったりしてな。外出することもあんまりなかったんだ〉

そう言われると、「小さく見えた」のは気のせいではなく、少し痩せたようにも思える。

〈今は？〉

〈今は大丈夫だ、この通り。だから久しぶりに買い物でも行こうかって気になったんだ。あんたにも会いたかったしな〉

益岡は荒井のことを指さしてから、英知や美和のことを見やった。

〈そしたらこんなに素晴らしいおまけがついてきた。連絡してみるもんだな〉

「おじいちゃん、何て？」隣で美和が小声を出す。まだ二人の会話にはついていけないのだろう。

「美和や英知くんが一緒で嬉しい、って言ってるんだよ」

そう伝えると、美和は〈私も〉〈楽しいよ〉と手話で応えた。好物のハンバーガーにありつけて機嫌が良くなったらしい。

〈英知くんも〉〈楽しいよね〉英知にも手話で語り掛ける。

俯《うつむ》き加減の英知だったが、両手のひらを小さく胸の辺りで交互に動かした（＝楽しい）。

二人の様子を眺めながら、益岡が目を細める。

〈小さな子供がそばにいるっていうのはいいもんだな〉

益岡は、七年ほど前に妻を亡くしていた。二人の間に、子供はいない。

〈できなかった……っていうより、つくれなかったんだ〉

いつだったか、目の前の老人が寂しそうに言ったことを思い出す。亡くなった妻もろう者で、「ろうは遺伝する」と思いこんだ親から若い頃に不妊手術を受けさせられたのだ。半世紀以上前とはいえ、そんな愚かな考えがまかり通っていたことに憤《いきどお》りを覚える。

その時ふいに、みゆきの冷ややかな声が蘇った。

――やっぱり怖いの？　もし「聴こえない子」が生まれてきたらって。

胸の奥の方から苦い思いが湧いてくる。振り払おうと、益岡との会話に戻った。

〈今日、何を買うかは考えているんですか〉

〈いや実際に見て決めようかと……今の子供はどんなものを喜ぶかな〉

〈さあ〉そういうことは荒井にも分からない。美和に、今何が流行《はや》っているか尋ねた。「女の子のあいだではねー」美和は、魔法使いの少女が主人公のアニメの名を出した。荒井が通訳したが、益岡はピンとこなかったようだ。

〈男の子だとまた違うだろうな〉

手話で英知に尋ねる。〈ボクは何が好きなんだい〉

英知が即答した。〈車と〉〈アニメ〉

簡単な単語とはいえ、すらすらと出てくることに感心する。益岡がゆっくり表現してくれているとはいえ、「読み取り」も完璧だ。

〈アニメって、どんなやつだ〉

英知が困ったように荒井のことを見る。たぶん、美和も好きな「龍《りゅう》使いの少年」が主人公のアニメのことだろう。さすがに「龍」などという手話はまだ教えていない。荒井が代わって、益岡にそれを伝える。

〈へー「龍使い」ね〉益岡が意外そうな顔になる。〈そりゃいいじゃないか。なあ〉

最後の同意は、荒井に向けられていた。

〈そうですね〉

微苦笑で答える。何を「いい」と言っているのかは分かった。

案の定、益岡は筆談用に持ち歩いているメモ帳とペンを取り出すと、ノートに何か書きつけた。大きく書いたその字を、英知と美和の方へ見せる。

聾

キョトンとした顔の二人に、益岡が説明する。

〈難しい漢字だからまだ習ってないだろうけど、これは「ろう」と読む。「ろう者」の「ろう」だ〉

へー、といった風にその字を見ていた美和が、あっと叫んだ。

「これ、『りゅう』だ！」

聾という字の上の部分を指さす。龍の字とてまだ学校では習っていないだろうが、アニメのタイトルにその漢字が入っているから知っているのだ。

〈そうだ、よく知ってるな〉

〈うん！　下のは「みみ」だ〉今度は手話で答える。

〈ほう、それも知ってるのか、感心だな〉

「耳」はすでに習っているから知っていて当然だったが、褒められて美和は誇らしげだった。

益岡がゆっくりとした手話で言う。

〈アニメに出てくるなら、龍がどういう姿形《すがたかたち》をしているかは知ってるだろう？　ちょっと描いてごらん〉

ノートのページを破って、自分のペンと一緒に二人の前に差し出した。荒井も持っていたペンを英知に渡す。

二人ははりきって龍の絵を描いた。上手いとは言えないが、毎日その姿を見ているだけあって一応形にはなっている。両者の絵ともに、体は蛇のように長くくねり、口をカッと開けている。背中にはギザギザがあり、鼻からにょろっと伸びた髭、頭にはツノ、と龍の特徴がはっきりと描かれていた。

〈そうだ、二人とも上手いじゃないか。ほらこの頭の上の部分、君たちが描いたのは、ツノだよな？　耳じゃない〉

美和と英知は、当然、というように肯いた。

〈そうなんだ。龍には、ツノはあるけど耳はない。龍はツノで音を感知するから、耳が必要なくて退化したんだ。使われなくなった耳は、とうとう海に落ちてタツノオトシゴになった。だから、龍には耳がない。聾という字は、それで「龍の耳」と書くんだよ〉

説明が難しくなったので、荒井が分かりやすく通訳をする。聾という字の成り立ちについては実は諸説あるのだが、あえて口を挟むことはしなかった。二人は感心したように益岡の説明を聞いていた。

ハンバーガーを食べ終えると、隣のオモチャの専門店に移動した。美和は例の魔法使いの少女のフィギュアも見たそうだったが、今日の目的はそっちじゃないと言い聞かせ、男の子が好むようなコーナーを中心に見て回った。

結局買ったのは、英知と美和が二人して推《お》した「龍の背に乗る少年」のフィギュアだった。

サイズがいくつかあり、ポケットに入るほどの小さいタイプはさほど値段がはるものではなかったので、益岡は英知にもと言ってくれたが、荒井が固辞した。

〈本当に助かったよ、ボクもお嬢ちゃんもありがとうな〉

別れ際、益岡は何度も礼を言った。美和も英知も照れてはいたが、名残惜しそうな顔だった。

〈お嬢ちゃんもボクも、手話でもっと話せるようになれるといいな〉

別れ際に、益岡が言った。

〈そうしたら二人とも、「龍の耳」を持つことになるんだ。恰好いいだろう？〉

益岡の言葉に、美和と英知は大きく肯いた。

最後に、伸ばした人差し指と中指を揃えてシュッと顔の前に下ろし（＝また）、立てた右手の人差し指と同じく左手の人差し指を離れたところから近づける（会おう）。

英語のSee you againと同じ意味合いの手話を残し、益岡は去って行った。


益岡と別れてから、英知を家まで送った。真紀子が戻っていなければどこかで時間をつぶすつもりだったが、彼女はすでに帰宅していた。帰ったばかりなのか、まだ外出着で化粧も落としていなかった。白いブラウスに黒いスカートという姿で、不祝儀《ぶしゅうぎ》でもあったのかと訝《いぶか》ったが、口には出さなかった。

「本当にありがとうございました」

礼を言う彼女に、「いえプレゼントを選んでもらって、あちらも喜んでいました」と答える。

「そうですか。英知、今日は楽しかった?」

母の言葉に、英知は両手のひらを小さく胸の辺りで交互に動かした。今日何度目かの〈楽しい〉という手話だった。真紀子も理解できたようで、どこか疲れているように見えたその顔が、ほころんだ。

英知の家を出て、自宅に戻った。夕食の支度をしながら待っていたみゆきに、美和はさっそく今日の出来事を報告する。中でも「聾」の字の成り立ちについて聞いたのが印象深かったらしく、

「だからね、『ろう』っていう字は『りゅうの耳』ってかくの」

と得意げに披露していた。

「へえ、そうなの」

みゆきも感心したように聞いていた。

「アラチャン、こんどあのフィギュア、かってね」

食事を終えて子供部屋に向かいながら、美和は念を押すのを忘れなかった。どうやら魔法使いの少女のそれよりも、益岡が買った「龍の背に乗る少年」のフィギュアの方を気に入ったようだった。

「ああ、分かった分かった」

ベッドに入ると、美和はすぐに寝息をたてた。歩き回った疲れと、初めてろう者に会う緊張もあったのだろう。今晩はよく眠れるに違いない。龍の夢でも見るのではないか。おそらく、

英知も。

初めて「ろう者」と会い、手話で会話を交わした。そのことが幼い二人にとってどういう体験になったか。成長した二人が、今日という日をどんなふうに振り返るのだろうか。うっすら笑みを浮かべたような美和の寝顔を眺めながら、そんなことを考えた。

2

その夜、しばらく手話通訳士の仕事を休むことをみゆきに伝えた。アルバイトを探すが、しばらく収入が途絶える分、家のことは全部やるからと話すと、

「いつかの話とは、無関係よね」

窺うような表情で、みゆきが尋ねた。

「結婚」について話し合った時のことを言っているのだろう。荒井との付き合いのせいでみゆきが警察官の職を辞さなくてはならなくなったら、自分が手話通訳士をやめて正規の仕事に就くと言ったこと。

「関係ない。俺の勝手な都合だ。申し訳ない」

「――分かった」

こちらを見た彼女の顔には、つくったような笑みが浮かんでいた。

「また忙しくなりそうだから、ちょうど良かった」

理由も、これからどうするつもりなのかも訊かなかった。またそのことに甘えている。自覚しながらも、それ以上のことを考えるのはやめた。今はアルバイトを見つけることが先決だ。

だが、実際に仕事を決めるのは想像以上に困難な作業だった。何でもいいとは思いながらも、いざ探そうとするとやはり無条件とはいかない。家事のほかに美和の送り迎えもあり、時間は制限される。以前していた警備員の仕事に戻ることを真っ先に考えたが、求人は夜間帯が多く、希望に合うものがあっても書類選考で落とされた。とりあえずレジ打ちでも、と近くのスーパーとコンビニに電話を掛けてみたが、両方とも「未経験の四十代の男性」というだけで断られた。

数年前、ハローワークに足しげく通っても望むような職を得られず、窮余《きゅうよ》の策で「手話通訳士」の試験を受けた時のことを忘れたわけではなかった。資格もなく経験も限られる中年男に望むような職などないのだ、と改めて思い知らされる。

一方で、英知の家に行く機会は増えていた。

真紀子が「あの子も楽しみにしています」と言ってくれたこともあるが、荒井の方も、英知と過ごす時間が良い気分転換になっていた。ハローワークの帰りなど、美和が学校に行っている時間に一人で行くこともあった。

美和と一緒の時より、格段に「授業」は進んだ。英知が「声を出せない」ことが功を奏しているのだろう。荒井の方も音声日本語は話さず、日本手話のみで日本手話を教えるナチュラル・アプローチの手法をとっていることが習得のスピードを上げているのだ。

初めのうちはそばで二人の様子を眺めていた真紀子だったが、「授業」が長時間に及ぶようになると、荒井に断って買い物に出かけたりするようになった。

「授業」を終えて荒井に時間がまだある時など、真紀子は紅茶をすすめ、茶請けの菓子などを前に少しずつ身の上について話すようになった。

「以前は、大きな病院に勤めていたんです。もう八年も前のことですけど……」

英知が生まれるまでは、県内の別の市で准看護師をしていたという。だが、正看護師の資格を取る前に妊娠していることが分かり、出産のため辞めざるをえなかったらしい。それからは、清掃やヘルパーの仕事で生計を立ててきた。

「ひとり親世帯への支援の制度は利用されているんですよね」

念のために尋ねると、「ええ、児童扶養手当はもちろんいただいています」と肯いた。

「でも、離婚や死別でひとり親家庭になった場合と、私のようなケースには、実は少し違いがあるんです」

私のようなケース？　口には出さなかったが荒井の疑念は分かったのだろう、彼女が言った。

「私は未婚のままあの子を産んだんです」

「そうでしたか、すみません余計なことを……」

真紀子は「いいえ、いいんです」と首を振った。「そのことを別に恥ずかしいことだとは思っていません。でも……」

同じ母子家庭でも、制度上の違いがあるのだと彼女は説明した。

未婚や非婚のシングルマザーには、税制の「寡婦控除《かふこうじょ》」が適用されない。控除が少ない分税金が高くなるだけでなく、税金をもとに算出される「保育料」「学童料金」も寡婦に比べて高くなる場合が多い。死別の際に受け取れる遺族年金や、離婚した場合の慰謝料や養育費などはもちろん初めからない。真紀子は学生の頃に両親を亡くしているという。頼れる親戚などもいなければ生活はよほど苦しいことだろう。

「でも一番厳しいのは世間の目ですね」

真紀子は、薄く笑った。

未婚の母に対する世間の偏見――。みゆきも、出会った頃は「『母子家庭だから』なんて絶対に言わせない」と痛々しいほどに気を張っていた。比較的理解を得られやすい「寡婦」とてそうなのだから、未婚のまま子供を産んだ女性に対する周囲の視線は推して知るべしだ。

ましてや、子供が何らかの問題を抱えている場合、「やっぱり父親がいないから」という目で見られることもあるに違いない。そういう世間の誤解や偏見と、毎日必死に闘っているのだ。

それなのに、最近はそういった誤解を助長させるような言説がしばしば見受けられ――

ふと、あることに思い当たった。そういえば……。

表情に出たのだろう。「どうしました？」真紀子が怪訝《けげん》な顔を向けてきた。

「いえ、何でもありません」

真紀子は自分のせいだと思ったのか、「すみません、つまらない話をしてしまって」と立ち上がった。テーブルの上のカップを、キッチンへと運んでゆく。

彼女がキッチンへと消えたのを確かめて、そっと椅子から立ち上がった。いつか英知が「似顔絵の男の人を見たことがある」と言った時、引っかかっていたことだった。

子育てについての誤解を助長させるような言説——。加持秀彦だ。いつかテレビで観た時に、加持は、まさに「発達障害は親の愛情次第で予防・改善できる」というようなことを言っていた。その加持が書いた本を、最初にこの部屋を訪れた時に見たのだ。

荒井は、本棚に近寄った。「正育学《せいいくがく》」。彼が提唱する考えがそのままタイトルになっている本だ。テレビで観ただけではない。ここでその名を目にしたのだった。

しかし——その書籍が、本棚になかった。あの時確かに見たはずなのに、今は見当たらない。さして大きな本棚ではない。本の数も限られている。だが、いくら探してもなかった。

著者名が正確にあいうえお順で並べられている中、「お」で始まる名前と「き」で始まる名前の著作の間にぽっかりと本一冊分のスペースが空《あ》いていた。ここにあったのだ。「か」で始まる名前の著者——加持秀彦の本が。

真紀子がどこかへ持ち出したのだろうか。それ以前に、なぜ真紀子はその本を持っていたのか。自分たちへの誤解を助長するような本を。いわば「敵」の考えを知るために読んでいたのだろうか？　さらに疑問は続く。

なぜそのことを真紀子は自分たちに黙っていたのか？

英知が「証言」した時、荒井ははっきりと加持秀彦の名前を出した。真紀子も聞いていたはずだ。なのに、口にしなかった。自分がその人物を知っていることを。その著作まで持っていることを。

真紀子は、以前から加持秀彦のことを知っていたのだ。その加持が、向かいのアパートで事件の被害者と会っていた。それは、果たして偶然なのか。偶然だったら隠す必要はない。そこには何か意味があるのではないか？　大したことではないのかもしれないが、真紀子に直接尋ねることは何となくはばかられた。


英知の家から帰る途中、スーパーの中にある本屋に寄った。加持秀彦の「正育学」を探してみようと思ったのだ。店員に訊くまでもなく、その本は店頭の一番目立つところに平積みにされていた。「今、テレビで話題！」というPOPが掲げられ、決して安いとは言えない値段なのにかなり売れているようだった。その本と併《あわ》せ、緘黙症と発達障害に関する書籍を何冊か買った。かなりの出費になったが仕方がない。

ついでに夕飯の買い物も済ませ、家に戻る。美和を迎えに行くにはまだ間があった。ダイニングテーブルに座り、まずは「正育学」から開く。カバーの見返しに、著者近影として洒落たハーフリムのメガネをかけた恰幅の良い壮年男性の写真があった。テレビで観た人物に間違いない。加持秀彦という名とともに、「加持病院理事長」「四宮学園理事長」という肩書が記されている。学校だけでなく病院も経営しているのかと意外だった。奥付を見ると初版の発行は八年も前だ。おそらくテレビで取り上げられたことで最近になって版を重ねたのだろう。

「はじめに」というページを開く。

『引きこもり・不登校・家庭内暴力・情緒障害。少年期になって現れる子どもの問題行動の根本的要因は、乳幼児期の愛着形成の不足にあります。子どもが心身ともに健康に育つためには、まず親が正しい子育ての仕方を知り、愛情をもって接することが大切です。乳幼児のうちは常に親が寄り添い、言葉や身体的接触をもって子どもに接する。子育ての中心を担うのは母親ですが、二親揃って愛情を注ぐことが大事です。最近、キレる子ども、などの言い方で感情のコントロールがきかない子どもたちのことが言われていますが、親から愛情をたっぷり注がれていないケースが目立ちます』

そこまで目を通したところで、本を閉じた。一見正論に聞こえるかもしれないが、全ての親が常に子供に寄り添えるわけではない。ましてや二親が揃っていなくては正しい子育てができない、などというのは暴論に近い。それ以上読み進めることに抵抗を覚え、先に緘黙症についての本を読むことにした。

場面緘黙症についての説明は真紀子から聞いたのとあらかた同じものだったが、似たような症状がいくつかあり、きちんと区別しないと対応を誤ることになる、と記されていた。話せない場面や程度も人によってかなりの違いがあるようだが、パターンはその人ごとに一定しているという。例えば、家庭では誰とでも自然な会話ができるのに、学校の校門を入った途端に先生とも友達とも話せなくなる子供。あるいは、園や学校で、友達とは少し話せるのに、先生がいる場面では全く話せないケース。中には、体を思うように動かせない緘動《かんどう》という状態になる子もいるという。

そのメカニズムについてはまだ分かっていないことが多いが、最近では「不安症や恐怖症の一種」と捉えられるようになってきているらしい。つまり、「不安や緊張のために、本当の力を人前で発揮することができにくい状態」。そういう子に共通するのは、「話すのが怖い」のではなく「自分が話すのを人から聞かれたり見られたりすることに怖れを感じる」のだという。

英知の場合は、こういうケースとは少し異なるようだ。症例によるグループ分けのうち、「複合的場面緘黙（発達的問題や心理的問題の合併）」に属するのではないか。発達障害と緘黙症の関連についてもまだ解明されていないらしいが、場面緘黙児の中にかなりの割合で発達障害を併発している子供がいるのは間違いないようだった。

場面緘黙も発達障害も、症状改善や二次的問題予防には周りの人たちの理解と協力が大切であるにもかかわらず、それが得られにくい、という点で共通していた。家庭環境や虐待、しつけ、過保護などとは関係がないのに、それらが原因のように見られてしまうことが多いのだ。

つまり、親の接し方、育て方のせいだと。

ますます分からなかった。なぜ真紀子は、加持秀彦の著作を持っていたのか。そしてなぜそれを、自分たちの目から隠したのか——。

帰宅すると、荒井宛に小包が届いていた。派遣通訳の依頼以外で荒井に郵便物がくること自体が珍しい。送り主の欄には、益岡忠司《ただし》と金釘流で記されていた。

中に入っていたのは、以前益岡と一緒に買った「龍の背に乗る少年」のフィギュアだった。手紙の類《たぐい》はなかったが、すぐにメールがきた。

【ごめんなさい　それこの前の男の子にあげてくれないか　新品と変わらないから　もらってくれればこっちもうれしい】

何となく察した。プレゼントした相手の子供が、思ったより喜ばなかったのではないか。いやはっきり「いらない」と言われたか、親の方の反応が芳しくなかったのかもしれない。

【分かりました。お母さんにもそう伝えて、英知くんに渡します】

次の「授業」の日、真紀子に事情を話して了解を得た上で、英知にフィギュアを渡した。英知は表情にこそ明らかな喜びを出さなかったが、手話で〈ありがとう〉と応え、大事そうに抱えて「自分の部屋」に持ち込んだ。

「『お気に入り』の場所に飾るみたいです。あの子が物の配置を変えるのは珍しいんですよ」

真紀子が嬉しそうに言った。

英知が物の配置にもこだわりがある、ということは荒井もすでに理解していた。配置だけでなく、変化を嫌い、決まった習慣や同じ行動パターンを好む傾向が強かった。

また、好きなものには熱中するが、興味の範囲は限られている。手話には強い興味を持ってくれているのは幸いだった。荒井が読んだ本の中には、発達障害児の中にはアイコンタクトや表情、身振りなどで意思を伝えることが苦手な子供も多いとあったが、その点に関しては英知には当てはまらなかった。

得意なのは数字や記号を覚えることだ。手話を教える時間を終えてからトランプなどで遊ぶこともあったが、二人で競うゲームは、大抵英知が勝利した。中でも得意なのは「神経衰弱」で、荒井は一度も勝ったことがなかった。

二人で過ごす時間が長くなっても問題がないのを見定めて、真紀子にある提案をした。

「私の方は半日ぐらいいても構わないので、良かったらその間仕事にお出かけください」

「いえさすがにそれは……」

予想通り遠慮した真紀子だったが、毎日ということではないし、自分も就職の面接などがない日は美和の迎えまで何もすることがないので、と繰り返し伝えた。

「英知くんと私が二人きりになって不安でなければ、ですけど」

と付け加えると、「それは全然」と彼女はかぶりを振った。

「私も驚くぐらい荒井さんと一緒の時は落ち着いていて」

「では本当に、遠慮しないでください」

最後には真紀子も、「本当はとても助かるんです。ではお言葉に甘えます」と提案を受け入れた。

荒井が来る日時を前もって決め、その間真紀子は清掃のパートに出るようになった。

その日も、二人だけの「授業」が終わり、トランプ遊びも一段落したところだった。真紀子が仕事から戻ってきて、「果物を剝くので食べていってください」と言う。遠慮なくお相伴《しょうばん》にあずかることにして、ダイニングテーブルに座った。

英知は「自分の部屋」には入らず、机に向かってスケッチブックを広げた。脇のボックスからクレヨンを取り出している。

英知が好んで描くのは、車の絵だった。近づいて覗き込んでみると、今熱心に描いているのもどうやら車のようだ。モデルになるようなミニカーは近くに見当たらなかったが、何度も上からなぞりながら細かいところまで再現しようとしていた。

「何も見ないでも上手に描けるんですね」

ダイニングに戻って真紀子に言うと、

「さすがに想像では描けません。家の近くで見たんじゃないかしら。自分が持っていない車を見かけると、必ず描くんです」

という答えが返ってきた。

「そうですか。それにしても見ないで描けるんですから大したものです」

これも持ち前の記憶力、視覚による認知力のたまものだろう。

熱心に描いていたその手の動きが、突然止まった。

唸り声のようなものを出し、真紀子の方に顔を向ける。何かを訴えるような表情に、「どうしたの？」と真紀子が尋ねた。

英知が手を動かす。すぼめた両手の指先を合わせねじるようにしてから、髪に手をやった。そして、書く仕草をした後、両手を握りながら交差させた。

「色……黒い……書くもの、が、なくなった？……ああ、黒いクレヨンがないのね」

真紀子もそれぐらいの手話は分かるようだった。

「黒のクレヨンはね、なくなったから、新しいの買ってきたの。そこに入ってるでしょ」

真紀子が優しく言い聞かせるが、英知は激しく首を振った。

〈これ違う！〉〈僕のクレヨンじゃない！〉

「うん、同じメーカーのがなかったからね。違うメーカーのを買ってきたの。でも同じ黒のクレヨンだからね。これでいいのよ」

〈違う！〉〈これ僕のと違う！〉

「でもほら、描いてごらんなさい」真紀子は英知に歩み寄り、箱の中から新しいクレヨンを取り出すと、差し出した。「ね、同じ色でしょ」

〈違う！〉〈違う！〉

英知はクレヨンを摑むと、勢いよく放り投げた。クレヨンは近くの壁に当たって落ち、壁に黒い蠟の跡が残った。英知はそのまま、凍りついたように固まっている。

真紀子は黙って立ち上がると、クレヨンを拾い、箱に戻した。そして、ゆっくりと英知の前に戻ってくる。怒るでも嘆くでもなく、普段と変わらぬ視線を息子に向けていた。

ふいに英知が立ち上がった。

壁際に並んだ整理ボックスのところへ行き、その一つに手を入れると、一枚の紙片を取り出して戻ってくる。その紙片を真紀子に渡した。真紀子は、「うん、分かった」と肯く。英知はそのまま「自分の部屋」の方へ歩いて行った。押し入れの戸を開け、中のライトを点けると、その中へ入って行く。

押し入れの戸が閉まったところで、真紀子が紙片を荒井の方へ見せた。

そこには、英知の字で、「いま、こんらんしています。おちつくまでひとりになります」と書かれてあった。

真紀子は、荒井のことを見つめて静かに言った。

「これでも、『発達障害の子は自分の感情をコントロールできない』なんて言うんでしょうか――」


その夜、食事を終えてテーブルの上を片付けていると、テレビ画面によく知る人物が映っていた。

定時のニュースの時間だった。衆議院の予算委員会の中で、野党の国会議員である半谷雅人《まさと》が質問に立っていたのだ。

「……学園の建設予定地について、隣接する土地の実に十分の一以下の値段で売却されています。国有地が不当に安く払い下げられたのではないかという疑いがありますが、いかがですか」

それに対し、髪をきれいに撫で付けたスーツ姿の男が、表情一つ動かさずに答弁していた。

「法令に基づき適正な手続きが行われたと承知しております」

再び半谷が立つ。

「認可の過程についても不可解なところがあります。いったん保留したにもかかわらず、僅《わず》かひと月後に学園に追加で状況報告させるとの条件付きで、一転『認可適当』と答申しています。この経緯について県知事から異例の指示があったとの事実はありますか」

役人が慇懃《いんぎん》に答える。「通常の認可手続きを経ているものと報告を受けております」

再び半谷が立ち上がったが、そこで画面はスタジオに切り替わった。

「埼玉県に設立を予定されている私立小学校を巡っての半谷議員からの質問ですが、なぜこの件を国会の審議で取り上げたのでしょう」

アナウンサーの質問に、解説委員という肩書の男が答えていた。

「指摘されている学園の経営者が、埼玉県知事と懇意《こんい》の間柄であるだけでなく、首相もその人物の教育理念に共鳴し賛同していると過去に報じられたことがあることを問題にしているのでしょう。つまり、県知事は首相の『ご意向』を盾に、認可手続きについて公正でない指示を下したのではないか、ということかと思います」

「なるほど、この問題が今後どのように展開していくか、注目していきましょう」

言葉ほどには熱意のこもらぬ口調だった。すぐに他のニュースに移った。

「今、ちょっといい？」

美和を寝かしつけに行っていたみゆきが、珍しく浴室に直行せずに声を掛けてきた。

「また忙しくなりそうだから」の言葉通り、彼女は最近、帰ってくるのが連日夜半近くになっていた。帰ってくれば荒井が用意したおかずをビールで流し込むと短時間で入浴をすませ、「明日も早いから」と早々に寝室に消えるというパターンが続いていた。眠い目をこすりながら待っている美和とはもちろん、荒井とも会話を交わす時間はほとんどなかった。

「いいよ、何」

リモコンを取り上げ、テレビを消した。みゆきがテーブルの向かいに座る。

「この間、美和と一緒に英知くんを連れて外出した日があったでしょう?」

「益岡さんに会った日のこと?」

「うん」

「それが?」

今頃になって何か咎められるのかと戸惑ったが、彼女が口にしたのは全く違うことだった。

「その時、真紀子さんは家で留守番してたの?」

「真紀子さん?……いや、どこかに出かけるって言ってたな」

「どこへ?」

「えーと、友達と会うとか」

「どんなお友達?」

「どんなって……確か、古い友人と久しぶりに会うって——なぜそんなことを?」

突然そんなことを気にする理由が分からなかった。

「うん……実はあの日、外で真紀子さんを見かけたような気がして」

「へえ、どこで?」

それには答えず、「彼女、どんな服装をしてたか覚えてる?」と訊いてくる。

「うーん、確か……」

あの日、英知を送って行った時、まだ真紀子が外出着に化粧をしたままだったことを思い出す。「白いブラウスに黒いスカート……」

「そう。分かった」

自分で尋ねておきながら、そっけない態度でみゆきは答えた。

「どこで見かけたの？」

「ううん、別人だったみたい」

首を振ったが、荒井には気になった。明らかに不自然な態度だった。

とはいえ、それ以上追及するようなことでもない。話は終わりかと立ち上がった時、みゆきが言った。

「これからも真紀子さんとは会うのよね」

「ああ……英知くんに手話を教えにね」

「――そう」

「それが何か」

「ううん、いいの。ただ、美和を連れていくのはもう止めてくれないかしら」

「え？」

思わずみゆきの顔を窺う。彼女は視線を逸らした。

「なぜ？」

「なぜでも」

「理由を言ってくれなきゃ――」

「悪いんだけど」伏し目がちだが、有無を言わせぬ口調だった。「美和のことは私に決めさせて」

返す言葉がなかった。

確かに自分はただの同居人でしかない。だが面と向かってそう告げられるとは思わなかった。

いつだったか、美和が「学校に行きたくない」と言い出したことがあった。無理にでも登校させようとするみゆきと、一日ぐらい休ませても、という荒井とで少し対立した。決めるのはみゆきだから、と意見をひっこめようとした時、彼女の方から「あなたから行きたくない理由を訊いてくれないか」と言われたのだ。

あの時、ほんの少しだけ認められたのかもしれない、と思った。美和の父親代わりとして。

だが今の突き放すような言い方は、そんな甘い思いに水を浴びせるものだった。

「分かった」

平静を装って立ち上がった。言い争うつもりはない。美和の母親はみゆきだ。

「美和には私から言っておくから」

「そうしてもらえると助かる」

みゆきは無言で浴室へと向かった。

彼女の急な態度の変化に戸惑った。まさか、英知の障害について、美和に何か影響を与えるのではないかと気にしているのだろうか。いや、そんな風に考えるみゆきとは思えなかった。では、やはり真紀子の方か。自分が会うのはいいと言っているのだから嫉妬ではないだろう。では何があるというのだ？　みゆきが真紀子に対して抱いている感情がどういう種類のものなのか、見当がつかなかった。

3

ハローワークから出てくると、冷たい風が頬を撫でた。ここ数日は穏やかな小春日和が続いていたのに今日は一転冷え込み、外に出た途端筋肉が収縮するようだ。

求職活動は、この日も徒労に終わった。つなぎのバイトでもいいと条件は落としていたが、それでも合致するものがない。仕事が見つからない焦りはあったものの、約束をしていたため帰りに英知の家に向かった。

「美和を連れていくな」とみゆきに言われたことはもちろん真紀子には伝えていなかった。最近は荒井が一人で来ることの方が当たり前になっていたため不審に思われることもない。

パートに出る真紀子を送り出し、いつものように「授業」を始めようとして、英知の机の上に一枚の絵が飾られてあるのに気づいた。

この間熱心に描いていたものだろう。やはり車の絵だった。全体のバランスは悪いが、黒色のセダンであることははっきり分かる。下部には「トヨタ　アリオン」という車種名と、車両ナンバーらしき数字が書かれている。

——車種はもちろん、そのナンバーも実際の車のものなんですよ。

この数字も実際に見た車のナンバーなのだろう。そう思いながらもう一度絵を眺める。よく見ると、後部の窓の辺りに、細い棒のようなものがついていた。アンテナだろうか。

もしや、と思い窓際に歩み寄る。レースのカーテンを少し開け、見下ろした。

向かいのアパートとの間に車が数台停められるほどの空き地があり、そこに黒のセダンが停まっていた。スモーク仕様のリアウインドウの真上辺りに、無線受信用のアンテナがついているのが見える。

荒井の勤務時代とアンテナの種類は変わってはいるが——捜査用の覆面車ではないか？

「この絵の車、いつも外に停まってるの？」

英知に尋ねると、少し考えるようにしてから、こくりと肯いた。

張り込みだ——。事件現場に出入りするものを監視しているのだろう。今まで見かけた記憶はなかったが、捜査に何か進展があったのだろうか。「犯人は現場に戻る」とは確かに以前から言われることではあったが——。真紀子に伝えてもいたずらに不安にさせるだけだろう。夜にみゆきに尋ねてみるつもりで、その日は何も言わずに辞去した。

英知の家を出た時にも、まだ黒のセダンは停まっていた。遠目には運転席に人影は見えない。だが乗車しているのを悟られぬようシートを倒していることもしばしばある。

近づきながらナンバーを確認した。やはり英知が記していた数字と同じだ。近くを通り過ぎようとした時、運転席から男がむくりと起き上がった。

ぎろっとこちらに目を向けてくる。男の表情に変化はない。驚いたのはむしろ荒井の方だった。行け、と言う風に目で合図してくる。肯きだけ返し、足早に通り過ぎた。

しばらく行ったところで、携帯が鳴った。予期していたのですぐに通話ボタンを押した。

「張っていることはあの親子には言うな」

いつものように挨拶抜きの言葉が耳に飛び込んでくる。

捜査車両に乗っていたのは、何森だった。

「どういうことです?」

問うてから、気づいた。張っていたのは事件現場ではない。監視の対象は、漆原真紀子・英知母子が暮らすアパートなのだ。

「詮索は無用だ。とにかく言うな。それと」

何森は低い声で続けた。

「できればあの部屋に出入りするな」

それで、電話は切れた。相変わらずの問答無用。しかし、確実に分かったことがある。

漆原真紀子は警察から監視されている。密行《みっこう》の対象になっている。なぜ、と考えれば理由は一つしかない。例の殺人事件に関して疑いをもたれているのだ——。

その夜、美和が寝入ったのを見計らって、今度は自分から声を掛けた。

「訊きたいことがあるんだ」

みゆきは、予期していたように肯き、ダイニングテーブルに腰を下ろした。疲れたような表情だった。

「何森さんに会ったんだってね。聞いたわ」

彼女の方から切り出され、驚いた。

「知っていたのか？」

何森に会ったことを、ではない。

「あの母子が密行の対象になっていることを」

彼女は黙って肯いた。

「真紀子さんが疑われているのか」

みゆきは首を振った。「言えないの。分かるでしょう」

「俺にも？」

一瞬、彼女がこちらを見た。そしてすぐに目を逸らした。

「――あなただからよ」

それは、同居する恋人だから、ということか。それとも、被疑者と親しい「関係者」だから、という意味か？

「真紀子さんは、前から被害者《マルガイ》を知っていたのか？　その証拠が出たのか？」

みゆきは首を振った。「話せない」

「彼女が疑われているのに俺があの家に出入りするのを止めなかったのは、俺から何か情報を引き出そうとしたのか?」

みゆきは黙ったまま首を振った。違う、というのか。話せない、と言っているのか、分からなかった。

いずれにしても、捜査本部が真紀子のことを疑っているのは間違いない。任意で事情を聞かないのは、確かな証拠を摑むまで泳がせているのだろう。

真紀子が、被害者と顔見知りだったということは十分にあり得る。自分の住むアパートの向かいの部屋に出入りしていた男なのだから。そのことを隠していたのが不審を招いたのであろうことも想像がつく。だが、それだけでは捜査本部が彼女を疑うには足りない。

「真紀子さんには、このことは内密に」

みゆきの言葉に、今度は荒井の方が首を振った。

「君から無理やり捜査情報を聞き出すことができないのと同じように、君も、俺の行動を制限はできない」

みゆきが目を見開いた。

「私の立場、分かるでしょう?」

「立場?」思わず問い返した。「君は交通課の課員だろう? いつから捜査員になったんだ」

みゆきは黙って荒井の顔を見つめていた。

その表情を見て、悟った。うかつだった。今まで気づかなかったとは――。

「もしかして君は、刑事課へ配属希望なのか?」

みゆきは無言で俯いた。そして、小さな声で答えた。

「転属願いは、もうずいぶん前から出してたの」

そうだったのか――。

今回の捜査本部への配属は、人数合わせなどではない。彼女の希望が通ったのだ。刑事の適性があるかどうかを見極めるために起用された、いわば「テスト」なのだ。もしここで何らかの業績を上げれば刑事課への転属が認められる。そういうことなのか。

君は、刑事になるために知り合いを――娘の友達の母親を売るのか?

出かかった言葉を飲み込んだ。そんな甘い言葉が通用するわけがない。もし真紀子が本当に被疑者《マルヒ》であるのなら、知り合いだろうが友人だろうが関係ない。

しかし、荒井には到底信じられなかった。真紀子のことを信じているとかそういうことではない。罪を犯しその結果警察に拘束されるようなことになれば、英知を一人きりにしてしまう。そんな愚かな真似を、彼女がするはずがない。

黙してしまった荒井にかわり、みゆきが口を開いた。

「もうあそこには行かないで。彼女には会わないで」

そして、短く付け加えた。

「これは、個人的なお願いよ」

今日初めて、彼女自身の声を聞いた気がした。

みゆきは浴室に入って行った。一人ダイニングに残り、彼女の言葉の意味を考えた。

みゆきが、刑事課に転属願いを出していたということ。

もちろん、それ自体は構わない。彼女が警察内でどんな部署を希望するかは、自由だ。ただ一つはっきりしているのは、交通課やその他の内勤部署であればともかく、刑事課への転属は荒井との結婚、いや交際についての大きな障壁になる、ということだった。

警察官の結婚に関し警察が組織を挙げて調査するケースは、会計職種や機動隊、外事警察などの公安畑、そして刑事畑のうち特に知能犯や詐欺を対象とする捜査二課、暴力団を中心とした捜査四課だと言われている。交際を報告されると同時に組織はその交際相手の身元を徹底的に洗う。なぜかといえば、これらに所属する警察官の交際相手が万が一、暴力団をはじめとする反社会的組織や極左、あるいはカルト的宗教団体の者だったりした場合、警察組織にとって非常に厄介な存在となるからだ。

それ以外の部署でも結婚は言うに及ばず、交際の段階で申告書を提出しなければならなかったが、もちろんみゆきは荒井とのことを報告などしていなかった。二年前の事件で二人の交際について誰もが知るものとなってしまったことを逆手に取り、官舎を出て堂々と荒井との同居を始めたのだ。

これに対し「上」は、静観という立場をとってきた。おそらく変につついて面倒なことになるのを避けたいのだろう。しかし、みゆきが刑事課勤務となったらそうはいかない。

全国警察組織三十万人を敵に回した男——。

その男との交際を今のまま静観し続けることはありえなかった。「上」は、みゆきに選択を迫るだろう。荒井と別れるか、警察を辞めるか、どちらかを選べと。

それを分かっていて刑事課への転属願いを出し、さらに捜査本部の補充員に自ら進んで名乗り出た。彼女は、すでに結論を出しているのではないか——。

浴室のドアが開く音がして、みゆきが出てきた。ダイニングにいる荒井を見て、ぎょっとしたように立ち止まる。

「まだいたの」

「訊きたいことはまだある」

「——答えられないと思う」

みゆきはにべもなく答えて通り過ぎようとした。

「答えられる範囲でいい」

そんなことを言うつもりはなかったのに、言葉が勝手に口をついた。

「教えてくれれば、俺も話す」

みゆきの足が止まった。「——何を?」

「俺の知っていることを」

しばしの間《ま》があって、みゆきが体の向きを変えた。テーブルの向かいに腰を下ろす。

「分かった。話せる範囲で話す。何が聞きたいの」

それほどまでに自分から情報を引き出したいのか。ならばこちらも知りたいことを聞き出すまでだ。

「被害者《マルガイ》の身元はまだ分かってないのか？」

答えるまでに間があった。どこまで話していいか考えているのだろう。やがて「ええ」と口を開いた。

「行方不明者リストには該当者がなく、指紋の照合も歯型照会も空振り。似顔絵が公開されてから問い合わせや確認に来たのは数件あったけど、いずれも一致せず」

「勤務するＮＰＯに勤めるまでの経緯は？　履歴書や身分証明書は」

「保険証は、亡くなった『上村春雄』さんのものを使っていたの」

病死したホームレスのことだ。単に名前を借りただけでなく、身分証まで使っていた。つまり、「戸籍を買った」ということか。

「住民票もか」

みゆきは首を振った。「そういう書類は提出していなかった。保険証だけ」

「雇用するのにそれは杜撰すぎないか。いくらＮＰＯにしたって――」

「被害者も、ホームレスだったの」

「え？」

「被害者自身もホームレスで、元々そのＮＰＯの支援を受けていたの。住居を提供してもらって社会復帰を支援してもらっている過程で、職員として採用されたのよ」

　なるほど、そういうことか。元々住所不定だったわけだ。さらに他人の身分証を使用していたとしたら、警察といえど身元をたどるのは苦労するかもしれない。

「被害者が事件当日、現場の部屋に来ていた理由は？　部屋の保守管理ということか？」

「被害者があの部屋に来るのは珍しいことじゃなかったみたい。ほとんどあそこに住んでいたらしいから」

「住んでいた？　しかし、ニュースではあの部屋はＮＰＯが管理している物件で……」

「それは本当。被害者の住居は別にあった。武蔵藤沢《むさしふじさわ》にアパートを借りている。それなのに、私物を持ち込んで、仕事が休みの日なんかはほとんどの時間をあの部屋で過ごしていたみたいなの」

「なぜそんなことを」

「分からない」

　被害者の身元以前に、その行動に不可解なことが多すぎた。そのことが捜査を難航させている一因にもなっているのだろう。その被害者と、真紀子がどうつながるのか――。

「いつか、俺が美和と英知くんを連れて益岡さんと会った日のことを訊いたよな？」

　みゆきの表情が、少しだけ硬くなった気がした。

「なぜあんなことを訊いたんだ？　君が真紀子さんを見かけたと言ったのは嘘だろう？」

　しばし間があってから、みゆきは答えた。

「同じ日に、遺体保管室まで被害者の顔を確認しに来た女性がいるの」

「――遺体はまだ保管されているのか」

通常、身元不明の遺体は警察が一時預かった後、発見地の地方自治体に引き渡され、行旅死《こうりょし》亡人《ぼうにん》として火葬される。亡くなってひと月以上経《た》つのにまだ埋葬されずにいるのは、より確実に身元の特定をするためだろう。

「その『女性』というのが真紀子さんだと？」

みゆきは首を振った。

「真紀子さんではなかった。同年配の別の女性。結果的には『探している人とは別人だった』ということだったんだけど、遺体に丁寧に手を合わせ涙ぐんでいたので、立ち会った捜査員が妙に思って車のナンバーを記録していたの」

「照会したのか」

みゆきが肯く。

「真紀子さんと関係が？」

「調べたら、その女性が以前勤務していたところで、真紀子さんも働いていた。もう八年も前のことだけど同時期に。つまり、元同僚」

真紀子が以前働いていた職場と言えば……。

「県内の病院。二人とも看護師だったの。真紀子さんの方は正確には准看護師ね。働きながら正看護師の資格をとるつもりだったらしいけど、そこまでいかずに辞めたらしいわ」

そのことは聞いていた。県内の大きな病院で働いていた。しかし英知を出産するために病院を辞めざるを得なかった。

「分からないな……」

荒井は思わず呟いた。実のところ、何がどうつながるのかまるで分からなかったのだ。

「捜査本部では、その女性が被害者を知っていた、と踏んでいるわけか？『別人だった』というのは嘘で、本当は知り合いだったと？」

みゆきは答えなかった。

「たとえそうだとして、それが真紀子さんとどうつながるんだ」

「その日、真紀子さんも出かけていたと言ったわね。白いブラウスに黒いスカート。まるで葬儀に参列するような恰好で。真紀子さんは捜査員に面が割れているから自分では確認に行けない。だから代わりに被害者を知る友人に行ってもらった。遺体を確認した友人女性は、手を合わせ涙した。それは、二人にとっての『お葬式』だったのよ」

あの日の真紀子の、葬儀帰りのような服装。疲れたような表情――。

確かに話は通る。だが、まだ腑に落ちない。

真紀子が被害者と知り合いだったとして、あれほど近くに住んでいればさほど不思議なことではないのではないか？　それを隠しているのは不審だとしても。

いやちょっと待て。話がどこかおかしい。辻褄が合うようで合わない。どこか矛盾している。

思考が混乱していた。何が矛盾しているのかが分からない。

いずれにしても、と思う。みゆきはまだ手の内をさらけ出していない。何か重要なポイントを隠している。それは何だ――。

「私は話した。あなたも話して」みゆきが挑むような口調で言った。

仕方がない。荒井は例のことを話すことにした。

「加持秀彦という人物のことを覚えているか？」

おそらく覚えていないだろう、と説明しようとした時、

「覚えてる」とみゆきが答えた。

「そうか。あの時、真紀子さんはその名前に全く反応しなかったけど……」

加持秀彦の著作をあの家で見たこと、その本がいつの間にかなくなっていること、真紀子がそのことを隠しているのではという疑念について話した。

大した「ネタ」ではないと思ってはいたが、やはりみゆきは「そう」と素っ気ない反応だった。

「ほかには？」

「――それだけだ」

「それだけ？　本当に？」

「本当だ」

「事件や被害者については何も？」みゆきが執拗に訊く。

「あれ以来話題に上がったことはない」

「それとなく訊いてくれないかしら。怪しまれない程度に」

「――さっきは、もう行くなと言ったよな」

「撤回するわ。情報がほしいの」

荒井は息を呑んだ。

「俺に、スパイをしろというのか」

「そうは言ってない。捜査に協力してくれないかと頼んでいるの」

「なあ」思わず太い声が出た。「これは、個人的な頼みか、それとも、捜査本部からの」

いや本部からの依頼のはずはない。それならば何森が出てくるはずだ。これはみゆき自身の言葉だ。

ふいに、アウアウ、という犬の鳴き真似が耳に蘇った。

取り調べ通訳をしている時に新開が発した声。そして彼の手話。

〈お前は所詮、犬だ。犬、日本語でそういうんだろう？　権力の手先。回し者。スパイ。犬っころ！〉

当たり前のことだった。みゆきは、警察官なのだ。いまやれっきとした捜査本部の一員だ。

そう思いながらも、目の前にいるみゆきが、よく知っているはずの彼女が、突然見知らぬ女のように見えた。

「――もう一つだけ聞かせてくれ」

みゆきは無感情な視線を向けてくる。

「君自身はどう思っているんだ。真紀子さんのことを疑っているのか」

すぐには答えなかった。いったん視線を下に向け、しばらくしてから顔を戻すと、「英知くんの『証言』を報告しないでくれって彼女が頼んだ時」と口にした。

「『事件の後に警察が英知くんにしつこく聞き込みをした』って言ってたでしょう?」

「ああ」

「そんな事実はなかった。捜査員は英知くんには会っていない。彼女は、私たちに嘘をついたのよ」

心証はクロ、そういうことか。だがみゆきだって分かっているのではないか。子供をこんなことに巻き込みたくないという母親の気持ちを。

荒井は、先ほどの頼みへの答えを告げた。

「スパイのようなことはできない。いくら君の頼みでも」

「――分かった」

みゆきはすっと背を向け、寝室へと消えて行った。

4

その晩は、リビングで毛布をかぶって寝た。睡眠は浅く、まだ外が暗いうちに起き出すことになった。部屋はすっかり冷え切っている。今年初めての暖房をつけた。

コーヒーを淹れるために湯を沸かしながら、これからのことを考える。自分なりに真紀子と事件との関わりを調べようと決めていた。真紀子を疑うということではない。みゆきに協力するということとも違う。ただ、事実を知りたい。

なぜそんなにムキになるのかは自分でも分からなかった。真紀子に対し恋愛感情はない。同情でもない。ただ、このままでは真紀子と英知の生活が脅《おびや》かされるのは間違いなかった。未婚の母として子供を産み、頼れる身内もなく、女手一つで育てている中でその子が障害を持っていると分かり――これまでどれほどの苦労があったかは想像に余りある。その彼女が今、何かを隠したり嘘をついているのだとしたら、何を守ろうとしているのかは明白だった。

真紀子が守ろうとしているもの。

それは、荒井自身が守りたいものだった。

ケトルからシュッシュと湯気が上がっていた。そろそろみゆきも起き出してくる時間だ。せめて朝の挨拶だけはきちんとしようと決め、ガスを止めた。


気づまりな朝食の時間をやり過ごし、二人を見送った。いつもと違う雰囲気を感じたのか、美和は母親に手を引かれ玄関を出た後も何度もこちらを振り返り「いってきま～す」と手を振っていた。母親はもちろん一度も振り返らなかった。

部屋の中に戻ったところで、「フェロウシップ」の新藤から電話があった。彼女からの連絡は、新開のことで訪ねた時以来のことだ。

新藤は挨拶もそこそこに、「田淵さんから聞きました。派遣通訳のお仕事、断ってらっしゃるって」と切り出した。

「ええ、まあ」

「田淵さん、理由がよく分からないって心配していましたけど……」

「……まあいろいろあって」

説明するのは難しい。言葉を濁すしかなかった。

「今、他のお仕事をされているんですか」

「いえ、まだ。探しているところです」

「でしたら、一度事務所にいらっしゃいませんか。もしよければですけど、通訳以外でも荒井さんにはご協力いただけることがあるんじゃないかと思うんです」

社会的弱者の支援を中心に活動しているＮＰＯで、通訳以外に自分にできることがあるとも思えなかった。とはいえ、「仕事」につながるのであれば今はえり好みをしている場合ではない。迷ったが、出向くことにした。

フェロウシップの事務所を訪れるのは二回目だった。出迎えてくれた新藤が、「みな出払っていて」と恐縮したように言う。事務室に掲示されたホワイトボードも書き込みで埋まっていた。実際多忙なようだ。

打ち合わせ室に通され、短く世間話を交わした後に「ご協力していただきたい件というのは」と新藤が切り出したのは、予想外の事柄だった。

「『海馬の家』が閉鎖されるのはご存じですよね」

「……ええ」

以前は気に病んでいたその件についてすっかり失念していたことに、忸怩《じくじ》たる思いが湧いた。

「今、再建運動がされていることも」

「はい」

「実は当NPOは、『新生海馬の家』に対して、法的な手続きやろう児のケアなど、全面的に支援することになっていたんです。片貝さんが顧問弁護士になることも決まっていました。ところがここにきて、再建の行方について雲行きが怪しくなってきていて……」

「その話なら、少し聞いています」

荒井は、以前に深見から聞いたことを話した。実行委員の一人が大口の寄付をしてくれそうな人として連れてきた学園経営者が、「海馬の家」のろう児たちを自ら設立しようとしている私立の特別支援学校の寄宿舎で引き受けてもいいと言っている、ということを――。

「そこまでご存じだったんですか」

新藤は目を丸くした。

「ええ、再建の実行委員に一人、知り合いがいまして」

「どなたです?」

「深見さんという方です」

「ああ深見さん、よく存じ上げています」新藤は大きく肯き、「でしたら話が早いです。お頼みしたいというのは、そのことなんです」

安堵したように続きを話した。

「その学園――四宮学園というところなんですが、そこの理事長さんと今度話し合いの場が設けられることになっているんです。教育方針とか経営理念などを改めて伺って、その上でこちらとしても最終判断をしようかと」

「つまり、あちらの提案を受けるか受けないか、ということですか」

「はい」

「受けない場合、つまり大口の協力者を失っても、新施設の目途はたつんですか」

「それは……」

新藤の表情が沈んだ。寄付は思うように集まっていないのだろう。

「寄宿舎に受け入れていただけるならばそれでいいじゃないか、という意見は強いんです。ただしそれは、あちらが新設する特支《とくし》学校の教育方針とは切り離して考えてもらうのが前提です。特に、寄宿舎内で使用される手話については」

深見の言葉を思い出した。

〈彼らが提唱するのは、聴覚口話法《ちょうかくこうわほう》、いや聴応訓練《ちょうおうくんれん》の復活です〉

〈思いもかけないところから、亡霊が蘇ったんですよ〉

深見に限らず、「海馬の家」を再建しようとしているメンバーの多くは、施設の中では「日本手話」を使えるようにしたいと願っているのだ。

「お話の趣旨はよく分かりました」

荒井の言葉に、新藤が身を乗り出した。「ではお手伝いいただけますか」

「できることがあればですが——具体的には、私は何をすればいいんでしょうか」

「まずは、近々開かれるあちらとの話し合いに出席していただきたいんです。その内容次第では至急対策を練らなければなりませんし、そうなると再建委員の会合にも参加していただくことになるでしょう。あいにく片貝さんが多忙で。もちろん法的な手続きが必要であればそのつど対応いたしますが、私もほかにやっかいな案件を抱えていてべったりはつけないいんです」

「ちょっと待ってください」どんどん話を進めていく新藤に、少し不安を覚えた。「そうなると私の立場はフェロウシップを代表するものになるんですか。それはさすがに——」

「ああ、それはご心配に及びません」

なぜか新藤の顔がほころんだ。

「会合には、当NPOの代表が出席します。荒井さんは、いわば代表の補佐役ということで」

「代表というのは」

「もちろん、瑠美さんです」

新藤は、何を今さら、という顔をした。

「瑠美さんも、この件には大変心を痛めているんです。ご存じのように、『海馬の家』に対しては格別の思いがありますから」

言われるまでもなかった。瑠美自身は「海馬の家」の出身ではなかったが、姉の幸子が一時期入所していた。二十年近く前のことだ。そこで、あの出来事が起こった。彼女が無関心でいられるわけがない。

「思いが強いだけに、過度に感情的になってしまわないか心配だったんです。そんな時に田淵さんから荒井さんが手話通訳士の仕事を断っていると聞いて……。失礼な言い方ですが、私たちにとっては渡りに船だったんです。事務能力に長け、ろう者社会については私たちより詳しい。何より、瑠美さんが誰よりも信頼する方に彼女の補佐をしてもらえたら。これ以上の適任者はいません」

新藤は満面に笑みをたたえた。最初からそのつもりだったのだ。乗せられた形にはなったが、今さら断ることもできない。これは「仕事」なのだ、と自分に言い聞かせた。

「四宮学園と、加持理事長についての資料をお渡しします。一通り目を通しておいていただけると助かります」

分かりましたと答えようとして、新藤のことを見返した。

「今、何ておっしゃいました?」

「はい?」

「四宮学園の理事長のお名前ですが……」

「加持理事長。加持秀彦という方です。四宮というのは理事長の旧姓で――」

荒井の表情に気づいたのだろう、新藤が「ご存じでしたか、加持さんのこと?」と怪訝な顔になる。

「ええ、少し……」

少しどころではない。まさか、こんなところで再び加持秀彦の名を聞こうとは――。

いや、考えてみれば県内で多角的に私立学園を展開している法人などそう多くはないのだ。加持秀彦の著作に記されていた肩書にも、学園の名があったはずだ。もっと早くに気づくべきだった。

「では、その特支学校の教育方針というのは――」

「そうなんです」新藤は、眉をひそめた。「新設される特支学校の教育方針は、四宮学園と同様に、『正育学』を基本としています。さらに聴覚障害教育部門では、『一般社会に通用するよう聴覚主導の教育をする』と定めているんです」

深見が告げた言葉が再び蘇る。

まさか、亡霊がこんな近くに潜んでいたとは――。


家に戻るまでの道すがら、新藤から渡された四宮学園及び加持秀彦についての資料に目を通した。

加持秀彦は、旧姓四宮といい、昭和三十年に埼玉県岩槻《いわつき》市（現さいたま市岩槻区）に生まれる。県内随一の進学校から東京大学に進み、文部省へ入省。しかしかねてからの夢であった学校経営の夢を実現すべく、四年で退職。今から三十数年前に飯能《はんのう》市で私塾四宮学舎を設立した。

その後、同市で代々続く総合病院・加持病院の長女で小児科医だった香子《きょうこ》と結婚し養子に入ったことで、その人脈と経済力をバックに学校経営は拡大。四宮学舎改め四宮学園として、この十年ほどで私立の中学から大学まで連なる学園づくりを展開するようになっていた。

　障害児教育にも以前から関心があり、その一環として、県内にはまだ少ない私立の特別支援学校の設立に意欲を燃やしている、ということだった。

「一つ不思議なのは、なぜこうも簡単に加持さんが新しい学校を設立できるのか、ということなんです」

　打ち合わせも終わりかけた頃、新藤はそう言って首を傾げた。

「特支学校の他に、小学校もつくられるそうです。土地一つとっても大変な値段ですし、認可を得るには厳しい条件があります。埼玉と東京の違いはありますけど、『恵清《けいせい》学園』開設の時にはとても苦労したみたいですから」

「恵清学園」というのは、都内にある唯一の私立のろう学校で、「バイリンガル・バイカルチュラル」を基本理念に掲げている。二《バイ》つの言語《リンガル》と二《バイ》つの文化《カルチュラル》——すなわち書記日本語に加えてろう者の言語である「日本手話」、聴文化のほかに「ろう文化」による教育だ。

　その理念通り、「恵清学園」では一貫して日本手話による授業が行われている。音声日本語はもちろん、日本語対応手話も使われない。その意味でも都内唯一、いや今のところ国内唯一の存在だった。

「それなのに、不思議なことに四宮学園の場合はいつもあっさりと認可が下りて」

新藤は合点のいかぬ顔で言った。

「今回特支学校を設立しようとしている土地は、元々県の高等教育施設用地だったんです。それを無償譲渡されて、認可も簡単に下りて……」

どこかで同じような話を聞いたことがある、と思った。

そうだ、半谷だ。いつかニュースで、半谷が役人相手に同じような件について質問をしていた。学校の名称は聞き漏らしてしまったが、あれは四宮学園のことではなかったか？

その後、新聞やテレビニュースなどでその件が取り上げられたのを見たことはなかった。追及はあれで終わってしまったのだろうか。

半谷に確認してみる必要がある。駅のホームに降りると、携帯電話を取り出し、秘書の小西《こにし》の番号を探した。


翌朝、荒井は一人飯能へ向かう電車に乗っていた。加持が理事長を務める施設を自分の目で確かめてみようと思ったのだ。飯能市は古くから林業で栄えた町だが、近年は商業施設や大学や専門学校などの教育施設も増え、首都圏の近郊住宅地になっている。幸い荒井が暮らす町とは私鉄一本でつながっていた。

駅を降りて、バスに乗った。その名も「四宮学園行き」というバスが出ていたが、学園の構内には入れないだろうと思い、途中にある「加持病院前」のバス停で下車した。

市役所や大型スーパーなどが集まる市の中心地に、本館・新館という二つの建物がそびえ立っていた。外来棟になっている本館に入り、病院案内を見ると診療科も十四科目に及んでいる。案内板の中に、病院理事長として加持秀彦、院長兼小児科局長として加持香子、内科局長として加持和人《かずと》という名が並んでいた。よくある同族病院だ。息子の和人に病院の跡を継がせるつもりで、自分は学校経営の方に専念しているのだろう。

午前中の外来の待合室は、診察を待つ患者であふれていた。診療スケジュールを見ると、内科に加持和人の名はあったが、小児科に香子の名はなく、掲示板に「院長先生はご病気のためしばらく休診いたします」という貼り紙があった。

受付に置かれていた病院の案内らしい小冊子を取り、長椅子の空いているスペースに座って開いてみたが、さして目新しい情報はない。冊子をスーツの内ポケットにしまい、待合室を見回した。

さて、どうするか。

学校よりは出入りがしやすいかと来てみたのだが、これ以上調べようもない。職員を捕まえて理事長はどういう人かと尋ねてみるわけにもいかなかった。

手持無沙汰に外来患者たちの様子を眺めていると、一人の老女の姿が目に入った。慣れた様子で入ってきて、ちょこちょことした足取りで待合室の椅子に座った。

初めは、去年死んだ母と同じぐらいの年恰好だな、という思いで眺めていたのだった。いや年恰好だけでなく、どことなく雰囲気も似ている。手にした受付票と正面のデジタル掲示板を交互に眺めたり、周囲を見回したりしていた。その「目の振る舞い」——。

ろう者だ、と分かった。手話も使っておらず補聴器も見えなかったが、間違いない。

さりげなく近づいていくと、老女は目ざとく荒井に気が付いた。言葉を掛ける前にこちらを凝視している。

〈こんにちは〉腰を低くして、敬語の挨拶を向けた。

〈はいこんにちは〉何の警戒心もなく挨拶を返してくる。

〈何かお手伝いしましょうか〉

〈いや大丈夫、慣れてるから〉彼女は少し不思議そうな顔になった。〈あんた聴者なのか〉

〈はい〉

〈ずいぶんと手話がうまいな〉

〈家族がみなろう者なので〉

〈ああそういうことか〉合点した顔になる。

〈こちらの病院にいつもかかっているんですか〉

〈ああもう、四十年にもなるかな〉

〈それは長い！〉驚いた顔を見せると、老女は誇らしげな顔になった。

〈患者の中でも一番の古株だろうな〉話し好きらしく、訊かれてもいないのに続ける。

〈先代の頃からだから。あんたは初めてか〉

〈そうなんです。あまり調べずに来たもので、ちょっと病院についてお訊きできればと思って〉

〈どこが悪いんだ〉

〈ええちょっと〉病名を用意してこなかったので、少し慌てた。〈胃がちょっと〉

〈内科か。ここの内科はあんまり信用できんぞ〉

〈そうなんですか〉苦笑しながら尋ねる。〈やっぱり小児科とかが有名なんですか〉

院長の担当科目を挙げたが、〈まあ昔はな。今はどこも一緒だ〉となげやりな答えが返ってきた。

〈息子が病院に勤め始めてからは診察の方にはあんまり熱心じゃないからな。旦那と一緒にあちこち飛び回って。すっかり文化人気取りだよ〉

〈そうなんですか〉

〈ああ、ご主人――理事長は有名な方ですものね〉

〈有名ね。どうだかな〉

老女はふん、と鼻を鳴らした。

〈やり手なのは確かだろうけどな。病院より学校経営の方が大事なんだろう〉

〈学校も手広く展開しているようですね〉

ろう者であれば知っているかと思い、その話題を出してみた。

〈今度は聴覚教育部門もある特別支援学校をつくろうとしているとか〉

〈ほう、あんたそんなことも知ってるのか〉老女が意外な顔になった。〈さっきはあんまり調べてこなかったって言ってたのに〉

〈いや、学校の方の知り合いから病院もあると聞いたんです。病院に関してはあんまり知らな

くて〉

〈そうか。でも内科だったら他の病院に行った方がいいんじゃないか〉

本気なのか嫌味なのか分からぬ表情で言う。

〈でも、内科の加持和人先生は、病院の跡継ぎですよね。加持両先生の息子さんでしょう?〉

〈若先生のことか? あまり出来が良いとは言えんな。次男で甘やかされて育ったから〉

〈次男?〉意外な言葉が出てきた。〈お子さんはもう一人いるんですか? 長男が?〉

〈ああ〉

〈その方は病院を継がれなかったんですね。じゃあ学校の方ですか〉

〈いや〉老女は首を振った。〈そっちにも関係していない。一応海外留学したということになってるけどな。今もあっちで暮らしていると……〉

〈一応、というのは、本当は違うんですか〉

〈まあ、どうだかな〉彼女はなぜか言葉を濁した。

質問を変える。〈ご長男は、何と言うお名前なんですか〉

老女は首を傾げた。〈覚えとらんな。たしか、とも……〉そこまで指文字で表してから〈分からん〉と苦笑した。

これは仕方がなかった。主にサインネームを使うろう者は本名をあまり覚えようとしないのだ。

〈海外留学して、そのままあちらで暮らしているということですか〉

〈うーん、よう分からん〉

〈本当はそうじゃない、ということですか？〉

〈さあ。いろいろ言う者もおる。若い頃に病気で死んだとか〉

〈死んだ？〉さらに驚いた。〈でも亡くなっていればさすがに分かりますよね〉

〈体裁が悪いので海外に行ったきりにしているんじゃないかとな。何しろこの七、八年、誰も見た者がいないからな〉

〈そうなんですか……若い時に亡くなっているとしたら、ご病気でしょうかね。持病でもお持ちだったのでしょうか〉

〈持病というのは聞いてないが……もし病気だったとしたら、神経の方じゃなかったんかな〉

〈神経の方……？〉

〈ああ、あの子は小さい頃から神経がこまい子でな。馬鹿がつくぐらい生真面目というか融通がきかないところがあった。大人になってそれが――〉

老女の手の動きが、突然止まった。

前から、白衣を着た若い男性が歩いてくるところだった。名札には「加持（和）」の文字があった。すれ違う患者たちがお辞儀をするのに、冷淡とも見える態度で応えている。痩せぎすで、メタルフレームのメガネをかけた神経質そうな顔立ちの男だった。

その姿を見ながら、老女が手を動かした。

〈しかし優しい子だったよ。あの子がそのままおったら、若先生よりよっぽどいいお医者さん

になっただろうに……〉

老女に診察の順番が来てしまったので、それ以上は聞き出せなかった。診察が終わるまで待っていたらさすがに怪しまれるだろう。外来棟を出て、病院と隣接していると資料にあった理事長夫妻の自宅を見に行くことにした。

すぐ裏手に、高い塀に囲まれた瀟洒《しょうしゃ》な三階建ての家があった。門塀《もんぺい》には、「加持秀彦　香子」「加持和人　奈津美《なつみ》」と二つの表札が並んでいる。

門からの長いアプローチの左手が花壇、右手が駐車スペースになっていて、手前に白い軽自動車、奥に銀色に輝くセダンが停まっていた。車には疎《うと》い荒井でも知っている。確かトヨタのレクサス。国産では最高級車の部類だろう。以前に見せてもらった、車の絵ばかりを描いた英知のスケッチブックにも載っていた。

その時、玄関が開き、コート姿の女性が出てきた。年恰好から察するに和人の妻の奈津美か。軽自動車の方に歩こうとした彼女は、荒井に気づき訝しげに立ち止まった。

「……うちに何かご用ですか？」

「あ、いえ何でもありません」

慌てて離れた。少し歩いてから振り返ると、女性はまだ探るような視線を向けていた。足早に立ち去り、バス停へと戻った。

駅までバスに揺られながら、加持についての資料を再び開く。加持秀彦・香子夫妻の子供としては、和人という男子の名しか記されていなかった。

学園・病院ともに勤務実績がなければそこに名前が載っていないのは当然だったが、係累等の資料の中にも、長男の名がないのは合点がいかなかった。海外留学、そして今でも海外在住ということであれば、名前ぐらい記載されていてもいいはずだ。それともあの老女の記憶違いか？　いや「とも」までは名前も覚えているのだから間違いのはずはない。

なぜ、その名が加持家の係累から消えているのか。後継者を巡る家族間のトラブルでもあったのだろうか。

〈あの子は小さい頃から神経がこまい子でな。馬鹿がつくぐらい生真面目というか融通がきかないところがあった……〉

おそらく今は三十歳過ぎになっているだろう加持家の長男は、今、どこで何をしているのだろうか――。

5

帰宅する前に、リハセンへと足を向けた。前もってアポをとっていないため会えないかと危惧したが、途中で送ったメールに、【お昼は食堂で食べるからその時で良かったら】との返事があった。

リハセンの食堂に入ると、混み合うテーブル席の一角に、冴島素子の姿があった。すでに食事は済ませたらしく、悠然とお茶をすすっている。遠くから挨拶を交わし、荒井もお茶だけ取って素子の前に座った。

彼女と話すのに、世間話は不要だった。僅かな時間しかないのであればなおさらだ。単刀直入に切り出した。

〈お訊きしたいのは『恵清学園』設立の経緯についてなんですが〉

メールですでに用件は伝えてあった。「恵清学園」が掲げるバイリンガル・バイカルチュラルは、かつて素子たちDコムのメンバーが提唱していた考えと同じものだった。素子自身も「恵清学園」には設立時から関わっており、当初は学外理事も務めていたはずだ。

〈どういうことを訊きたいの〉

今さらながらの質問にも、素子は特に訝る様子もなく答えた。

〈設立までかなり大変だったと聞きましたが〉

〈そうね〉当時を思い出したのか、感慨深げな表情を浮かべる。〈動き始めてから実際の開設まで八年ぐらいかかったから〉

〈そんなにかかったんですか〉八年とは、さすがに驚きだった。

〈そもそも私立の学校をつくるっていうのは条件がいろいろ厳しいのよ〉素子は、事もなげに答える。〈必要な施設や設備が整っているか、経営を維持できるだけの資金や財産があるか、他にも寄付行為の内容が法令の規定に違反していないか、ということを審査された上で、さら

に私立学校審議会の意見が強く左右するから〉

〈そういった審査に、八年も？〉

〈八年どころか、構造改革特区の制度がなかったら設立は実現しなかったかもしれないわね〉

構造改革特区――。確かに八年前と言えば、地域活性化のために、実情に合わなくなった国の規制について地域限定で改革する動きが始まって間もなくの頃だ。

〈その構造改革特区に応募した、ということですか〉

〈そう。教育関係で言えば、私たちの他にも「小学校の一年生から六年生にかけての英語活動を新設する」とか「独自の国際学科を設立する」といった応募があった。私たちは、ろう児を取り巻く教育環境の問題点を明らかにして、手話で学べる学校の必要性や実現方法を提案したの〉

あってしかるべきなのにそれまで存在しなかった「日本手話で学ぶことのできるろう学校」。それは、画期的な提案だったはずだ。

〈それでも政府は簡単には首を縦に振ってくれなかった。合理的理由に欠けている、経済的効果について立証されていない、といった課題が次々に出されて、それを一つ一つクリアしていく作業を繰り返して……ようやく六回目の提案でマッチングしたのよ〉

六回の提案。それで八年か。

〈それでようやく許可が下りたわけですね〉

素子は首を振った。

〈そこからがまた大変だった。やっと国への提案が通ったと思ったら、次は都に対する提案をしなければならなかった。何度も提案してようやく教育特区の申請にこぎ着けて、さらに多くの人たちに支援してもらったことで、聴こえない子供たちが日本手話を学び、日本手話で学ぶことのできる日本で初めての、そして唯一の私立ろう学校が誕生したのよ〉

「恵清学園」の誕生までにそんな苦労があったとは、思いもよらなかった。それだけの障壁を乗り越えてでも、彼女たちは「日本手話を学び」「日本手話で学ぶ」ろう学校をつくりたかったのだ。

その気持ちは、荒井にはよく分かった。「手話は言語である」という考えは少しずつ世間に浸透し、手話通訳の公費派遣制度のようにろう者が「外」に出て手話を使える場も増えてきてはいる。一方で、「浸透している手話」が自分たちの使う言語ではない、という思いが彼らの中にはあるのだ。少し前に、国内で初めてある自治体で手話言語に関する条例ができたというニュースが報道されていたが、制定を発表する映像で紹介されていたのは、音声日本語を発しながらそれに手話単語を当てはめただけのものだった。

教育の現場でさえ、似たような状況にある。以前に比べれば手話を導入しているろう学校は増えているとはいえ、教員に、手話と同時に「発声」するよう指導しているところはまだまだ多い。教わる子供たちも同様だ。これでは、いくら「手話が言語である」という理解が深まっても、肝心の日本手話が消え去ってしまう。「自分たちの言葉」が――。そのことに、焦燥にも似た感情を抱いているのだ。

それなのに、四宮学園がつくろうとしている特別支援学校は、知的障害教育部門の併設という新しさはあるものの、そこでは「聴覚口話法」が相変わらず——いやまるで先祖返りしたように「聴応訓練」にも近い教育法が実践されるという。そういう方針の学校の設立に、「なぜこうも簡単に認可が下りるのか」と新藤が不思議がるのもよく分かる。

〈あなたが本当に知りたいのは、四宮学園についてでしょう〉

素子の方からその名前を出してきた。用件を告げた時から、すでに荒井が「海馬の家」再建に関わり始めたことは察していたのだろう。ろう児たちを受け入れようと申し出ている四宮学園のことも。いつかははぐらかされたが、彼女はもとより「新生海馬の家」について深く関与していたのだ。

〈「恵清学園」の時とは違う制度を利用しているから単純に比較はできないけど〉

素子はそう前置きした上で、〈四宮学園が他の学校と比べてもかなり優遇されていることは確かね〉と言った。

〈四宮学園がつくろうとしている特別支援学校は、「公私協力方式」というものを利用しているの。学校設立用地については県の所有地を無償譲渡されている。「顕著な有益性をもたらすもの」として議会で承認されたものではあるけど、主導したのは県知事ね。毎年度の運営費もかなりの部分を県が負担することになっている。通常はかなり時間のかかる審査も難なくパスして、最短でも二年はかかるところを、申請から僅か一年足らずで認可が下りている〉

いくら違う制度とはいえ、「恵清学園」が八年かかったところを、一年足らずで——。異例と言っていいスピードだった。

翌日、新藤からメールがきた。

【加持理事長との会合は少し先に延びそうです。体調がよろしくないらしく、学園のお仕事の方もお休みされているようです。日程が決まりましたらご連絡します】

先ごろテレビで意気軒昂《いきけんこう》な姿を見ていたが、あれはだいぶ前に録画されたものだったのだろうか。加持香子も病院の診察を休んでいたことをふと思い出す。

その時、携帯が再び音を鳴らした。今度は電話だ。半谷雅人の秘書、小西からだった。半谷に会えないかという連絡を入れていた、その返事だった。

「急で申し訳ありませんが明日であれば時間がとれます。夜の七時に四谷《よつや》でいかがでしょうか」

否も応もなかった。みゆきにはメールで【明日の夜、用事ができて六時前に出なければならなくなった。明日だけ早く帰って来れないか】と訊いた。数時間後に【分かった】とだけ返事がきた。

翌日、返事通りみゆきは六時前に帰ってきてくれた。出かけようとする荒井に、何の用事なのかも帰宅時間も訊かない。美和が一人、玄関まで見送ってくれた。

「アラチャン、なにかわるいことしたならあやまったほうがいいよ、あやまればお母さんゆるしてくれるから」

小さな声で諭すように言う。

「喧嘩してるわけじゃないんだ」

そう答えると、不安そうな顔で呟いた。

「……けんかしてないんだったら、なかなおりできないじゃない」


池袋《いけぶくろ》に出てＪＲに乗り継ぎ、四ツ谷駅で降りた。目抜き通りを新宿方面に少し歩く。角に酒屋がある路地を曲がると、知らなければ見落としてしまいそうな奥まった場所に「たくみ」という古びた看板があった。まさに隠れ家といった風情の小料理屋だ。店先に、ダークスーツを着た小西が立っていた。

「お待ちしておりました」

一体いつから立っていたのか、若き議員の忠実なる秘書は涼しい顔で一礼した。

「遅くなってすみません」実際は約束した時間よりも五分は早かったが、そう詫びる。「半谷さんはもう？」

「はい。荒井さんにお会いできるのを楽しみにしております」

引き戸を開けると、女将《おかみ》らしい着物姿の女性が「いらっしゃいませ」と腰を折って迎えた。誰何《すいか》されることもなく、「どうぞ」と奥へ案内される。カウンターはスーツ姿の壮年男性たちで満卓だった。その背後を通り仕切りの暖簾《のれん》をくぐると、六畳ほどの和室の小上がりがあった。上着を脱ぎ、ネクタイをゆるめた恰好で半谷が待っていた。

「遅れてすみません」

「いえ、こちらが早く着きすぎました」

久しぶりに会った半谷は、日焼けをしているせいか以前よりたくましく見えた。いや、より政治家らしい雰囲気を身に付けたと言うべきか。

「ご連絡いただき、嬉しかったです」

誰もが好印象を受けるに違いない、非の打ち所のない笑みを浮かべた後、その顔をすっと引き締めた。

「本来ならば合わせる顔のない立場でありますが」

何のことを言っているのかは分かった。

「とんでもありません。その話は、もう止めましょう」

「はい」

一礼した半谷は、「ビールでいいですか？」と声の調子を変えた。荒井が肯くと、「女将」と声を上げる。現れた女将に、「ビール追加」と伝える。「はい」と女将が引っ込んだ。

「特に苦手なものはありませんでしたよね。ここは魚が美味いんです。今日は黒ソイの煮つけがあるらしいんで、よろしかったら」

「お任せします」

「どうぞ」

用意されていたグラスを渡され、ビールを注がれる。半谷は自らのグラスもそのまま手酌で満たし、小さく掲げた。

「ご無沙汰いたしました」

「こちらこそ」

一気に半分ほど飲み干しグラスを置くと、半谷は「のっけから申し訳ありませんが」と小さく頭を下げる。「あまり時間がありません。何か私に訊きたいことがあるというお話でしたが」

「はい」こちらも雑談を交わすつもりはなかった。

「実は先日、半谷さんが国会の審議の場で質問されていたのをテレビで拝見しました。埼玉県内の私立小学校の土地購入の件について」

「ご覧になりましたか、お恥ずかしい」半谷は苦笑を浮かべた。「もう少し追及できると思っていたんですが、のらりくらりと逃げられました」

「断片的に見ただけだったので、詳細は分からないのですが……」

「あの件はですねえ」議員は渋い表情になり、続ける。「埼玉の飯能市で私立学園を展開している四宮学園というところがあるのですが、そこの土地購入にどうも妙な点がありましてね」

「妙、と言うと」

「昨年、小学校を設立するに当たって今の学園の敷地とは別に土地を購入したのですが、そこはもともと国有地だったんですよ。それが、隣接する土地の十分の一程度の値段で売却されているんです。国有地が不当に安く払い下げられたのではないかと問い質《ただ》したのですが、ちょっと準備不足でしたね。でもこれで諦めるつもりはありません。何としてもしっぽを摑んでやります。私の狙いは県知事なんていう小物じゃありませんから」

「というと?」

半谷はそこでグラスを口に運び、荒井のグラスにもビールを注いだ。

「なぜ荒井さんはあの件に興味を?」

逆に問い返される。どこまで話すかは決めていなかった。とりあえず入り口のところから話し始めた。

「四宮学園への関心からです。実は今、四宮学園は小学校の件とは別に、県内に特別支援学校を設立しようとしています」

「特別支援学校を……?」半谷が、意外、という顔つきをした。

「ええ。知的障害と聴覚障害の教育部門を併設するものだそうです。それはいいのですが、設立の経緯についてどうも不自然な点があって……同じようなことを半谷さんが国会で追及していたのを思い出したんです」

「不自然というのは」

「普通、私立学校をつくろうとしてもそう簡単には認可が下りませんよね」

「ええ、そうですね」

野党とはいえ文教系の委員を歴任している半谷はそちらの方面に明るい。

「釈迦《しゃか》に説法で失礼ですけど……」

荒井は、冴島素子から聞いた「恵清学園」設立の経緯を話した上で、四宮学園がつくろうとしている特別支援学校の認可決定までの経緯を話した。

「なるほど……それは確かにレアなケースですね」肯いてから、「土地の購入については？」と尋ねる。

「県の所有地を無償で譲渡されたとか」

「ほう。それは知りませんでした」

半谷の目つきが鋭くなった。

「荒井さんはなぜそのことを？」

口調にも変化が見える。もはや、旧交を温めようという当初の気配はなくなっていた。

「今仕事で関わっているろう児施設がその四宮学園と関係ができそうなので、どういうところかと調べているんです」

「そうですか……」

しばし思案するようにしていた半谷は、顔を上げると、

「この件、ちょっと預からせてください。私の方でも調べてみます」

と言った。表情は元の穏やかなものに戻っていた。

「失礼します」

女将が入ってきた。「お待たせいたしました」と数品の皿を置いてゆく。食に通じていない荒井の目にも、どれも上質で手のかかった品と分かった。

「どうぞ」半谷に促され、「いただきます」と箸を取る。

料理をつつき、ビールで再び喉を潤してから、半谷が呟くように口にした。

「今お聞きした件、もしかしたら大きな突破口になるかもしれません」

「そうですか……」

何の突破口なのか、とは訊かなかった。

「荒井さんは、四宮学園の加持理事長の考えについてはご存じですか」

「――『正育学』、ですね」

半谷は大きく肯いた。

「そもそも私が今回の件を追及しようと思ったのは、加持氏のその考えに危ういものを感じているからなんです。埼玉県で『子育てサポート条例』というものが県知事の肝入りで提案されていることは?」

「知っています」

そもそもはそれが全ての始まりだった。今年の九月頃だったか。ニュースで流れるのを聞いたのだ。

「名称は穏当なものですが、その内容は、それぞれの家庭ごとに異なる子育てへの考えに対し行政が口を出し、『正しい子育て』なるものを推奨するというものです」

「あの提案はまだ生きているんですか?」意外に思って尋ねた。「確か、条文の中に『発達障害は親の愛情不足が原因』というような一文があって問題になっている、と……」

「ええ、その通りです。『発達障害は乳幼児期の愛着形成の不足が要因で、昔ながらの子育てによって予防できる』というような言い方をしています」

「市民からも反対の声が上がっていると聞きましたが」

「はい。しかし知事は聞く耳を持たず、強引に成立を目指しています。議会は与党が過半数を占めていますから廃案に持ち込むのは中々難しいでしょう」

「そうなんですか……」

市民の反対にあって廃案になったというわけではなかったのだ。

「問題はこれだけにとどまらないんです」半谷は少し声を落とした。「実は、国会の方でも同じような法案が準備されています」

「国会で？」思わずオウム返しにしてしまう。

「ええ。こちらは『家族教育基本法』という名称ですが、ベースはやはり『正育学』です。報道されないので世間の人たちは知りませんが、『正育学』は伝統的価値観を持った人たちと親和性が高く、今や保守系の政治家がこぞって支持しているんです。『正育学議員連盟』なるものもあります。実は首相がその中心です」

「首相が……」

いつかのニュースの解説を思い出す。そういえばあの時、言っていた。

――県知事と懇意の間柄であるだけでなく、首相もその人物の教育理念に共鳴し賛同していると過去に報じられたことがあることを問題にし……

先ほど半谷が口にした「突破口」という言葉の意味が、分かった。

「この法案が成立してしまったら、『子育てサポート条例』などとは比べものにならない影響力を持ちます。家族のあるべき姿を国が規範として定め、家庭教育に国が介入しよう、というとんでもない法案ですから」

「その事実は公《おおやけ》にされていないんですか」

半谷は首を振った。

「一部週刊誌が取り上げましたが、新聞やテレビは及び腰です。今やカリスマとも言える力を持った首相を刺激したくないのでしょう。私たちの党の分化会で議題にあがり、どこかで追及することができないかと考えていた矢先に四宮学園の土地購入についての疑惑が浮かんだんです」

「そうでしたか……」

「諦めないとは言ったものの、この間追及した件は正直期待薄です。しかし、今日お聞きした話には可能性がある気がします」

そう言って半谷は、まだ半分ほど黄金の液体が残っていたグラスを空にした。料理もあらかた片付いている。タイミングをはかったように、暖簾の向こうから「議員、そろそろ」という小西の声が聞こえた。

「もうこんな時間か」半谷は腕時計にちらりと目をやってから、「久しぶりに楽しい時間を過ごせました」と笑みを浮かべた。今度の笑顔は、少し精彩を欠いていた。

「何か分かったら連絡いたします」

立ち上がり、こちらを見た半谷と目が合った。一瞬、何か言いたそうな表情が浮かんだ。

荒井は言った。

「先日、瑠美さんにお会いしました」

半谷の視線が、少し泳いだ。

「――そうですか」

「最近またフェロウシップの活動に復帰されたようです」

「そうですか。それは良かった」

四宮学園の件には、そのフェロウシップが、いや瑠美さんが関係しています。そう伝えるべきか迷っていると、「荒井さん」と半谷が口にした。

今日初めて聞く、力のない声だった。

「なぜこんなことになってしまったのか……私にもよく分からないんです」

薄く笑みを浮かべた顔は、どこにでもいる人生に迷いを感じ始めた三十男のそれだった。

6

半谷と別れ、駅までの道を歩く。四宮学園について情報を得るつもりで、逆に情報を提供する形になってしまった。政治に利用されるのも、政治の力を借りるのも本意ではなかった。せめてフェロウシップの名を出さなかったのを慰めとするしかない。

ＪＲから私鉄へと乗り継ぎ、もうすぐ最寄り駅に着こうという時だった。携帯の着信音が鳴った。電話番号宛のショートメッセージだ。胸騒ぎを覚えた。開くと、
任意同行
という文字が目に飛び込んでくる。真紀子からだった。

落ち着こうと深呼吸をし、頭からメッセージを読む。

【突然ですみません。警察から任意同行を求められています。申し訳ありませんが英知のことを頼めないでしょうか】

大急ぎで最小限のことだけを伝えた、という文面だった。

【分かりました。すぐにそちらに向かいます。英知くんのことは心配しないでください】そう返信し、電車を降りた。

幸い、タクシーはすぐに摑まえることができた。電話で詳細を聞きたいが、おそらく目の前に捜査員がいる。余計なことは話せないに違いない。迷ったが、片貝にメールを入れた。緊急事態だ、力になってもらうしかない。事情を簡単にまとめ、発信した。

アパートの前に、警察車両が停まっているのが見えた。男が一人、車に寄りかかるようにしている。その顔に見覚えはなかった。

タクシーから降りると、男がこちらを凝視した。無視して真紀子の部屋に向かおうとすると、「おい」と呼び止められる。

「あんたが荒井さんか」

「……そうですが」

「早く支度をさせてくれ。余計な知恵はつけるんじゃないぞ」

無言で通り過ぎる時、車の中が見えた。運転席にいるのも見知らぬ男だった。何森でもみゆきでもないことに、少しだけ安堵を覚えた。

今の刑事の物言いからすれば、真紀子は荒井の到着を待って同行すると答えているのだろう。任意ならば拒否することもできる。だが潔白なのであれば、同行してきちんとそれを主張した方がいいのかもしれない。片貝からの返事はまだなかった。

玄関をノックすると、すぐにドアが開いた。真紀子の顔はさすがに青ざめていた。

「大丈夫ですか」

真紀子は小さく肯き、奥の方を目で促す。ダイニングに、グレーのパンツスーツ姿の女性が座っていた。捜査員だろう。真紀子が逃亡したり証拠を隠したりしないか見張っているのだ。

「英知のこと、お願いします」真紀子が、縋《すが》るような声を出す。

「今、どこに」

「『自分の部屋』に引っ込んだままです」

「状況は」

「分かっていないと思います。どうぞ中へ」

肯き、部屋の中へ入った。女性捜査員の視線を感じながら、真紀子の後に続く。閉じられたままの押し入れの前へと進み、真紀子は腰をかがめた。

「英知」

声を掛けるが、もちろん返事はない。

「お母さん、ちょっと出かけてきます。急にごめんね。でも荒井さんが来てくれたから。しばらく二人でお留守番していてね」

声は返ってこない。

普通ならば母親にしがみついて離れないような状況だろう。しかし英知にはこうして意思表示をすることしかできないのだ。英知の無言の行いから、心の叫びが聞こえてくるようだった。

真紀子は荒井の方を振り返った。「本当にすみません」

「気にしないでください」

真紀子はもう一度頭を下げ、小さなバッグを持つと女性捜査員の方へ肯いた。捜査員が真紀子の背中を軽く押すようにして、玄関に向かった。

「真紀子さん」

真紀子が動きを止める。

「何も心配せず、本当のことだけを話してきてください」

真紀子は小さく肯いた。「英知のこと、よろしくお願いします」

そう言ってドアの向こうに消えた。

部屋に戻って窓から外を見下ろすと、捜査員に促され、警察車両に乗り込む真紀子の姿が見えた。手荒な真似はされていないことに安堵し、カーテンを閉める。

部屋の中に向き直り、押し入れに目をやった。どうすればいい——。

とりあえず、閉ざされた「英知の部屋」の前に座った。彼は今、想像を絶するほどの不安を抱えているはずだ。ただでさえ突発的な事態への対処は苦手なのだ。見知らぬ人たちが突然やってきて母をどこかへ連れていこうとしている。パニックになってもおかしくなかった。いや、今まさにパニックを起こし、なすすべもなく「自分の部屋」に閉じこもっているのだろう。

何かを話そう。そう思った。英知が少しでも安心できるように。自分にできることは、語り掛けることしかない。

「——二人でしばらくお留守番だな」

思いつくままに、言葉を発した。

「おじさんもな、小さい頃、よく留守番をさせられたよ。その頃、おじさんのお父さんとお母さんは二人で商売をしていてな。留守にすることが多かったんだ」

何でそんな話を始めたかは分からない。なんでもいい。とにかく、英知を落ち着かせるためにしゃべり続けるのだ。

「おじさんの場合は、お兄さんがいたから、一人きりじゃなかったけど。だけどおじさんのお兄さんは耳が聴こえなかったから。——あ、おじさんのお父さんとお母さんも耳が聴こえなかった。家族の中でおじさんだけが聴こえたんだ。この前会った益岡のおじいさん、覚えてるだろう？　ろう者っていうんだ。耳の聴こえない人。おじさんのお父さんもお母さんも、お兄さんも、みんなろう者だった。おじさんだけが違った。おじさんだけが『聴こえる子』だったんだ」

返事は期待しなかった。そばにいる、ということを伝えられるだけでいいのだ。

「その日もお兄さんと二人で留守番をしていた。その時、電話が鳴ったんだ。電話機はあるにはあったけど、鳴ることはあんまりなかった。家族みんな耳が聴こえなかったからな。あの頃はファックスもなかった。電話の鳴る音に気付くのはおじさんしかいなかった。だから電話が鳴ると、いつもおじさんが出た。小さい頃からな。知らない人の知らない電話に、小さかったおじさんが出て、相手の用件を聞いた、そして、それを手話でお父さんやお母さんに伝えた。何のことか分からないまま、言われた言葉をそのまま。そしてお父さんやお母さんの手話を、今度は声にして電話の相手に伝えた。中には、事情を知らないのか『ふざけてないでお父さんに代わりなさい！』って怒る大人もいたよ。おじさんは、泣きながら電話に向かったもんだ」

あの頃のことを思い出していた。はっきりと覚えている。受話器を取る時のあの憂鬱な感情。お金の話もあった。商売の件も取り次いだ。何も分からず、家族と「世間」の通訳をした。幼い頃からずっと、ずっとそうだった。

「ごめん、留守番をしていて電話が鳴った時の話だったな。その時も、おじさんが出た。お兄さんもそばにいたけど、気づかずに漫画を読んでいた。また知らない人の知らない電話かなあって嫌だったけど、大事な電話だったら困るから、出たんだ。そうしたら」

ふいに耳に蘇った。受話器の向こうから聴こえてきた、あの声――。

「電話から、なあーおーとおーっていう声が聴こえてきたんだ。おじさんにはすぐに分かった。お母さんだ。お母さんが僕を呼んでいる。『なおと』お母さんはそう言っていた。おじさんの名前だ。お母さんは耳が聴こえなかったけど、声を出すことはできたんだ。他の人には何を言っているか分からない。だけどおじさんには分かる。世界にたった一人だけ、おじさんにだけは、お母さんが何を言っているか分かったんだ。お母さんは、続けて声を出した。おじさんが本当に聞いているかどうかなんて分からないのに、お母さんは言ったんだ」

お弁当を忘れた。持ってきて。

母はあの時、そう言っていた。

「お弁当を忘れた。持ってきて、なおと。お母さんはそう言ってたんだ。お父さんの分と二つ、朝せっかくつくったお弁当を、家に忘れてしまったんだ。おじさんはそれを持って、お母さんたちがやっているお店に届けに行った。そしたら」

ふいに、押し入れが開いた。

目の前に、英知の顔があった。手元を見ると、何かをギュッと握っている。益岡から送ってもらった「龍の背に乗る少年」のフィギュアだった。暗い押し入れの中から、じっとこちらを見つめている。泣き顔とも違う、内にこらえた不安と寂しさをどう伝えていいか分からない、そんな顔だった。

フィギュアを手放し、英知はゆっくりと手を動かした。

〈おじさんの分は〉〈なかったの？〉

何のことを言っているのか一瞬分からなかった。すぐに気づいて、同じく手話で答える。

〈お弁当か？　なかったけど、持っていったらお母さんが自分の分を分けてくれた。お兄ちゃんには内緒ね、って三人で食べた〉

荒井はそう言って少し笑った。自然に出た笑みだった。後にも先にも、あの時三人で食べた弁当ほど美味《おい》しいものはなかった――。

〈僕のお母さんも〉英知が手話を続ける。〈お弁当をつくってくれる〉

〈そうか〉

〈うん〉〈お母さんがつくってくれた〉〈お弁当を持って〉〈ピクニックに行った〉

いつの間にこんなに手話が上手くなったのだろう、と思う。

〈そうか、楽しかったか〉

〈うん〉〈楽しかった〉

心なしか英知の表情が和《やわ》らいでいるように見えた。

〈こんな話をしていたらお腹すいてきちゃったな。ご飯は食べた？〉

荒井が訊くと、英知は首を振った。食事をしようとしていた時に警察が来たのかもしれない。

〈でも〉英知が言った。〈お母さんが〉〈つくってくれた〉〈冷蔵庫の中にある〉

〈そうか。食べようか？〉

英知は首を振った。〈お母さんが〉〈帰ってきたら〉〈一緒に〉〈食べる〉

〈分かった。そうしよう〉

英知の手が動いた。

〈お母さんは〉〈いつ〉〈帰ってくる?〉

答えようと挙げた荒井の両手が、何の形もつくれずに顔の前でさまよう。

真紀子は今晩、帰ってこられるのだろうか——。

その時、携帯の着信音が鳴った。救われた思いで携帯を手にする。

片貝からだった。

【メールを読みました。今所沢署に向かっています。状況が分かり次第ご連絡します】

短いメッセージだったが、深い安堵を覚えた。英知に向き直る。

〈お母さんはもう少ししたら帰ってくるよ〉

英知は戸惑う顔になった。「もう少し」というような曖昧な言い方は英知には禁物だった。

〈あと一時間ぐらいかな〉

希望的観測も交えてそう伝えると、英知も安堵した顔になった。

〈何かして遊んでようか。トランプするか〉

英知が肯いたので、トランプを取りに行く。

押し入れから出てきた英知の前で、トランプを切った。一枚一枚裏にして並べる。いつもの「神経衰弱」だ。並べ終えるとジャンケンをして順番を決める。英知が勝った。

ゲームが始まる。英知が一枚めくり、さらにもう一枚をめくった。すぐに裏返す。次は荒井の番だ。適当に一枚めくり、さらにもう一枚。まだ一枚も同じカードは出ていなかった。英知は真剣な表情で次のカードをめくる。もう一枚。まだ合わない。裏返す。

端《はな》から相手にならないことは分かっているので、荒井はすでにカードを覚える気がなかった。いや正直に言えば、真紀子のことで頭がいっぱいでトランプどころではなかった。

彼女が疑われる理由は何だ、と考える。被害者のことを知っていながら「知らない」と虚偽の陳述をしたということか。被害者の遺体に手を合わせに行ったという同僚の女性？　真紀子が頼んだのだとみゆきは言っていた。

なぜわざわざ友人に頼んでまで遺体を確認しなければならなかったのか？　みゆきの話を聞いた時に覚えた違和感の正体が、今なら分かる。それは、被害者が本当に自分の知る人物なのか、確信が持てなかったからに違いない。

――といっても、はっきり顔が分かるものじゃなかったけど。

彼女の言葉に嘘はない。あの時点では、事件の被害者と「自分の知る人物」が結びついていなかったのだ。それが初めて結びついたのは――似顔絵だ。

みゆきが見せた被害者の似顔絵。あれを見て初めて、真紀子は被害者が「自分の知る人」だと気づいた、いやその疑いを持ったのだ。あの時の彼女の表情。呆然としていたように見えたのは、英知の「証言」に動揺していたのではなく、「被害者の顔」をはっきり見たからだ。知っている人物だと初めて気づいたのだ。

だから、同じく被害者を知る友人に頼んで確認してもらった。警察に面が割れているから自分では行けない、というみゆきの推測は当たっているのだろう。

「それは、二人にとっての『お葬式』だったのよ」という言葉もまた。

真紀子と、かつての同僚だという女性がともに知る人物。つまり、病院勤務時代に知り合った男。

真紀子はその頃、英知を妊娠し、出産のために病院を辞めている。それまで勤めていた、県内の大きな病院を。県内に大きな病院は山ほどある。しかし、荒井の脳裏には一つの名が浮かんでいた。

――それはやめてもらえませんか。

英知の「証言」について検討していた時の、真紀子の逼迫《ひっぱく》したとも思える声、そして表情。あれは単に、息子を事件に巻き込ませたくない、という母心だけではなかったのではないか？真紀子は、犯人が誰だか知っていて、それを隠しているのではないか？　そのことが真紀子の立場を不利なものにしているのではないか……。

トントン、と床を叩く音で我に返った。英知がこちらを見ている。荒井の番だった。ああごめん、とカードを裏返す。もう一枚めくり――見覚えのあるカードが出た。しかし、もはやどこにあったかは思い出せない。二枚とも表に返す。英知はためらいもなく手を伸ばし、今出たカードをめくる。そしてもう一枚。同じ絵柄だった。英知は表情も変えず二枚のカードを手繰り寄せた。

いつものこととはいえ、感心する。表に出たカードの図柄をすべて覚えているのだろうか。この英知の能力を真紀子を救うために使えないだろうか。無実の証明に――。

ふと、不在証明《アリバイ》という言葉が浮かんだ。

真紀子の事件当日のアリバイはどうなっているのだろう。今頃警察でそれについて追及されているのだろうか。普段の生活を見ていれば、おそらく家にいたか、せいぜい近所のスーパーに買い物に行ったか、というあたりだろう。アリバイを証言できる者がいるとは思えない。

英知はどうだろう。もとより近親者の証言は証拠能力が低いというのは承知していた。だが、英知が当日のことを詳しく覚えていれば、そこから具体的な不在証明につながる何かが出てくるかもしれない。

まずは、事件が発生した日時を特定してみる。記事を見たのは、林部の裁判の結果が出ていたのと同じ新聞だった。みゆきや美和と出かけようとしていた土曜日の朝。遺体が発見されたのはその前日。となれば事件発生は前々日の十月二十四日だ。確か「夕刻に殺害された」とニュースで言っていた。

荒井がカードをめくるのをじっと待っている英知に向かって、「悪い、ちょっとゲームは中断だ。訊きたいことがある」と言った。

英知が、何？　というように首を傾げる。

「もう一か月以上前のことだけど、十月二十四日の夕方、お母さんはうちにいたか覚えてるかな」

英知は少し考えるような仕草を見せた後、〈たぶん〉と自信なさそうな顔で答えた。

たぶん、では証言にならない。やはり無理か……。いや、何かキッカケがあればもっとはっきり思い出すのではないか。記憶を引き出すトリガーのようなもの。英知の場合は――。

アニメだ、と思いついた。毎週観ている「龍使いの少年」のアニメ。放映は木曜の六時半。事件があったのも木曜日の夕刻だ――。

荒井は、英知に「ちょっと使わせてもらうよ」と断り、真紀子のパソコンを開いた。ロックはかかっていない。立ち上げると、インターネットにつなぎ、検索をした。アニメに限らず、現在放送中、あるいは過去に放送されたテレビ番組の内容については、番組のホームページに掲載されていることが多い。

「龍使いの少年」のアニメのホームページにも、思った通りこれまでの放送回についての紹介がなされていた。事件があった日――十月二十四日分についても、「ついに決着、リュータ怒りの反撃！」というタイトルで、あらすじが紹介されていた。荒井は、その冒頭を英知に伝えた。

「……という内容の回、覚えてる？」

英知は、考えるまでもなく、はっきりと肯いた。

〈主人公が〉〈悪い龍に倒されそうになった時〉〈いなくなっていた味方の龍が戻ってきて〉〈主人公を助ける〉

紹介されているあらすじの続きと同じだった。「そうだ、よく覚えてるな」

英知の顔に、少しだけ得意げな表情が浮かんだ。問題はここからだ。

「その回のアニメを観ていた時、お母さんは家にいた？」

細かい犯行時刻については知らないが、少なくともアニメが放送されていた時間帯には家にいたことが証明できる。

英知は首を傾げた。その右手がゆらゆらと動く。考えを巡らせているのだろう。

やはりそこまでは覚えていないか、と諦めかけた時、英知の手が動いた。

〈お母さんは〉〈いなかった〉

え？

「いなかった？　本当に？」

英知ははっきりと肯く。

アニメを観ている時、真紀子は家にいなかった。アリバイを確かめるつもりが、それでは逆の証言になってしまう。

「どこに行っていたかは分かる？」

〈買い物〉

すぐに返事が戻ってきた。そうか、英知がアニメに夢中になっている時はむしろ真紀子にとっては行動しやすい時間なのだ。

「間違いない？」

英知は肯いた。そして、〈その日のことは〉〈よく覚えてるから〉と続けた。

「その日のことは覚えてる？　なぜ？」

〈お母さんがいない時に〉〈怖いことがあったから〉

「怖いことって、何」

英知の動きが、ふいに止まった。

「どうした？」

その顔に怯えのようなものが浮かんでいる。

「怖いことって何だ？」

尋ねてから、もしや、と思う。

「何か見たのか？　怖いことを？」

例えば――。

「例えば、向かいの部屋で」

英知の顔に、はっきりと恐怖が浮かんだ。

〈お兄さんが〉

そう動かした手がぶるぶると震える。

〈お兄さんが〉〈首を絞められてた〉

やはり――。

英知がいつか見たという光景。

〈似顔絵の男の人と、テレビに出ていた男の人が喧嘩しているのを見た〉

それは、事件のあった日のことだったのだ。あの頃、英知の手話はまだ拙《つたな》かった。「言い合い」「喧嘩」「殴り合い」。どの光景を見たとしても、両手の人差し指をバチバチと交差させる

（＝争う・喧嘩をする）という手話でしか表現できなかっただろう。だが今は、遙かに上達している。あの時曖昧にしか言えなかった出来事を、今正確に伝えているのだ。

「首を絞めていたのは、テレビに出てた男の人か？　その顔を覚えてるか？」

英知から答えは返ってこなかった。一点を見つめ、体を硬直させている。

「どうした、大丈夫か」

肩を揺さぶろうとして、むやみに触れない方がいいのかもしれない、と思いとどまった。いつか読んだ専門書の一節を思い出す。

『強いプレッシャーを感じたりフラストレーションがたまったりすると、体が思うように動かせない緘動という状態になる子もいます』

そういう場合は、無理に動かしたり話すよう強制したりしない方がいい、と記されていた。それに従い、そのままにしておくことにした。

強いプレッシャーやフラストレーション——今の会話が原因だ。荒井の発した問いが、英知の記憶のトリガーを引いてしまったのだ。

殺人現場の目撃——。

詳しく訊きたかったが、硬直したままの英知の姿を見れば、そんなことは強要できない。おそらく記憶をさらに掘り起こそうとすれば、これ以上の緊張と不安、いや強い恐怖を与えることになるだろう。いつかの真紀子の言葉を思い出す。

——英知は最近、家でもまったくしゃべることがなくなってしまって……今は全緘黙に近い状態になっています。

これ以上の問い質しは、英知の症状をさらに悪化させることになるだろう。しかし英知の証言は真紀子の冤罪《えんざい》を晴らすことになる。どうすれば……。

メールの着信音で我に返った。片貝からだった。

【所沢署に来ています。真紀子さんはもうすぐ解放されます。迎えに来ますか?】

荒井は返事を出す前に、英知のことを見た。少しずつ表情に落ち着きが戻っているように見えた。

この話はここまでにするしかない。

「お母さん、帰ってくるって。一緒に迎えに行くかい?」

英知は、こくりと肯いた。

7

荒井が英知を連れて所沢署の玄関に入ったのと、真紀子が片貝と並んで階段を降りてきたのは、ほぼ同時だった。

声を掛けるより早く、真紀子が階段の途中で立ち止まった。視線はすぐに荒井の隣にいた英知に向けられる。憔悴《しょうすい》しきったように見えたその顔に、ほんの少しだけ陽が射したようだった。

階段を降り切った真紀子は、二人の前に来て立ち止まると、そっと英知の肩に手を添えた。英知はされるがままにその場を動かない。抱き合うことのできない母と子の間に交わされる深い親愛が、そばにいる荒井にも伝わってくる。

荒井は片貝へ向け、指を揃えた右手を縦にし、左手の甲に乗せてから上げた（＝ありがとうございました）。

《突然にすみませんでした。本当に助かりました》

片貝は、いや、と手を振ってから、「すこしはおやくにたてたみたいでよかったです」と音声日本語で答えた。口話もたくみな片貝ゆえ、真紀子や捜査員たちとのコミュニケーションにも支障はなかっただろう。

真紀子の方を向き、「外にタクシーを待たせてあります。少し車の中で待っていただいていいですか」と告げる。彼女は無言で肯き、英知とともに玄関から外へ出た。

再び片貝に向き直る。《これで、完全に解放ですか？》

片貝はかぶりを振った。《明日も来てくれとのことでした。私の方から、任意であれば自宅で行ってほしいと申し出ました。お子さんのことがあるので家を空けたくないと》

《警察の返事は》

《検討する、ということです。いずれにしても私が付き添います》

《助かります》

一拍間が空いた。やはりそのことを訊かないわけにはいかない。

《容疑は、NPO職員が殺害された件ですよね》
《はい》
《逮捕される可能性はありますか?》
《逮捕できるほどの証拠は持っていないようです。自供を引き出したいための任意同行でしょう》
《なぜ彼女が疑われているかというのは……》
《これ以上は私からは話せません。本人から聞いてください》
《分かりました。ではまた明日、よろしくお願いします》
《警察から連絡があったらすぐにお知らせします》
《ありがとうございます》
片貝は、真紀子との関係などは一切訊かなかった。荒井は最後にもう一度頭を下げた。
片貝が笑う。
《よしてくださいよ。荒井さんらしくもない》
あえて茶化して和まそうとしているのだろう。多忙なはずなのに、迅速に手厚い対応をしてもらった。どれだけ感謝してもしきれない思いだった。
踵《きびす》を返そうとした時、「あらいさん」と片貝が呼び止めた。
《彼女たちのこれからのことですが、フェロウシップに頼んだらいいんじゃないですか》
《フェロウシップに?》
《ええ。子供のこともあります。荒井さん一人じゃ何かと大変でしょう。女性の相談相手がい

た方がいいかもしれない》

なるほど。フェロウシップが支援してくれれば助かるのは間違いない。そもそも彼らの活動は、弱い立場にある人たちが何かの事情で困窮した際、支援することを目的としている。あながち筋違いの頼みではないかもしれない。

《皆さん忙しそうですけど、その余裕はあるでしょうか》

《私から瑠美さんに頼んでみましょう。その件も後で連絡します》

《分かりました、いろいろありがとうございます》

駅に向かうという片貝と別れ、待っていたタクシーに向かう。

「お待たせしました」と助手席に乗り込んだ。車が動き出す。タクシーの中では、誰も言葉を発しなかった。

部屋に着き、真紀子がつくりおいた夕食を食べた。すでに十一時を回っている。美和はもう寝ただろうか、とふと思う。この時間までみゆきに一度も連絡をしていなかった。彼女からもメールはない。今晩は遅くなると承知しているためか、それとも、すでに事情を把握しているのだろうか。

食事を終え、英知を寝かしつけて真紀子がダイニングに戻ってきた。疲れているのは分かっていたが、今日のうちに話しておきたかった。

「お疲れのところすみません。少しだけいいですか」

「——はい」真紀子は静かに肯いた。

「無理に話してくれとは言いません。答えられることだけで」

彼女は無言で首を縦に動かす。

「真紀子さんは、被害者のことを知っていたんですね、以前から——事件の前から」

「はい」真紀子は俯いたまま答えた。

多くを語りたくないことは分かっている。荒井は自分から話すことにした。

「でも、その人が向かいのアパートに出入りしていたことも、ましてやあの事件の被害者だったことも、知らなかった。似顔絵を見るまで。そうですね？」

真紀子は黙って肯いた。ここまでは想像通りだ。

「警察にはそのことを？」

「話しました」

「相手と、いつ、どこで知り合ったかも」

「——警察の方は、知っていました」

「警察はすでに被害者の身元を把握していたということですか？」

真紀子は黙って肯いた。

答えは返ってこないだろうと思いながら、尋ねた。

「被害者は、誰なんですか？」

やはり真紀子は答えなかった。

しかし警察は、すでに被害者の身元を把握している。捜査本部が真紀子に不審を抱いたのは虚偽の陳述や例の「葬式」の件がキッカケだったのかもしれないが、任意同行をかけるまでに至ったのは、被害者が誰だか分かったからだ。鑑取《かんど》り捜査の結果、「被害者のかつての交友関係」の中に真紀子の名が浮かんだのだ。

警察が事件の関係者の氏名をすぐには公表しないケースはいくつか考えられるが、最もあり得るのは影響力の大きさを慮《おもんぱか》った場合だ。例えば著名人、あるいは政財界の大物、社会的に重要な地位にある人物、またはその近親者。

荒井は、それらの条件に該当する人物に、一人だけ心当たりがあった。生きていれば今頃被害者と同じ三十代前半ぐらいになっているはずだった。

「あなたが勤務していた病院とは――」荒井は口を開いた。「飯能の加持病院ですね」

真紀子の首は、縦にも横にも動かなかった。

「あなたがそこで知り合った男性というのも、加持病院の関係者ですね」

海外留学したとされる八年ほど前から、誰もその姿を見たことがない――。

「加持秀彦氏のご長男ではないですか」

真紀子が初めて顔を上げた。驚いたように目を見開いている。そして、何かを言いかけるように口が僅かに開いた。

しかし、下を向くと同時に口も堅く閉じられた。おそらくその口が開くことは、今日はもうないだろう。

「お疲れのところすみませんでした」荒井は立ち上がった。「今日はこれで失礼します。明日からのことは、片貝弁護士が力になってくれるでしょう」

真紀子が、今日初めて荒井のことを正面から見た。そして、無言のまま深く首を垂れた。


家に戻ると、みゆきがダイニングで待っていた。

「――おかえりなさい」こちらを見ずに小さな声を出す。

「ただいま」短く答え、通り過ぎようとした。

「真紀子さんのところ？」

その言葉に立ち止まる。「――知ってたんだな」

「私もさっき聞いたの。今日は定時で上がってたから」どこか力なく、「どっちにしろ聞かされなかったかもしれないけど」と付け加える。

「何かあったのか」

「捜査本部をはずされたの」

「――なぜ」

鈍い動作で首を振る。「私も『関係者』になった、っていうことじゃないかしら」

捜査対象者と密接な間柄にあると判断されたということか。つまり、自分のせいか――。

荒井の表情に気づいたのか、「事前に聞いていたとしても、私は反対したわ」と言った。

「どうして」

「単に事情を聞くための任同《にんどう》じゃ意味はない。逮捕状《ふだ》を請求できるだけの証拠を得られるという確証がなくては。でも、まだそんな段階じゃなかった。『上』の勇み足。実際、有効な供述は何も得られなかった」

「そんな段階じゃない」荒井はみゆきの言葉を繰り返した。「『そんな段階』が来ると思っていたのか。もう一度訊く。君はどう思っているんだ。本当に真紀子さんが犯人だと思っているのか」

しばらく間があってから、「分からない」と彼女は首を振った。

「ただ、被害者《マルガイ》の古い知り合いが事件現場のすぐ近くに住んでいた。これが偶然とは思えない。捜査本部が真紀子さんにこだわる理由も分かる」

確かにみゆきの言う通りだ。「被害者の古い知り合いが事件現場のすぐ近くに住んでいた」とすれば、偶然とは考えにくい。

しかしそれは、逆なのではないか？

以前みゆきは、被害者が住居は別にあるのに、「身の回りの物をあの部屋に持ち込んで、休日なんかはほとんどの時間をあの部屋で過ごしていた」と言っていた。

つまり、被害者の方から真紀子たちに近づいたのだとしたら？

それは、なぜだ——。

「他に有力な被疑者はいない」みゆきが続けた。「現状では真紀子さんは解放されないでしょうね。無理やり逮捕状請求に持っていくことも考えられる」

「本当に、他の有力な被疑者《マルヒ》はいないのか？」

みゆきがゆっくりとこちらに視線を向ける。荒井は続けた。

「被害者《マルガイ》と喧嘩をしていた人物を見た、という英知くんの『証言』を捜査本部に伝えてないのか」

「伝えたわ。そのことも、被害者《マルガイ》の身元判明につながった一因だから」

そうか、証言の真偽の検討はともかく、捜査本部は念のため加持秀彦を洗ったのだ。そして、加持家の長男の消息が知れないことを摑んだ。

「やはり殺された『上村春雄』は、加持家の長男だったんだな」

みゆきが怪訝な顔をした。「真紀子さんから聞いてるんじゃないの？」

荒井が首を振ると、みゆきは、失敗した、というような顔になった。

「いずれにしても、英知くんの言うことが『証言』として認められることはない。それぐらいはあなたでも分かるでしょう」

難しいことぐらいは分かる。一般的に子供は迎合《げいごう》しやすいため、その証言の価値は慎重に検討すべきものとされている。何らかの障害があるとなればなおさらだろう。だがそれだけの理由で証言として採用されない、ということはないはずだ。真紀子をかばうために偽証をする可能性があるということか？　しかし。

「英知くんが『証言』をしたのは、真紀子さんが疑われる前のことだ。それは君も知っているだろう。いや今だって、英知くんは真紀子さんが事件の被疑者になっていることなど知らないんだ」

「それはそうだけど……」

みゆきは自信なげに目を伏せた。

どうすれば英知の言うことを信じてもらえるだろうか。彼の記憶力、映像認知能力を。まるでカメラで撮ったように数字や記号を暗記してしまう――、

「本当に全く手掛かりはないのか？」カメラからの連想だった。「たとえば防犯カメラはどうなんだ？　現場付近のカメラに『誰か』が写っていた記録はないのか」

「駅の防犯カメラはもちろん検証済み。不審な人物が写っているものはなかった。あなたが考えているような人もね。といっても現場の住宅街にはほとんど防犯カメラは設置されていないから、車で来ていたら分からないけど」

車か……。その時、頭の中を何かの残像が過《よぎ》った。

車――英知の描く車の絵。いくつも見せてもらった。車種やナンバーまでも書き込まれた絵。車に詳しくない荒井だったが、その中に唯一知っているものがあった。

国産の最高級車。銀色に塗られた同じその車を、実際に見たことがある。しかも、最近。

シルバーに輝く高級車。病院と隣接している邸宅の駐車スペースに停まっていた――。

荒井は携帯電話を手に取り、番号を呼び出した。しばらく呼び出し音が流れたところで、真紀子が出た。

「お休みのところすみません。ちょっと重要なことに思い当たったもので。英知くんが車の絵を描いたスケッチブックがありますよね。ええ、そうです。それを見てきてもらえませんか。

ええ、今。すみませんがお願いします」

みゆきが何事かとこちらを見ている。説明する前に、持ってきました、という真紀子の声が電話の向こうから聞こえた。

「それを捲《めく》って、トヨタレクサスと書かれた絵がないか見てください。はい、トヨタレクサス。間違いなくあると思うんです。――ありましたか！　色は？　銀色ですね。それとそこにナンバーが書いてありますね。ええ、そうです。それを読みあげてください」

通話口を手でふさぎ、みゆきに叫んだ。「メモしてくれ！」

「読みあげます」真紀子の声が返ってくる。

「お願いします」

みゆきが慌ててメモを用意しているのが視界に入る。

真紀子が告げる。「所沢３２８ぬ２９××」

荒井はそれを復唱する。「所沢３２８ぬ２９××ですね」

みゆきの方を見る。彼女が肯いた。

「分かりました。ありがとう。夜中にすみませんでした」

電話を切って、みゆきに向き直った。

「明日、そのナンバーを照会してくれ。いや」

彼女はすでに捜査本部をはずされている。

「そのメモを、何森さんに渡してくれ。その車の所有者を照会してほしい、と」

「何森さんに？」みゆきが眉根を寄せた。「どういうことなの？」

「英知くんが、そのナンバーの車を見ているんだ。そして絵に描いている。車種はトヨタレクサス。彼はこのひと月以上、ほとんど家の周辺から出ていない。その車が家の近くに、つまり事件現場の近くに停まっていたことは間違いない」

「その車が誰のものだと言うの？」

「照会してみれば分かる。英知くんの言っていることが本当かどうか」

みゆきは、手にしたメモをもう一度見た。

「……伝えるだけは伝えてみる。相手にされるかどうかは分からないけど」

「頼む」

「──前からそうだけど」

みゆきが背を向けながら呟いた。

「人のことになると一生懸命になるのね」

言い捨てるように、ダイニングから出て行った。


翌朝、みゆきはいつもと同じ態度で出勤準備をしていた。彼女が洗面所に消えた隙を見て、美和がこっそり近寄ってきた。

「お母さんとなかなおりしたの？」

「何で？」

「きょうはお母さんが、がくどうにむかえにくるって。これからは早くかえれるようになるからって。アラチャンにあんまりめんどうかけないようにしようねって言ってた」

「……そうか」

捜査からはずされたことで、いつもの勤務形態に戻るのだろう。それはいい。しかし。「アラチャンにあんまりめんどうかけないように」という言葉には、「なかなおり」とは違う意味が込められている気がした。

「またえいちくんのおうちにいっていいって言うかな」美和が窺うようにこちらを見上げる。

「さあ、どうかな」

「いけるといいな……」彼女は小さく呟いた。

二人を見送り、自分も出かける支度をした。早朝のうちに、片貝から、続けて瑠美からもメールが届いていたのだ。

片貝からのメールは、任意での真紀子への聴取が続くこと、しかし片貝の申し出を受け、警察署ではない場所で行われること。その間の英知のケアには、瑠美も協力することになったと記されていた。続けて瑠美から、

【片貝さんと一緒に九時に漆原さんのご自宅に伺うことになりました。あちらでお待ちしています】

というメールが入っていた。瑠美に協力してもらうことをみゆきに伝えるタイミングは、すでに逸していた。

歩いて真紀子たちのアパートへと向かう。昔に比べれば見違えるほど拓《ひら》け、戸建て住宅もアパートも増えた。とはいえ郊外の住宅地には変わりなく、都心や繁華街のようにコンビニやチェーンの駐車場などはない。みゆきが言うように、近辺に防犯カメラの類は見当たらなかった。ドアをノックすると、開けたのは片貝だった。たたきには、真紀子のものとは別に小ぶりのスニーカーが揃えて置かれてあった。

荒井の姿を見て、ダイニングで向かい合っていた真紀子と瑠美が同時に立ち上がった。荒井が一礼するのに、二人も頭を下げて応える。

「きょうのだんどりですけど……」

片貝が、真紀子にも分かるように音声日本語で話した。瑠美の紹介はすでにすんでいるようだった。

当初は捜査員に自宅に来てもらうつもりだったが、聴取の間英知を別の場所へ連れて行くのは難しいため、取調室よりは精神的圧迫の少ない場所を片貝の方で用意し、そこで聴取を行うことで警察とも話がついたという。

英知の姿は見えない。今日も「自分の部屋」に籠《こも》っているのだろう。

やがて昨日の女性捜査員が現れ、真紀子、片貝とともに出て行った。瑠美と二人きりになる。

「出過ぎた真似をしてご迷惑じゃなかったですか」

瑠美が遠慮がちな声を出した。

「とんでもない。とても助かります」

「でも……英知くんも閉じこもったままで。私がいるからですよね」

「――いいえ、あれは英知くんの抵抗だと思います」

「抵抗？」

「ええ、昨日に続いて、今日も母親が理不尽にもどこかへ連れて行かれる。そのことに、ああやって精一杯抵抗しているのだと思います。今の彼には、ああするしかないんです。瑠美さんのせいではありません。いてくれて助かります。英知くんはいずれ自分の方から出てきます。それまで待ちましょう」

「はい」

再び、沈黙が訪れる。話すことはたくさんあるような気がした。しかしどちらからも口を開かなかった。

窓に近寄り、レースのカーテンを開けた。どこかの家から、子供の泣き声が聞こえてくる。眼下の道に人通りはない。今日は空き地に車も停まっていなかった。

向かいのアパートに目をやった。二階のちょうど正面に、窓が見える。事件現場となった部屋がどこであるかは知らないが、英知が何かを目撃したのだとしたら真向かいの部屋に違いない。この距離であれば、人の顔を判別することもできるだろう。

ふと、そのことに思い当たった。英知が何かを――誰かを見たのだとしたら、その誰かも英知のことを見たのではないか？　「現場」を目撃されたことを、その相手も知っているのではないか？

「どうかしましたか？」

瑠美の声に振り返る。「あ、いいえ」

そういえば、彼女にはまだ「事件」のことを詳しく話していなかった。協力してもらうからにはきちんと説明しなければ。荒井は、ダイニングに戻って瑠美の前に座った。

「瑠美さんは、今回の事件のことをご存じですか」

「はい」

「片貝さんからお聞きに？」

「いえ、実は以前から『二つの手』とはお付き合いがあったんです。亡くなった方とはお会いしたことはありませんが、代表の武田《たけだ》さんのことはよく存じあげていて。それでニュースを観て驚いて……」

「あのすみません、『二つの手』というのは」

「ああごめんなさい。NPOの名前です。事件の被害者の方が勤められていた」

「そうですか、あのNPOとお付き合いが……」

言われてみれば、ホームレスの支援をしていたというそのNPOとフェロウシップとは、活動内容に重なるところも多い。東京と埼玉という違いはあるにしても、旧知の仲であることに不思議はなかった。

しかし、これは渡りに船ではないか。被害者のことは直接知らなくても、彼を知る人物を紹介してもらうことはできるはずだ。

　携帯電話が鳴った。ディスプレイを見ると、待ち望んでいた相手の名が表示されていた。

「失礼」瑠美に断り、通話ボタンを押す。

「俺に車の照会をさせるとはな。使い走り扱いか」

　不機嫌そうな男の声が耳に響いた。

　みゆきに託した伝言を何森がどう受け取るか、荒井にも確信はなかった。機嫌の悪いポーズをとっているとはいえ、電話をかけてきたのは脈がある証拠だ。

「所有者は分かりましたか」こちらも挨拶抜きで返す。

「その前に事情を話せ」何森の口調はさらにぞんざいになった。

「車の所有者は誰でした」負けじと尋ねる。

「お前に教える義務はない」

「ではこちらも答えられません」

　電話の向こうから、ふん、と鼻を鳴らす音が聞こえた。

「今どこにいる」

「以前に、偶然お会いした場所です」

　一拍間を置いてから、返事があった。「分かった。外で待ってろ」

　瑠美に「すみません、少しだけ出てきます」と伝えて、表に出た。いつか捜査車両が停まっていた空き地の前で待つ。しばらくして一台の車が到着した。停車したところに近づくと、助手席のドアが開いた。運転席には仏頂面の何森が座っていた。

乗り込んだ途端、「事情を聞かせろ」野太い声が飛んでくる。

これ以上苛立たせるのは得策ではない。ひとまず折れることにして、経緯を話した。

事件現場近くに住む小学校二年生の男の子が、車両ナンバーとともにその車の絵を描いていること。彼はこのひと月以上、ほとんど家の周辺から出ていない。その車が少年の家の近くに、つまり事件現場の近くに停まっていたことは間違いない、と。

「だから？」

返ってきたのは、木で鼻を括ったような反応だった。そうなればこちらもブラフをかけるしかない。

「その車の所有者に、現場近くに行ったことはあるか尋ねてください。きっと、ないと答えるでしょう」

何森は黙って前を見つめていた。

「それが嘘だというのは明らかです。このひと月以内に現場近辺に来ているのは間違いない。なぜ虚偽の回答をするのか、興味はありませんか？」

再びふん、と鼻を鳴らし、何森は口を開いた。

「まず、その少年とやらがこのナンバーの車を見た、という証拠はどこにもない。誰かがその車のナンバーを書き止め、教えたのかもしれない。そういえば数日前、不審な男が加持家の周辺をうろうろしていたという報告があったらしいが、そいつの仕業じゃないのか？」

何森が、うろんな視線を向けてくる。病院を見に行ったついでに加持家まで足を延ばした時、確かに家から出てきた女性から怪しい目で見られた。

失態だったと唇を嚙んでから、ハッと気づいた。今、何森は何と言った？

「ということは、そのナンバーの所有者は加持家の関係者なんですね？」

今度は、何森が苦虫を嚙み潰した顔になった。

「仮にそうだとして」やや歯切れが悪くなる。「だから何だと言うんだ？　お前の言っていることが本当だとしても、その男が車で現場近くに来たことがある。それだけのことだ。捜査には何の影響も及ぼさない。お前の話はそれで終わりか」

「その少年は他にも重要な証言をしているんです」

「――どんな」

「事件現場で、被害者《マルガイ》と、ある人物が争っているのを見た、と」

「その件なら聞いている。なあ荒井」何森は初めてこちらに向き直った。「お前も、肝心なことを口にしていないだろう」

「肝心なこととは？」

「その少年はただの小学校二年生の男の子じゃない。障害を持っている。それに、本件の重要参考人の血縁者だ。そういう子供の証言に、証拠能力が認められると思うか？」

「それだけが理由ですか？」

「――どういう意味だ」

「刑事訴訟法では証人についての年齢制限はありません。裁判で小学生どころか幼児の証言能力が認められたケースもあります。何らかの障害がある場合でも、慎重に検討と留意するにしても門前払いはないはずだ。重要参考人のアリバイを証言しようとしているわけじゃないのだから、身内ということも関係ない。だとすれば、本当の理由は何です？」

「本当の理由？」

「対象人物が社会的地位のある方だから、意図的に少年の証言を無視しているのではないですか？　埼玉県知事と、いや現首相とさえ懇意な間柄にある人物ゆえに、『触れるな』というお達しが出ているのではないですか？」

何森が押し黙った。

「捜査本部がそういう方針を取るのは分かります。でも何森さんまでも？　あなたはいつの間にそんな『上の事情』を気にするようになったんですか？」

何森が荒井のことをねめつけた。そこには、かつてその視線で射すくめられるとどんな性悪な犯罪者でも口を割ると恐れられた眼光が戻っていた。

㊖《マルフ》——。組織不適合者の烙印《らくいん》を押された警察組織のはみだし者。頼れるのは、この男しかいなかった。

「一つ訊きたいんだが」

何森が押し殺した声を出す。

「仮にその少年に証言機会を与えることになった時、その子はどうやって証言をするんだ？

人前で言葉を発することはできないんだろう？」

「手話ができます」

「手話？」

　そこまでみゆきは話していなかったのか。いや、みゆきとて知らないのだ。英知が今、「人前で話せる」ということを。

　荒井ははっきりと告げた。

「今の英知くんは、自分の言葉を持っています」

8

　何森と別れ、部屋へ戻った。

「おかえりなさい」

　ダイニングから荒井を迎えた瑠美の横には、意外なことに英知の姿があった。荒井は驚きを顔には表さず、〈おはよう〉と手話を向けた。英知はこちらには顔を向けないまま、手話で〈おはよう〉と返してくる。

〈お腹空いたか〉

　荒井は続けて訊いた。英知は首を振る。

〈トイレに行きたかったのよね〉瑠美も英知に向かって手話で語り掛けた。〈そのあと私と手話でお話ししてたのよね〉

英知は俯いたまま返事をしない。

「そうでしたか……」

ふと、テーブルの上に、「龍の背に乗る少年」のフィギュアが置いてあるのに気づいた。

「これは？」

「ああ、英知くんが持ってきてくれたんです。私に見せてくれるって」

「へえ」さらに意外に思って英知のことを見た。英知は下を向いたままだ。

瑠美に向かって言う。「よほどあなたは気に入られたようですね」

「そうですか？」

「ええ。一番のお気に入りをわざわざ見せに持ってきたところを見ると、かなり」

瑠美は、「あらそうなんですか」と改めてフィギュアと英知を見比べる。

英知はすっかり瑠美に馴染んでおり、二人きりにしても問題ないように見えた。荒井には単独で行動したい用件があった。そのうちの一つは、瑠美に協力を頼まなくてはならない。

「先ほど話にあがった『二つの手』というＮＰＯの件なんですが」

「はい」

「そこの代表の方をご存じということでしたが、良かったら紹介してもらえませんか。訊きたいことがあるんです」

「もちろん構いません。今連絡をとってみましょうか」

瑠美はその場で携帯を取り出し、武田という「二つの手」の代表に連絡をとってくれた。今日の午後二時頃であれば時間がとれる、ということだった。

好都合だった。それまでに行きたいところがあった。今の時間であれば会える可能性がある。

「出かけてきたいのですが、私がいなくても大丈夫でしょうか」

瑠美は、「それは英知くんに訊いてください」とほほ笑んだ。

荒井は英知に向かって〈このお姉さんと二人でも大丈夫?〉と手話で尋ねた。

それまで反応がなかった英知の手が持ち上がった。小さい動きではあるが、右手の親指以外の指の先を左胸につけ、それを右胸に動かす。〈大丈夫〉英知はそう言っていた。


アパートを出た荒井が向かった先は、飯能だった。こちらの相手に「アポ」はとれない。現れるのを待つしかないが、この時間だったらその確率は低くないとふんでいた。

飯能駅に着くと、「四宮学園行き」のバスに乗り換え、「加持病院前」のバス停で降りた。外来棟に入り、待合室を見回す。今日も患者で込み合っていた。

その中に、あの老女の姿はなかった。時計を見る。十時半。前回会ったのと同じ時刻だ。来てくれ、と祈った。今日会えなければ毎日でも通うつもりだった。

ほどなく入り口に老女の姿が見えた。前回同様、慣れた様子でコンピュータ画面による受付を済ませ、出てきた用紙を手にこちらに向かって歩いてくる。

荒井が手を挙げたのに、向こうも気づいた。歩み寄ると、彼女の顔がほころんだ。

〈やあ。結局通うことにしたのか〉

〈はい。お加減はいかがですか〉

〈わしの方は、今さらどうこう変わらんよ。担当は若先生かい？〉

〈はい〉

嘘をつくのは心苦しかったが、ここは話を合わせるしかない。病気に関する会話を少し交わしてから、さりげなく本題に入った。

〈こちらの病院に通って長い、って言っていましたよね〉

〈ああ四十年だ〉老女は誇らしげに答える。

〈本当はこの病院のことを教えてくれた人は、以前こちらで准看護師として働いていた人なんです。ご存じかなと思って〉

〈ほう、そうなのか。誰だい〉

〈勤めていたのはもう八年ほども前なんですが、漆原真紀子さんという女性です。当時は二十歳そこそこだったと思います〉

〈ああ、知っとるよ〉老女は即答した。

〈ほんとですか！〉

〈まきこだろう？〉

老女は指文字で「ま」の字をつくり、それをくるくると巻いた。「まきこ」という名を表すサインネームだろう。

〈まきこは元気かい〉

〈はい、元気です〉とりあえず当たり障りのない返事をする。

〈あの子にはファンが多かったんだ〉老女は機嫌良く続けた。〈辞めた時はみんながっかりしたよ、いい子だったからな。確か『はな』と仲が良かったろ〉

老女は〈花〉の手話をする。

〈花……花子さん、ですか？　同僚の看護師さんですか〉

以前にみゆきから聞いた「元同僚」のことかもしれない。遺体に手を合わせていたという女性だ。

〈ああ、年は『はな』の方がだいぶ上だったけどな。一番仲が良かったな〉

〈その方はまだこちらで働いてるんですか〉

〈いや、四年ぐらい前かな、結婚して辞めた〉

〈そうですか……真紀子さんはなんで辞めちゃったんでしょうね。実は詳しいことは聞いていなくて〉

〈それはわしも知らんな。みんなも不思議がってた。患者からも人気があったし、院長からも気に入られてたのにな〉

〈院長に、ですか？　理事長、ではなく？〉

〈理事長は名前だけで病院の方には全然タッチしていなかったよ。看護師のことなど知らんだ

ろう〉

そうなのか――。ここに来た理由の一つは、真紀子と加持秀彦との間にどんな関係があったのか知りたかったのだが、そちらの方は当てが外れた。

〈院長だけでなく、まきこを悪く言う者などおらんかったからな。だから突然辞めたって聞いた時は驚いたんだよ。クビになるとは思えないし、正看護師目指して頑張ってたからな〉

彼女が妊娠・出産のため辞めたということは、少なくとも患者には伝えられなかったのだ。病院のスタッフはどうだったのだろう。

真紀子は、真の理由を告げずに辞めたのではないか？　そんな気がした。妊娠していることを誰にも悟られたくなかった。しかし、少なくとも知っていた人物は二人いるはずだ。仲が良かった同僚。そして、子供の父親――。

〈この前話にあがっていた『とも』さんという方のことですが。理事長・院長夫妻の長男だという〉

恐らく「友」がつく名なのだと思い、サインネームとして〈友達〉の手話を使ってみる。

〈長男？　ああ、『とも』のことな〉

老女は胸の辺りをスッと撫でるようにした。〈知る〉という意味の手話だった。

〈ああ、はい。真紀子さんは、その方と知り合いだったんですか？〉

〈まきこが？　なぜ？〉

〈いえ、真紀子さんからその方のことをお聞きした覚えがあるものですから〉

〈そうか？　まきこが……〉老女は少し考える仕草をしたが、〈ああ、そうか、ボランティアでの付き合いだな〉と得心した顔になった。

〈ボランティアというのは……？〉

〈『とも』はあの頃まだ学生だったんだが、小児科に入院している子供たちや、常連の年寄り患者相手に、本の読み聞かせなんかのボランティアをよくやってたんだ。その時助手を務めてたのが、まきこや『はな』じゃなかったかな。『はな』は今でもボランティア活動でたまに病院へ来るからな〉

その名前が再び出てきたので、これ幸いと尋ねた。

〈では『はな』さんの連絡先なども分かりますか？〉

〈連絡先？〉

老女が、初めて怪しむように荒井のことを見た。

〈何でそんなに根掘り葉掘り訊くんだ？　診察を受けるのに、辞めた看護師のことなど関係ないだろう〉

〈ええ、実は〉ある程度事実を告げないと、これ以上話を引き出せないと判断した。

〈真紀子さんが今、ちょっと困った状況にあって、そのお友達と連絡をとれないかと思ってるんです。彼女を助けるために〉

〈困った状況？　助ける？　一体何の話だ〉

老女の顔はますます不審になる。しかしこれ以上打ち明けるわけにはいかない。つくり話にも限界がある。荒井は率直に頭を下げた。

〈すみません、詳しくは話せないんです。ただ、真紀子さんの方からは連絡できない状況にあって。それで……何とか『はな』さんに取り次いでもらえないでしょうか。連絡先を教えてくれとは言いません。彼女に私の名と——私、荒井と言います。今携帯電話の番号を書きますので、それをお渡し願えませんか。それで、私に連絡をくれないかと〉

通訳用に持ち歩いていたメモ用紙を取り出し、番号を書きつけた。渡そうとすると、老女が訝るような視線を向けてきた。

〈あんた、荒井っていうのか〉

〈はい〉メモした紙を差し出したまま、肯く。

〈両親ともろう者と言ったな〉

〈そうですが……〉老女の態度の変化に、今度は荒井が怪訝な顔になる番だった。老女は荒井のことを見つめ、言った。

〈あんたのことなら知っておる〉

〈ああ〉合点がいった。〈県の認定通訳をしていますから。どこかでお聞きになりましたか〉

〈いやそうじゃない。会ったこともあるよ。あんたがまだこまい頃に〉

こまい頃？

〈みちよさんは元気か〉

みちよ——久しぶりにその名を表す手話を目にした。それは、母の名だった。

〈母は、今年の春、病気で死にました〉

荒井が答えると、老女は驚いた顔をしてから、〈そうか〉としょげたように俯いた。

〈母のお知り合いでしたか〉

〈まあな。あんたも知っておろう。わしらの社会は狭い。同じ年頃で、同じ県内にいれば、知り合いじゃない方が不思議だ〉

彼女の言う通りだった。デフ・コミュニティは狭い。自分が長い間、そこから距離を置いていただけだ。

〈手話、上手いじゃないか〉

〈え?〉

〈みちよからは、あんたは手話が嫌いだと聞いてたよ〉

老女は笑ったが、荒井は笑みを返すことができなかった。

〈診察の順番が来たみたいだな〉

老女が電子掲示板の数字を見やった。時間切れか——。

〈それ、寄越しな〉

荒井が手にした電話番号のメモを指さす。

〈はい〉

メモを受け取ると、〈今度連絡するよ、一度線香をあげに行かせてくれ〉と立ち上がった。

〈まきこにもよろしく伝えてくれ。長澤《ながさわ》のばばあは今でも元気に病院に通っておるとな〉

荒井の答えもきかず、長澤という老女は診察室の方へ向かっていった。

『はな』に取り次いでもらえることは叶わなかったが、真紀子と『とも』――加持家の長男との接点を確かめることはできた。

それでも分からないことが一つあった。八年前は学生で、前途洋々だったはずの『とも』が、どこでどうしてホームレスの「上村春雄」となったのか。

それを知るすべが、次に向かう場所にあるはずだ。荒井は病院を出て、「二つの手」の事務所がある入間へと向かった。


事務所は、駅から徒歩で五分ぐらいの雑居ビルの二階にあった。チャイムを押すと、ピンクのトレーナーを着た若い女性が迎えた。

「すみません、武田は前の用事が少し遅れていて……」

申し訳なさそうに頭を下げる女性に、「構いません。無理にお願いしたのはこちらですから」と中に入った。部屋は十坪ぐらいしかない狭さで、事務机が四つほど並べてあるだけの簡素なつくりだった。応接セットもなく、お茶を淹れてくれる彼女以外他にスタッフの姿もない。

十分ほど待ったところで、「お待たせしました」と武田が戻ってきた。歳は四十になるかならないかといったところで、ジーンズにジャンパーというラフな恰好だった。

「お忙しいところすみません」

「いえ、フェロウシップさんにはいろいろお世話になっていますから。手塚さんも復帰されたようで何よりです」

女性が運んできたお茶をせわしげに口に運ぶと、「ええと、今日は、亡くなった上村さんの件ですよね」とこちらに向き直った。

「あ、本当は上村さんじゃないんですけどね。他に言いようがなくて」

「はい、私もとりあえず上村さんとお呼びします」

被害者の身元が判明したことは、まだ警察から聞かされていないようだった。

「その上村春雄さんは、どういう経緯でこちらに勤めることになったんですか?」

「ええと最初はね、うちの炊き出しに来ていたんです。みこちゃんが最初に会ったんだよな」

そばにいたトレーナーの女性が、「はい」と笑顔を向ける。

「その時、おかしかったんだよね。みこちゃん、話してあげなよ」

「ええ」みこちゃんと呼ばれた女性が、笑みを浮かべたまま話し始める。

「その日、炊き出しの準備で、私が一番に会場になっていた公園に行ったんです。テントの前に貼り紙をして、食事の準備をしていたら……」

準備をしていたみこちゃんは、少し離れたところにぼんやりと立っている男がいるのに気づいた。炊き出しに来たのであれば貼り紙の前に並ぶことになっているのだが、違うのであれば失礼になってしまうかもしれない。そう思い声を掛けないでいた。しばらくしてもう一人男が来た。その男は慣れたように貼り紙の前に並んだ。すると、それまでは少しも並ぶ気配のなかったさっきの男が、すっと彼の隣に並んだ。

その後、炊き出しが始まり、みこちゃんは他のスタッフと交替した。不足はないかと見回っている時、さっきの男がうどんとお握りを手に座っているのに気づき、みこちゃんは「足りていますか?」と声を掛けた。はい、と答えた男に、彼女は気になっていたことを尋ねた。

何でさっきは、先に来ていたのに、並ばなかったの。

すると男はこう答えたという。

『二列で並んでください』と貼り紙があったから。一人では二列になれない。だからもう一人が来るのを待ってたんだ。

「その男の人が、上村さんです」

みこちゃんは、おかしそうに言った。

「上村さんにはそういう、馬鹿正直というか、変に融通がきかないところがありましたね」

馬鹿正直で融通がきかない。同じような話を、病院の待合室で長澤という老女から聞いたことを思い出す。

「それで、職員にスカウトしたんですか?」

「いやそれからしばらくして、彼が変な連中につかまっていたのを見て……何とかしなきゃと思ってまずはうちで住まいを確保したんですよ」

「変な連中?」

「ええ、『囲い屋《かこいや》』というのをご存じですか」

「いえ」

「路上生活者を救済すると称して、生活保護費をピンハネする連中です」

それから武田は、「囲い屋」について説明をした。

彼らは一見、善意の団体職員としてホームレスの前に現れる。中には実際、NPOの認証を受けている者たちもいるらしい。彼らはホームレスに、路上生活から抜け出すためには生活保護を受けることが必要である、それには定まった住居が必要だ、と説く。ここまでは武田たちの活動と変わらない。違うのはここからだ。

彼らは同意したホームレスを、自分たちが営む宿泊所に入所させる。宿泊所といっても「タコ部屋」のようなひどい環境のところもある。逃亡しないように監視役の職員をつけたりもするという。

こうしてホームレスたちを「囲った」上で、職員が彼らに同行して役所に赴き、生活保護の受給手続きをする。支給された生活保護費は、職員の手で様々な名目の「経費」が差し引かれ、実際に本人たちに渡されるのは月に僅か一万円ほどだという。

「こうした団体が蔓延《まんえん》する要因は、行政のセーフティネットの脆弱《ぜいじゃく》さにあるんです。特にうちの県ではホームレスの受け入れ態勢が整っていなくて、そこを狙い撃ちされてるんですよね」

武田はくやしそうに言った。

「上村さんも、その『囲い屋』に引っかかったわけですか」

「ええ、しばらくタコ部屋で暮らしていたそうです」

「そうですか……」

もっと上村の——『とも』の人物像を知りたかった。

「先ほど、上村さんについて『馬鹿正直、融通がきかない』とおっしゃっていましたが、事件に巻き込まれるような原因に心当たりはありますか。人とトラブルを起こすとか、恨みを買うとかいうようなことはなかったのでしょうか」

「ああ、それ警察にも訊かれたんですけど、全くありませんでしたね。なあ、みこちゃん」

「はい」みこちゃんも肯く。「本当に穏やかな方でした。さっき融通がきかないと言ったのも、強く自己主張するわけじゃなくて自分の中の決まり事があるというだけで。人と争うことなんかなかったです」

「あ、でも一度だけ」武田が思い出したように言った。「珍しく上村さんが感情的になっているところを見たことがあるな」

「感情的、ですか」気になった。「どんなふうに？」

「事務所のテレビを観ていて、『許せない、絶対に許せない』って何度も言っていて。あれ、なんかのニュースを観てた時だな」

「何のニュースですか？」

「さあ」武田は首をひねった。「私がその様子を見た時にはもうニュースは終わっていましたから」

「何を怒っているかは訊かなかったんですか」

「こっちもちょっと忙しくて。ただ、あれ上村さんが珍しく怒ってるなあって。みこちゃんは知らない？　今年の九月ぐらいだったかなあ」

　女性の方に顔を向ける。

「テレビニュースの件は知りませんけど……」首をかしげていたみこちゃんが、思い当たったように口にした。「もしかしたらあの新聞記事のことかな」

「記事、というのは」

「その頃、上村さんから新聞を探してくれって頼まれてたんです。九月の何日かの埼玉版。少し経ってから見つけてとっておいたんですけど、バタバタしていて渡すのを忘れてしまって……」

「それって、いつの新聞か分かりますか」

「はい、そのままとってありますから。探してきましょうか」

「はい、是非」

「ちょっと待ってくださいね」みこちゃんが奥の棚の方へ行く。

　彼女が探してくれている間に、気になっていたことを武田に尋ねた。

「上村さんは三十代前半でしたよね」

「はい」

「名前を貸した本当の上村春雄さんも同じぐらいの歳だったのでしょう。最近はそれぐらいの若さでホームレスになる人もいるんですか」

「そうなんです」武田は、眉をひそめた。「ここ数年、ホームレスの若年化が目立ってるんです。特に最近は、病気や障害などもない健康な若者が、仕事も住むところもなく、路上やネットカフェなどをさまよっているケースが多くて」

「やっぱり不況の影響ですか」

「もちろんそれはあります。でもそれだけじゃないんです」

武田の口調は熱を帯びてくる。

「仮に仕事を得ることができたとしても、それが自分に合わない仕事だったり、将来に対して希望を持てなかったり……。そういったマイナスの感情が大きなストレスになって、うつ病や精神疾患という形で現れたりして……。そんな状態が続けば、仕事はできなくなります。長期的な失業となれば、蓄《たくわ》えも底をつき、最終的にはホームレスへと堕ちてしまう。そういうケースが急速に増えているんです」

「そうなんですか……」

大きな病院の跡取りとして将来を嘱望《しょくぼう》されていたはずの加持家の長男が、一体どこでどう間違ってそういう道を歩むことになったのか……。一つはっきりしていることは、海外留学や海外在住などという説明が偽りである、ということだった。

「ありました、これです」

みこちゃんが、一枚の新聞を手に戻ってきた。

早速手に取る。今年九月十日の埼玉版。ざっと目を通した。

「狭山市で、3歳の次男の足の骨を折った疑いで父親が逮捕」「県知事提唱の条例案に批判相次ぐ」「越谷《こしがや》市で、会社取締役の過労死を労災認定」といった見出しが並んでいた。

上村春雄が関心を持ったのがどの記事だったか、すぐに分かった。その記事を詳しく読む。

『発達障害は親の愛情不足』県知事提唱の条例案に批判相次ぐ

埼玉県の高階秀雄知事が制定を検討している『子育てサポート条例案』に『発達障害は親の愛情不足が要因』といった記述があり、発達障害の子どもの親らでつくる県内の団体が「偏見を助長する」として制定を中止するよう求める要望書を提出した。条例案では、『発達障害、問題行動等の予防・防止』として、『乳幼児期の愛着形成の不足が軽度発達障害またはそれに似た症状を誘発する大きな要因』と記されている。高階知事によると、条例案の文案は『正育学』を提唱する教育家の加持秀彦氏から資料として提供を受けたという。高階知事は「条例案はまだ原案」としながらも、報道陣に「来年四月議会への提出を目指す」と表明している。

荒井にも見覚えがあった。正確には新聞記事ではなく、テレビニュースで目にしたのだったが。

上村春雄、いや『とも』も、同じニュースを見て知ったのだ。

八年前に刊行された時にはさして注目されなかった「正育学」。それが、今になって脚光を浴び出したことを。

八年の時を経て、亡霊が蘇ったことを――。

9

夕方近くになってから、真紀子たちの部屋に戻った。玄関をノックするとすぐにドアが開き、「しーっ」と瑠美が唇に指を当てながら迎えた。

〈英知くん、寝ているんです〉

部屋に上がると、リビングで毛布をかけられ横になっている英知の姿があった。小さな寝息を立てている。すっかり安心しきったような寝顔だった。

「すごいな」

思わず口にすると、「何がです?」と瑠美がきょとんとした顔をする。僅か一日で英知がここまで気を許すとは。そういえば、瑠美と真紀子は、どことなく似ているところがあった。年恰好や顔立ちではなく、かもしだす雰囲気に近いものがあるのだ。英知は敏感にそれを感じとったのかもしれない。

いずれにしても、幼い頃の彼女とは、まるで別人だった。

あれから二十年近くが経ったのだから当然とはいえ、すっかり洗練された女性となり、そればかりか、こんなに穏やかな表情を浮かべる人になった。生みの親である門奈夫妻はもちろんだが、荒井は、ここまで瑠美を育て上げた手塚夫妻のことを思わずにはいられなかった。

〈何ですか？　私の顔に何かついています？〉

瑠美が手話で言った。

〈何でもありません〉荒井も手話で返す。

〈変な顔で私のこと、見てましたけど〉

〈変な顔なんてしていませんよ〉

荒井は苦笑を返した。

何となく、会話に間ができた。瑠美のことを見ると、その顔がふいに真剣なものになった。

〈荒井さんには、いつか謝らなければならないと思っていました〉

〈何のことです〉

〈半谷さんとのことです〉

〈なぜそのことで私に？　謝らなければならないのは、むしろ私の方でしょう〉

荒井があんなに出過ぎた真似をしなければ、瑠美と半谷の結婚に問題が生じることもなかったのだ。二人の結婚生活がうまくいかなかったのは、自分のせいだ。二人の離婚のことを聞いてから、ずっとそう思っていた。

〈荒井さんのせいじゃありません〉瑠美がきっぱりとした表情で首を振った。〈私たちが別れることになったのは、事件のこととは関係ないんです。半谷さんのせいでもありません。すべて、私のせいです〉

〈瑠美さん〉荒井は彼女の言葉を遮った。〈無理に話さなくてもいいんです〉

〈いえ、荒井さんにはきちんとお話ししなければいけないと思っていたんです。きっと荒井さんは自分のせいだと思っている。あの事件のせいだと思っている。そうではないと、はっきり自分の口から説明しなければいけないと〉

〈分かりました〉改まって瑠美の方に向き直った。〈伺います〉

瑠美は、言葉を選ぶようにゆっくりと手を動かした。

〈私は、結局——半谷さんと、「家族」になれなかったんです。私に、元々その覚悟がなかったことが原因です〉

〈それは、「政治家の妻になる覚悟」という意味ですか?〉

〈そうじゃありません〉瑠美は首を振った。〈政治家の妻になるということがどういうことかは、ある程度分かっていたつもりです。そのことで、何か嫌な思いをしたとか無理が生じたとかいうことはありません。あちらのご両親にも、とても良くしていただきました。事件のことについても何も言わずに。さらに、何も分からない私に一から教えてくださって、今でも本当に感謝しています。それなのに〉

瑠美の手の動きが、そこでいったん止まった。少し間を置いてから、再び動き出す。

〈私は、そんな厚意に応えることができませんでした。それまで他人だった者同士が「家族になる」ということが、私にはどういうことか分かっていなかったんです。一から、いえゼロから「家族をつくる」ということがどういうことか。私にとって家族とは、最初からそこにある

ものでしたから。「自分たちでつくりあげるもの」ではなく「家族は最初から家族」だったんです〉

〈しかし、瑠美さんは一度〉

言いかけて、止めた。しかし彼女には荒井が言おうとしたことが分かっていた。

〈はい、私はかつて一度、「家族」を失いました。そして新しい「家族」の中に入っていきました。でもそれも、「初めからあった」ものだったんです。私は、手塚の父と母がつくってくれた「家族」の中に、ただ入っていけば良かったんです。私にとって「家族」とは、門奈の父と母、姉、そして手塚の両親、それだけだったんです。それで十分だったんです。私には、それ以上の家族は必要なかったんです〉

どう答えていいか分からなかった。それではあまりにも半谷に済まない、まずはそう思った。そんな思いのまま彼と結婚するべきではなかったのだ。

だが、それは彼女が一番分かっていることだろう。分かっていても、どうしようもなかったのだ。いったんは、半谷と新しい家族をつくろうとした。そうすべきだと思った。しかし、できなかった。人は、愛情が足りなかったのだと言うだろう。もしかしたらそういう面もあったのかもしれない。しかし、過去にあれほどの経験をした瑠美にとって「家族」とはどういうものだったのか。それは誰にも分からない。荒井にも――。

その時、荒井の携帯がメールの着信音を鳴らした。同時に、瑠美の携帯も鳴った。互いに顔を見合わせる。嫌な予感がした。荒井の方が先に携帯を開いた。予想通り片貝からだった。

【真紀子さんが逮捕されました。詳しいことはこれから戻ってお話しします。今後のことを相談しましょう】

携帯画面から顔を上げ、瑠美の方を見た。彼女の顔色も変わっていた。

「何か不利な証拠でも見つかったのでしょうか」音声日本語で言った。

「分かりません。詳しいことは片貝さんが戻ってこなければ……いずれにしても、真紀子さんが一番心配しているのは英知くんのことでしょう」

英知の寝顔を見下ろした。何も知らず静かな寝息を立てている。

「真紀子さん、しばらく戻ってこられないんですね……」瑠美が思いつめた表情になる。

「そうですね……」

しばらく、というのがどれぐらいの期間になるのか。逮捕され、送検されれば勾留《こうりゅう》されることになる。勾留延長になれば最大二十日間。もし起訴などということになったら、英知はどうなるのか——。

「私がここに寝泊まりします」瑠美が言った。

「いや、そういうわけには——」

「でも誰かが英知くんのそばにいなくてはなりません。荒井さんにはご家庭がありますから」

言葉を返せなかった。

瑠美の言う通り、自分が英知につきっきりになることはできないのは事実だ。彼女に頼るしかない。

それから小一時間ほど経って、片貝が戻ってきた。
《それほど心配はいりません。何か決定的な証拠が見つかったわけではありませんから》二人を安心させようとしてか、まずはそう言った。
《今までのやり方では望むような供述が引き出せないので、逮捕してじっくり聴取しようということでしょう。真紀子さんの立場は今までとさほど変わっていません。どうやら県警の上の方から早期解決をせっつかれているようです。それで捜査指揮者が焦っているのではないでしょうか》
「上」の勇み足。みゆきもそう言っていた。自供を引き出せるとの思惑で任意で引っ張りはしたものの、はかばかしい結果が得られず、強引に逮捕状の請求まで進めたのだろう。とはいえ、逮捕されればさらに厳しく捜査員や検察官から尋問を受けることになる。彼女はそれに耐えられるだろうか。
《ああ見えて芯は強い人のようですから》片貝はそう答えた。《英知くんのことはとても気にしていますけど、それ以外は大丈夫です。荒井さんや瑠美さんに申し訳ないと何度も言っていました》
《そんなことはいいのですけど……早く解放されたいばかりに、してもいないことをした、などと言ってしまうことはないでしょうか》
《それは大丈夫です。事実だけを話すこと。客観的に説明できない点については答えないように、と念を押しましたから》

さすがに片貝の助言は的確だった。取り調べでは、ちょっとした言い間違いや勘違いなどをつかれ、曖昧に答えているうちに本人の意図とは全く違う調書をとられてしまうこともある。それが一番心配だったが、片貝がついていれば大丈夫だろう。
《私たちは会えないのですよね》
《ええ、しばらくは》
逮捕されてから警察の留置所で身柄を拘束されている間は、原則弁護士しか接見できない。勾留決定後には家族や友人なども接見できることになっているが、被疑者が容疑を否認している時や共犯事件の場合には接見禁止になることもある。いつ会えるようになるかは、片貝にも答えられないだろう。
《焦点は、被害者との関係ですよね。真紀子さんはどう説明しているんですか》
片貝は、思案顔になった。どこまで話していいか迷っているのだろう。ためらいつつ、答えた。
《確かに知ってはいるがそれほど親しい関係ではなく、病院を辞めてから八年間、事件の前も含めて一度も会ったことはない、ということです。これ以上は、すみませんが荒井さんにもお答えできません》
弁護士としての守秘義務がある以上、それは仕方がない。しかし、真紀子本人にも会えない、片貝からも聞けないのでは八方ふさがりだった。
警察は、真紀子の供述を信用していないのだろう。最近も被害者と会っていた、そこで何かトラブルが起きたと睨《にら》んでいるのだ。やはり重要になるのは、真紀子と被害者の、いや加持家との関係だ。それを知る者は限られている。
《片貝さん、彼女から『はな』がつく友人の名前は出ませんでしたか》
《はな?》
《ええ、『花子』とか『華』とか、あるいは何かの花の名前がつく女性》
片貝は、《いいえ》と首を振った。《どなたです?》
《いえ、出なかったのならいいんです。真紀子さんの知り合いだと思っていたのですが、私の勘違いかもしれません》
片貝は怪訝な顔をしたが、それ以上は訊いてこなかった。
真紀子は、片貝に対しても「元同僚」の名前を出していないのだ。弁護士相手にもすべてを話しているわけではない。それでは捜査員から不審に思われるのも無理はないのではないか。とはいえ、真紀子が口にしていないことを荒井が話すわけにはいかない。いや荒井とて、正確なことを把握しているわけではないのだ。
真紀子は犯人ではない。それだけは確信していた。しかし真紀子がこの事件とどう関わっているのか、いやどう関わっていないのか。それが分からないのだった。せめて『はな』さんと話ができれば——。だが、もはやそれを探る手立てはなかった。
自宅に戻った時には、十時を過ぎていた。家の中は静まり返っている。リビングにはまだ暖《だん》気《き》が残っていて、外の冷気の中を歩いて帰ってきた身にはありがたかった。部屋の隅には、荒井のための毛布も用意されていた。服を着替え、毛布にくるまる。

寝室から物音は聞こえなかった。みゆきはもう寝入ったか。捜査本部から元の勤務に戻った彼女は、おそらく真紀子逮捕のこともまだ知るまい。情報を聞き出してくれと頼むわけにもいかない。彼女は、荒井が真紀子の部屋に出入りすること、英知のケアをしていることを黙認してくれている。一度は真紀子を疑ったことへ負い目を感じているのかもしれない。捜査本部をはずれた今、みゆきにとって真紀子は元の「娘の友達の母親」に戻ったのかもしれない。車のナンバーの件を何森につないでくれたのもその気持ちからだろうか。

そういえば、何森はどうしているのだろう。あれから、何も連絡はなかった。「英知は手話ができる」と伝えた時、何森の顔に何かしらの感情が浮かんだ気がした。しかしすぐに元の仏頂面に戻り、去って行ってしまった。手応えはあったと感じたのは自分の思い違いだったのだろうか。真紀子の逮捕について、何森がどう思っているか、知りたかった。

念のために着信がないか携帯電話をチェックしてみる。登録されていない番号からの着信が一件、あった。見覚えのない十一桁の数字が表示されている。着信時間をみれば今しがただ。着替えていて気づかなかったのだろう。心当たりはなかったが、折り返した。

数回のコール音の後に、「はい」と探るような女性の声が聞こえた。声にも聞き覚えはない。

「夜分恐れ入ります」とりあえずそう言った。「荒井と言います。お電話をいただいたようなんですが」

「ああ」相手の声が明瞭になった。「私、花山里美《はなやまさとみ》と言います。真紀子さんの友人です」

思わず息を呑んだ。花山。『はな』さんだ。まさか電話がかかってくるとは思わなかった。

「失礼しました。連絡をおとりしたいと思っていましたが……どなたから私の番号を？」

「長澤のおばあさんからです」

そうか、彼女が――。荒井は胸の内で感謝した。

「でも、荒井さんのお名前は真紀子から聞いていました。英知くんに手話を教えてくれている、と」

「そうでしたか……」

「彼女に何かあったのでしょうか」花山里美の声が不安そうになった。「今日ずっと電話しているのですがつながらなくて」

「その件で、お話ししたいことがあって……お会いできないでしょうか。なるべく早く」

「はあ……」

「私の方は明日にでもお伺いできますが」

少し考えるような間があってから、「川越までいらしていただくことは可能ですか」と返ってきた。

「はい、伺えます」

「では……明日の午前の十一時頃では。私、昼から用事があるもので。駅ビルの三階に『スタ一珈琲』というカフェがあります。すぐに分かると思います。そこで十一時でいかがでしょう」

「分かりました。川越駅ビルの中の『スター珈琲』ですね」

「――英知くんは今、どうしていますか」皆、気にすることは同じだった。

「信頼できる女性がついてくれています。心配はいりません」

「そうですか。良かった」里美は初めて安堵の声を出した。

「では明日」

電話を切り、再び毛布をかぶった。花山里美に会えることになったのは、大きな収穫だった。

灯りを消そうとした時、テーブルに置かれた新聞に目がいった。一面のメインの記事の横に、気になる見出しが見えた。引き寄せ、手に取ってみる。

特別支援学校の新設　首相の意向を反映か

埼玉県入間市で学校法人四宮学園が建設を予定している特別支援学校（仮称「正育の家」）について、高階秀雄埼玉県知事が特別な便宜を図ったのではないか、という疑惑がもたれている。

衆議院議員の半谷雅人氏によれば、「正育の家」は公私協力方式により、埼玉県と四宮学園からなる協力学校法人が設立・運営するということで先月、認可された。設置にあたっては、埼玉県が学校施設を整備した上に無償貸与するほか、運営経費の赤字補てんとして基金を提供、事務職員として県職員を派遣する、などとなっている。半谷議員は、「県の出資や支援について制度上の問題はないが、国内に数例しかないこの方式を利用するには厳しい審査が不可欠。教育内容などについて精査されたのか、当該学校が本当に制度の趣旨に合致しているのか疑問。学校の理事長と懇意にしている首相の意向を付度した、県知事の独断裁定によるものではないのか」と話す。

荒井は、静かに新聞を閉じた。半谷が動き出したのだ。明日の新聞には真紀子逮捕のニュースも載るだろう。その際には被害者の身元も掲載されるに違いない。

自分もまた、動かなくてはならない。荒井は、携帯電話を取り出すと一本のメールを入れた。

待ち合わせの時間きっかりに、カフェの入り口に三十代半ばぐらいの女性が現れた。大人しめな印象の真紀子とは違い、顔の造作が大きく、一見して華やかな印象を与える。荒井が立ち上がると、店内を見回していた彼女も気づき、小さく会釈《えしゃく》を向けてきた。花山里美に間違いなかった。

「お忙しいところすみません」近づいてきた里美に一礼する。

「いえこちらこそ、遠くまで来ていただいて」抱えていた大きなバッグを椅子に掛け、里美も頭を下げた。

彼女が飲み物の注文を済ませた時、幼児を抱いた若い女性が早足に歩いてきて、荒井たちのテーブルの脇を通り過ぎて行った。その後を、三、四歳の男の子が「ママ、まってぇ」と追って行く。

「ママ、ちょっとごめんなさい、ちょっとごめんなさい……」

その言い方が面白いのか、里美はしばらく母子の後ろ姿を目で追っていた。

荒井の視線に気づいた里美が、「すみません」と向き直る。「真紀子さんのこと、聞かせてください」

「はい」

荒井は、真紀子が逮捕された経緯を簡単に話した。里美は目を見開き、顔を歪ませ聞いていた。それでも片貝や瑠美などの協力者もいることを説明しているうちに、表情も落ち着いてきた。

「分かりました。いろいろありがとうございます。なんで彼女、私に連絡してくれなかったんでしょう」

「これ以上、あなたに迷惑をかけたくなかったんでしょう。すでに遺体の確認の件では、あなたも警察に事情を訊かれているのでしょう?」

里美は少し驚いた顔になった。「ご存じなんですね」

「はい。まずはそのことから聞かせてください。遺体の確認に行ったのは、真紀子さんから頼まれたからですね」

「――そうです」

「それまでもよく連絡を取り合っていたんですか?」

「たまに、ですけど。連絡があったのは半年振りぐらいだったでしょうか……」

いつものように互いの近況報告から会話を始めたが、真紀子はどこか上の空で、話もそこそこに「所沢で起こった殺人事件」を知っているかと訊いた。里美はその事件のことを知らなかった。真紀子は、その被害者が「ともひこさんみたいなの」と声を震わせた――。

「加持家のご長男は、『ともひこ』さんと言うんですね」

「はい」

「『とも』は、『知る』という字ですか」

「そうです」

加持知彦。

長澤が〈知る〉というサインネームを使った時から、もしや、とは思っていた。

英知の「知」は、父親の一文字からとったのではないか、と――。

「英知くんのお父さんは、加持知彦さんなのですね」

「それもご存じだったんですか」里美が驚いた顔になった。

荒井は質問を続けた。

「遺体をご覧になって、すぐに知彦さんだと分かりましたか」

「はい」里美は肯いた。「ずいぶん会っていなかったので印象は変わってはいましたが、間違いありませんでした」

「警察にそれを告げなかったのはなぜですか」

「真紀子から止められていたんです。知彦さんは、名前まで変えて過去の自分を消そうとしていた。それを裏切っちゃいけない。知彦さんの名前を出しちゃいけないって。自分も、知彦さんや加持病院と関わりがあったことは絶対警察には言わないからって」

荒井は、自分が大きな勘違いをしていたことを改めて思った。

当初は、真紀子が加持秀彦をかばっているのかと考えていたのだ。かつて勤めていた病院の理事長である加持秀彦を。いや、別の疑念もあった。加持秀彦が、英知の父親ではないのかという思いも一瞬過ったのだ。それゆえに、秀彦のことをかばっているのではないかと――。

しかし、真紀子が隠そうとしていたのは、いや今でも口を閉ざしているのは、犯人をかばっているからではないのだ。彼女がそうしているのは、それが知彦の意思だからだ。遺志、と言ってもいい。

知彦は、自分の身元を偽っていた。他人の戸籍を買ってまで、自らの過去を消そうとしていた。それを、真紀子も尊重したのだ。彼が何者であるかを話してはならない。自分と彼との関係についても。いや、そのことこそを口外してはならない。そうやって、彼と関わりを持つ全てのものを自分の周りから消そうとしたのだ。本棚から加持秀彦の「正育学」を消したのは、秀彦をかばうためではなく、その息子である加持知彦とつながることを恐れたからだ。

なぜそれほどまでに知彦の遺志を大事にしたのか。それは、真紀子にとって、いや真紀子と英知にとって、彼がそれほど大切な存在だったからなのだ――。

「知彦さんは、八年ほど前に海外に留学されて、そのまま向こうに移住しているという話を聞きましたが」

「それは違います」

「実際にはどうしていたんですか」

「知彦さんは、失踪したんです。八年前に」

「――どうしてそんなことに？」

「知彦さんは、あの頃、精神的に追い詰められていたんです。ひどく」

荒井は、しばらく口を挟まず里美の話を聞くことにした。

「それより以前から、理事長からは学園の経営を手伝ってくれと言われ、院長からは病院を継いでくれと頼まれ、板挟みになっていたんです。とりあえず医大に進みはしたものの、本当に自分は医師に向いているのか、と悩んでいました。ノイローゼのようになって、食事もろくにとらなくなったかと思えば、反対に荒れて、暴れることもあったそうです」

長澤という老女も言っていた。〈もし病気だったとしたら、神経の方じゃなかったんかな〉〈小さい頃から神経がこまい子でな。馬鹿がつくぐらい生真面目というか融通がきかないところがあった〉

里美が続ける。「当時、知彦さんがそんな状態にあったことは、家族以外は、真紀子しか知らなかったと思います」

「しかし、失踪したキッカケがあるはずですよね」

里美が肯いた。「真紀子が、目の前から姿を消したからです」

「真紀子さんが――」

そうか、姿を消したのは、真紀子の方が先だったのか。

「妊娠したことで病院を辞めたという話は聞きました。しかし、単に辞めたというわけではなかったんですね」

「はい。誰にも告げず、姿を消したんです。私にも言わずに」

「それはなぜですか」

「妊娠しているのが分かったからです」

「――それを、知彦さんには告げなかった？」

「言えなかったそうです。後からそのことを聞いた時、私は真紀子のことを責められませんでした。彼女の気持ちは、痛いほどに分かりましたから」

「言ったら、どうなったと？」

「言ったら、産むことはできなかったでしょう。そもそも二人の付き合いは、周囲には秘密でした。知っていたのは私だけだったと思います。当然、理事長や院長も知りません。妊娠を知ったら知彦さんも話さないわけにはいきません。でも理事長や院長が二人の結婚など認めるはずがないんです。子供のことも。頭ごなしに別れろとは言われないまでも、将来のことを考えて今は子供を産むことはやめ、それからゆっくり考えればいいなどと言いくるめられたのではないかと思います。いずれにしても子供を産むことは許されなかったでしょう。産むには、誰にも告げずあそこから去るしかなかったんです」

「知彦さんと二人で出ていく、という選択肢はなかったのでしょうか」

里美は、首を振った。「今思えば、それが一番良かったのかもしれません。でもあの時は、それでなくとも両親の間で苦しんでいる知彦さんを見ていたら、さらに苦しめるようなことは言い出せなかったのでしょう。――いえ」

里美は、言い直した。

「両親に対して自分の意思を明確にできない知彦さんに対して、歯がゆさを感じていたのかもしれません。知彦さんの優しさは、弱さの裏返しでもありました。彼女は、もはや知彦さんには頼れないと、自分一人で産んで育てることを決めたのでしょう」

真紀子だったらそうかもしれない。そう思った。ああ見えても芯は強い。昨夜の片貝の言葉だったが、荒井も同じように感じていた。

「もちろん知彦さんとの将来を全く考えなかったわけじゃない。いつかは話すつもりだったんだと思います。無事子供を産んで、ある程度時間が経ったら会おうと。その時には、知彦さんももう少しは強くなっているかもしれない。すでに子供が生まれているという事実があれば、理事長や院長の考えも変わるかもしれない。そんな期待があったのだと思います。まさかあんな結果になるとは思わずに――」

「あんな結果とは……」

「知彦さんが、失踪してしまったことです」

里美はつらそうに続けた。

「真紀子が突然姿を消して、知彦さんは完全におかしくなってしまいました。それまでも、悩んでいる知彦さんの心の支えは彼女だけでした。その真紀子が突然何も告げずにいなくなってしまったことで、知彦さんは、心のたがはずれてしまったんだと思います」

「理事長や院長は、当然知彦さんの行方を探したのですよね」

「はい。知彦さんの友人知人、頼りそうな相手はもちろん、探偵を雇ったりして行方を追っていました」

「しかし警察には届けなかった」

「失踪したということをひた隠しに隠していましたから。病院のスタッフでも本当のことを知っているのは一握りだったと思います。私も最初は、海外に留学したのだと思っていましたから。ある時、私と知彦さんの仲を疑ったのか、院長が『知彦がどこにいるか知ってるんでしょう』って問い詰めてきたんです。それで知彦さんが失踪したことを知ったんです」

「あなたはその間、真紀子さんとは連絡をとっていたんですか？」

「いえ」里美は首を振った。「真紀子から連絡がきたのは、それから一年近くも経ってからのことです。知彦さんが行方不明になった後です。久しぶりに会う彼女は、小さな、可愛い赤ちゃんを抱いていました」

それが、英知か。

「本当に可愛らしくて」

目を細める。先ほど彼女が母子の姿を目で追っていたのを思い出す。子供好きなのだろう。

「荒井さんは、娘さんがいらっしゃるんですよね」

ふいに訊かれて、一瞬答えに窮した。

「真紀子から聞いてるんです」里美が続けた。「英知くんの同級生なんでしょう？　とても英知くんのことを気にかけてくれて、優しいお嬢さんだって」

「――はい」荒井は肯いた。「とてもいい子です」

それは、本心から出た言葉だった。

里美が大きな笑みを浮かべた。「荒井さん、お父さんの顔になっています」

自分で思った以上に、その言葉にうろたえた。ごまかそうと「花山さんは、お子さんは」と口にした。何人いて、何歳になるのか、という意味で尋ねたのだった。

しかし彼女は、「子供はいません」と首を振った。

「……そうですか」

失言だった。結婚したのは四年前だと長澤は言っていたか。触れられたくないことだったのかもしれない。

その荒井の表情に気づいたのか、「気になさらないでください」と里美は言った。

「できないんじゃなくて、つくらないいんです。そう決めているんです。今の夫とも、それを前提で結婚しましたから」

「――そうでしたか」

それもまた、意外な答えだった。

「でも、他人の子供は可愛いんですよね。責任がないからでしょうね。英知くんも本当に可愛い。母親としたらそれなりの苦労があるのでしょうけれど……」

里美はしばし思いを馳せるような表情を浮かべてから、「ごめんなさい。どこまでお話ししましたか」と話を戻した。

「真紀子さんと久しぶりに再会した時の話です。英知くんを抱いていて」

「ああ、そうでした」

荒井も質問を仕切り直した。

「真紀子さんはその時、知彦さんが失踪したことをご存じでしたか」

「いえ知りませんでした。彼女もとても驚いていました。まさか自分のしたことがそんな結果を招くとは思っていなかったんでしょう。それでも、この子を産むにはあの時はああするしかなかったんだと、後悔はしていない様子でした」

知彦の方は、どうだったのだろう。

真紀子が黙って姿を消したことに絶望して家を出た。本当にそうだろうか。

知彦は、「自立」のために家を出たのではないか？　ふがいない自らを責め、家を出て仕事を探し、自活しながら真紀子の行方を探そうと。

しかし、温室育ちの彼にその生活は相当きつかったはずだ。彼の精神状態はそもそも良好なものではなかった。「二つの手」の武田が言っていたことが、彼の身にも起こったのではないか。

――仮に仕事を得ることができたとしても、それが自分に合わない仕事だったり、将来に対して希望を持てなかったり……。そういったマイナスの感情が大きなストレスになって、うつ病や精神疾患という形で現れたりして……。

幼いころから繊細な、優しい子供だったという知彦。呆れるほど生真面目で、良くも悪くも融通がきかない性格だった。

――そんな状態が続けば、仕事は続けられなくなります。長期的な失業となれば、蓄えも底をつき、最終的にはホームレスへと堕ちてしまう……。

知彦は、そんな中で上村春雄というホームレス仲間と知り合ったのだろう。僅かな蓄えをはたいて、戸籍を買った。そこまでして加持知彦という名前を捨てたかったのだ。加持家と連なるすべてを断ち切りたかったのだ。

そして別人となり、「二つの手」に拾われた。NPOに勤めることになり、管理する部屋を訪れた際に、向かいのアパートに住む真紀子と英知のことを見た。

いや、突き止めたのだ。八年という歳月を要して。愛する人の居場所を。

彼女に子供がいることを、知彦がいつ知ったのかは分からない。知らずとも、ひとめ見れば分かっただろう。

英知が自分の子であることを。

知彦は向かいの空き部屋をたびたび訪れ、あるいは勝手に住まいとし、そこから真紀子・英知母子のことを見つめていたのだ。見守っていたのだ。

真紀子は、そのことを知らなかった。もちろん英知も。事件が起こるまでは――。

話を終え、里美は「私にできることがあったらいつでも言ってください。英知くんのことも」そう言い残して、立ち去った。

彼女がいなくなり、空いた席の向こう側に、よれたスーツの背中があった。頃合いをはかったように、ゆっくりと振り返る。

「――それで？」

何森は相変わらず機嫌の悪そうな顔で問うてきた。

「俺を呼び寄せわざわざこんな話を聞かせて、お前は何を言いたい？」

「この事件の動機が、分かったんです」

「動機？　今逮捕されている女性についてか？」

荒井は首を振った。「あなただってもう分かっているはずだ。私が言っているのは、失踪した長男を、八年経った今なぜ殺害しなければならなかったか、その理由です」

「ほう」何森が目を細めた。「参考までに聞かせてもらいたいもんだな」

「――家族という呪縛《じゅばく》です」

「うん？」何森が眉をひそめた。

「『正しい子育て』という亡霊による呪縛です。その呪縛に苦しみ、家を出さえした彼には、その亡霊が蘇ったことが耐えられなかった。その考えがじわりじわりと世間に浸透し、どこかの家族を、どこかの親子を苦しめようとしていることが耐え難かった。だから、それを止めようとしたんです」

「――どうやって」

「おそらく、脅迫したのでしょう。両親を。加持理事長・院長夫妻のことを。条例を、法案をやめさせろ。でなければ名乗り出る、そう脅したんです」

「名乗り出る？　そんなことでやめさせることができるのか？」

「彼は、失敗作ですから」

何森の眉間にしわが寄った。荒井は続けた。

「少なくとも知彦自身はそう思っていたんじゃないでしょうか。自分が身をもって、『正しい子育て』という考えがまやかしに過ぎないことを証明できる、と」

10

何森が荒井の言うことをどう受け取ったか、それは、翌日に分かった。

「お前が言う少年に、『面割《めんわり》』をしてもらう」

何森は、ぶっきら棒にそう告げた。面割とは、事件の目撃者などに対し、複数の写真の中から当該人物がいるかどうか選んでもらう作業のことだった。

「あくまで非公式にだが、その結果次第で正式に面通しをする可能性もある。お前が言う人物のな」

ついに英知の「証言」が受け入れられたのだ――。

英知の「面割」については、やはり真紀子の了解をとらないわけにはいかない。

片貝に話し、勾留後、英知と一緒に拘置所に面会に行くことになった。荒井は、英知の「通訳」という立場で同席を許可された。

予期した通り、面割について聞いた真紀子は、「やめてください」と言った。

「私のために、英知にそんなプレッシャーやストレスを与えることはさせたくありません」

「真紀子さんのためだけ、というわけではありません」

荒井は、言った。

「英知くんには、きちんと説明しました。似顔絵のお兄さんにひどいことをした人を、見つけなければならない。そうじゃないと、似顔絵のお兄さんが可哀想だ。そしてそのひどいことをした人が見つかれば、英知くんのお母さんも帰ってくる」

それでも首を縦に振らない真紀子に、荒井は続けた。

「警察の人が来て、その目の前で、英知くんが見た男の人の写真を選ぶ、ということも話しました。嫌な思いをするかもしれない。怖いことを思い出してしまうかもしれない。それでも、できるかな？　と」

「……英知は、何と？」

真紀子の視線は、荒井の横に座った我が子へと向けられた。

「英知くん、何て答えた？　お母さんに教えてあげて」

英知が母のことを見た。その右手がゆっくりと動く。

親指以外の指の先を左胸につけ、それを右胸へと動かす（＝できるよ）。そして、続けた。

〈僕〉〈怖くないよ〉

荒井が通訳するのを聞いても、真紀子は「でもね、英知——」と言い聞かせようとした。

だが英知は続けて手を動かした。

〈お母さん〉〈僕ね〉

それを荒井が通訳をする。

〈僕は〉〈強くなったんだ〉

英知は、手話で続けた。

〈今の〉〈僕はね〉

人差し指と親指を合わせた両手を鼻の下から波を打つように左右に広げ、自分の耳を指す。

そして、開いた手を自分の胸につけた。

〈僕は、龍の耳を持っている〉

最後には、真紀子も「皆さんにお任せします」と頭を下げた。

こうして、英知による「面割作業」が行われることになった。


場所は、英知の不安や緊張を少しでも和らげるために、自宅で行うことになった。当日、何森はもう一人警察官を連れてくるという。片貝ももちろん同席する。英知の受け答えは手話で構わないが、客観性を保つために荒井以外の通訳を用意するようにと言われた。荒井は、瑠美にその役目を頼んだ。

何森が当日同伴したのは、いかにも高級そうなスーツを一分《いちぶ》の隙もなく着こなした男だった。三十代後半ぐらいか。ひややかに荒井たちを一瞥しただけで、名乗ることはしなかった。何森も紹介しなかったが、おそらく幹部職員なのだろう。

面割には、「面割台帳」と呼ばれる小ぶりのアルバムのようなものが用いられる。片貝が言うには、対象人物と似たような年恰好の男性の写真が数枚載せてあるということだった。選ぶ者には「対象人物は載っていないかもしれない」とあらかじめ告げるという。必ずその中から選ばなければならないという先入観をなくすためだろう。

自分から言い出したことではあったが、荒井には一抹の不安があった。似たような男の中から、本当に英知は自分の見た人物を言い当てることができるだろうか。読んだ本の中には、「発達障害を持つ人の中には、顔を覚えるのが苦手な者もいる」というような記述があったのだ。

しかしこの点について片貝を通じて真紀子に確認したところ、「英知なら大丈夫だと思います」という答えが返ってきた。

「確かに全体像を見分けるのは難しいところもあるのですが、英知はその人の顔の細部を見て記憶するんです。メガネの色や形、ほくろの大きさや位置、そういった細かい特徴で記憶し、見分けることができるはずです」

実際に、「顔さがし」という項目を含むK－ABCという発達検査では、継次処理能力が優れていて、特に視覚的モデルによる記憶の再現力の強さがある、という判定だったらしい。

「今回のように、実際の人を見るのではなく、写真を使うのもプラスに働くと思います」

動いている人は表情が微妙に変わる。顔以外の情報に目がいってしまうこともある。しかし写真や絵の場合、それらがない分曖昧さが排除され、特定しやすいらしい。

荒井の不安は払拭された。後は、英知がこの場の雰囲気にのまれてしまわないか、だ——。

狭いリビングで、英知と何森が向かい合った。

瑠美は通訳のために何森の隣に座り、荒井と片貝、警察幹部らしき男がその周囲に陣取った。

「ヘッドフォンをしていて聴こえるんですか」

幹部らしき男が怪しむような視線を向ける。英知は、作業に集中するためにイヤーマフをしていた。

「問題ありません」荒井が答える。

これほどの人数の大人に囲まれたことはついぞないだろう。「龍の背に乗る少年」のフィギュアを握りしめた英知の手は僅かに震えている。頑張れ。そう心の中で祈るしかなかった。

何森が、面割台帳を英知の方に開いて見せた。

「十月二十四日の午後七時半頃、君が見た、似顔絵のお兄さんと喧嘩していたのは、どの人」

何森の質問に、英知の目が動く。すぐに、一つの写真を指さした。

荒井の位置からもその顔が見えた。加持秀彦だった。似たような年恰好の男たちの中から、はっきりその写真を指さしたのだ。

　何森は、続けて訊いた。「喧嘩して、似顔絵のお兄さんはどうなった？」

　英知が首を傾げた。

「何森さん」荒井が助言した。「どうなった、という曖昧な訊き方ではなく、具体的に訊いてください。できればイエスノーで答えられるように」

　何森は「分かった」と肯き、質問を変えた。

「この写真の人が、似顔絵のお兄さんを殴った？」

　英知は首を振る。

「では――首を絞めた？」

　英知は、再び首を横に振った。

「違うのか？」

　何森が荒井のことを見る。そんなはずはない。

　瑠美が横から、「もう一度、同じことを私が手話で訊いてもいいですか」と言った。

「ああ」

　何森に代わって、瑠美が英知に向かって手と表情を動かした。

〈この写真の人が、似顔絵のお兄さんの首を絞めた？〉

　英知は、手話で〈違う〉と答えた。

　そんなはずはない――。

いつか訊いた時には、怯えながらも〈お兄さんが首を絞められてた〉とはっきり答えたではないか。

もう一度、瑠美が最初の質問をする。〈この写真の人が、似顔絵のお兄さんと喧嘩をしていた？〉

今度は英知は〈はい〉と答える。そして、続けた。〈この人は〉〈お兄さんと喧嘩していた〉〈でも〉〈首を絞めてはいない〉

いつか言っていたことと違う。どういうことだ――。

「もういいでしょう」何森の後ろにいた男が冷たい声を出した。「だから言ったじゃないですか。子供の言うことにまともに取り合うなんて、どうかしている」

しかし、何森は台帳を仕舞おうとはしなかった。

「何森さん？」幹部らしき男が焦れた声を出す。

その時、瑠美が「違う訊き方をしてもいいですか？」と言った。

「何度訊いても同じでしょう」男はにべもない。

「訊き方を変えてみたいんです」

「こちらの訊き方が悪いというんですか？」

瑠美は食い下がった。「英知くんのような特性を持った子には、訊き方にも工夫がいると思うんです」

男と何森が目を合わせた。

「やってみろ」何森がぶっきら棒に言った。

瑠美が英知の方に向き直った。改めて手話で尋ねる。

〈写真のおじさんが、お兄さんと喧嘩しているのを見た？〉

荒井が何森たちのために通訳をする。

英知は肯いた。

〈でも、首を絞めたのは写真のおじさんじゃない？〉

英知は再び肯く。

〈でもお兄さんが首を絞められたところは見た？〉

英知ははっきり肯いた。

そうか。分かった――。

「もう一人、いるんだな」

何森が口にした。英知の方に身を乗り出し、自ら尋ねる。

「写真のおじさんとは別の人が、似顔絵のお兄さんの首を絞めるところを見たのか？」

英知は肯いた。

「それは誰だ！」

英知がビクッとする。

「何森さん――」

「すまん」何森は小さく頭を下げ、尋ね直した。「それは男の人か？」

英知は肯く。

「何歳ぐらいだった？」

英知は首をかしげる。

何森は質問を変えた。「おじさんより年上に見えたか？」

英知は首を振る。

「おじさんより年下に見えた？」

肯く。

「……ちょっと待ってくれ」

何森が、アルバムの写真を整理し出した。別の場所から何枚かの写真を取り出し、入れ替えたりしている。幹部らしき男も黙ってその作業を見ていた。

「もう一度だ」何森は、台帳を英知の方へ開いて見せた。

「この中に、似顔絵のお兄さんの首を絞めていた人はいるか？」

英知がアルバムに目をやった。

その途端、英知の様子が急変した。体が硬直し、ひきつけを起こしたようになる。緘動の症状だ。

「どうした⁉」

「英知くん⁉」

英知は必死に歯を食いしばり、フィギュアを握りしめた。そして震えながらも指を伸ばし、一枚の写真を指さした。そして、懸命に手を動かした。

〈お兄さんの〉〈首を絞めたのは〉〈この男の人〉

荒井からもその顔が見えた。複数の同年配の男の写真の中から英知が選んだのは――。

加持和人の写真だった。

「お兄さんの首を絞めたのはこの男の人」瑠美が通訳をする。

「分かった」何森は、無造作に面割台帳を仕舞った。「よく頑張ったな」

「行きましょう」

幹部の男が立ち上がる。続いて腰を上げた何森に、荒井は意外な思いで尋ねた。

「初めから加持和人の写真も用意してあったんですか」

何森が事もなげに答える。

「いつかお前が照会しろと言ってきたあのナンバーだがな、所有者は加持秀彦じゃなかった。息子の和人のものだったんだ」

思わず絶句した。何森が続ける。

「この子が加持秀彦のことを指し続けていたら、信用に足らずと思っていた。お前の言った通りだ。この子はきちんと自分の見たことを話すことができた。自分の言葉でな」

加持和人は、加持知彦を殺害した件についての重要参考人として、その日のうちに任意同行されることになった。

エピローグ

　十二月も半ば近くになると、街はもうクリスマス一色だ。荒井の住むような郊外の住宅街も例外ではなく、近くの戸建ての中のいくつかの家では夜になるとキラキラ電飾が輝き始め、スーパーではレジのパート女性たちが紙製のサンタ帽子を頭に載せるようになる。

　せっかくみんなで食卓を囲むのであればと、みゆきは前日からそれらしい食材を買いこみ、準備をしていた。美和も朝からはりきって手伝っている。英知の食べられるものは限られているので、真紀子から聞いたレシピを参考にローストチキンや太く切ったポテトフライ、赤や黄色の色も鮮やかな野菜が山盛りになったサラダなどが次々と出来上がっていく。

　皆が揃って英知の家を訪れるのは、ひと月振りぐらいになるだろうか。真紀子が釈放されてからはもちろん初めてのことだ。美和は出かける前からそわそわしていて、ビーズでつくったブレスレットを英知にあげようかどうしようかみゆきや荒井に何度も尋ねていた。

　加持和人が逮捕されたことは、真紀子が釈放された翌夕のニュースで見ることになった。任意同行されてから半日足らずの出来事で、その早さは荒井にも意外だった。自白に至る経緯については、後日何森が教えてくれた。

「最初のうちは『何のことかわからない』としらを切っていたがな」

マンション近くの駐車場に停めた車中で、何森は話した。

「『現場を目撃した者がいる』と言う取調官に、『あんな子供の言うことを信用するのか』とポロッと漏らしたことで馬脚を露わしたってわけだ」

何森は口の端《はし》を歪めた。

「子供とは誰のことか、なぜ目撃者が子供と思うのか、そう追及されたら、途端に動揺し始めたらしい」

やはり和人の方も、英知に見られたことに気づいていたのだ。

「奴は、気になってあの子のことを調べたらしい。障害のことを知って安心しきっていたんだな。知彦とあの母子《おやこ》の関係までは知らなかったようだが。そもそも漆原真紀子という准看護師が自分の病院にいたことさえ知らなかったんだろう。知っていたら、あの子も危なかったかもしれんな……」

英知にも危害を及ぼす可能性があった。真紀子が徹底して加持知彦との関係を隠したのには、それを危惧してということもあったのかもしれない。

殺害の動機は、言うなれば「兄弟間の確執」だった。それも、和人からの一方的な。

「そもそも和人は、幼い頃から兄の知彦に対して強いコンプレックスを抱いていたんだ。知彦が生まれた瞬間から、両親は『正育学《せいいくがく》』の実践を始めた。自分たちが主張する通り、両親の愛情をあますことなく注いだわけだ。しかしその後に生まれた和人に対しては、長男と同じとはいかなかったのだろう。親はもちろん分け隔てしていないつもりでも、当人は敏感に感じるものだ。その上兄は幼い頃から皆から愛される性格だったのに比べ、弟の方は陰《いん》にこもるところがあり、自然と周囲の反応も違っていったんだろう」

しかし、八年前の知彦の失踪が、その立場を逆転させた。

加持知彦が失踪した後、和人が病院の後継者となった。だが本当は、和人は父の片腕となって学園の経営を助けることを望んでいたらしい。その父が、今でも「いつか知彦が帰ってきた時のため」に副理事長の座を空《あ》けていることを、最近知った。それだけでなく、母の香子も、いや病院や学園のスタッフの中にも、「知彦がいたら」「知彦さんが戻ってきてくれたら」という気配が残っていることをいや応なく感じた。失踪してからもなお、皆が兄の影を引きずっていることに、和人は行き場のない憤《いきどお》りを覚えていたのだ。

そんな時、知彦が生きていることが分かった。

連絡してきたのは、知彦の方からだったという。荒井の想像通り、きっかけは「子育てサポート条例」だった。知彦は、秀彦と香子に対し、「条例を今すぐ取り下げさせてくれ」と迫ったという。今頃現れて何の世迷言か、と憤慨《ふんがい》する和人に対し、両親は、何はともあれ知彦が生きていること、元気でいることを喜んだ。そして、あろうことか「家に戻ってこい」とまで言ったのだ。

「もちろん、知彦には戻るつもりなど端《はな》からない」

暖房の入っていない車の窓は、何森が吐く息で白く曇った。

「『条例を止めさせないなら考えがある』と脅したそうだ。それがどんな『考え』だったのかは今となっては知る由もないがな。お前が言うように身をもって『正育学』の誤りを正《ただ》すということだったのか、和人が勘ぐったように父親と権力者との癒着を暴露する、ということだったのか……」

和人は、そう思い込んだのだ。具体的にどんな証拠を摑んでいるのかは分からないまでも、身内である知彦であれば、父と県知事、いや首相との間に交わされた不正なやり取りについて具体的な何かを知っていることは十分にあり得る。それをマスコミにリークでもされたら、条例や法案の廃止どころか、県知事や首相の進退にまで影響を及ぼしかねない。なにより加持家はどうなる。

そんなことは絶対にさせてはならない。和人は、何度も両親に対しそう進言したという。しかし、秀彦・香子の反応は鈍かった。和人の不安は募《つの》り、自分が何とかしなければ、と思い詰めるまでに至った。

事件が起こったあの日、秀彦は、知彦との「最後の話し合い」のために指定されたアパートを訪れた。

「なぜ秀彦との話し合いの場として、知彦があの部屋を指定したのかは分からないが……」

何森はそう首をかしげたが、荒井には分かるような気がした。知彦は、あの部屋で、真紀子や英知の間近で、両親に対する長年の思いに決着をつけたかったのではないか。

父が一人で交渉するのが不安だった和人は、ひそかに自分の車で跡をつけた。案の定、知彦に譲歩した秀彦は、条例を取り下げさせることを承知したばかりか、こともあろうに「言う通りにするから家へ戻ってこい」とまで言ったのだ。

和人は、怒りで我を忘れた。一足先に去った秀彦と入れ違いに部屋に入ると、知彦を罵倒した。そこでどんな会話が交わされたのかまでは分からない。口論の挙句、積年の恨みが募っていた和人は、近くにあった電気コードで知彦の首を絞めた……。

「しかし、よくそこまで自供しましたね」

英知の証言があったとはいえ、その時点では物的証拠はなかったのだ。自供により直接証拠が得られなければ、逮捕までに至らない可能性もあると荒井は危惧していた。

「完落ちしたのは、秀彦や香子の供述を聞いたからだ」

警察は、和人に聴取するのと並行して秀彦や香子からも事情を聞いていたのだ。

「和人は自分のしたことを誰にも告げなかったというが、二人には奴の仕業《しわざ》と分かったのだろう。親として和人の犯行が露呈しないようにとかばってはいたが……」

それ以上に、二人とも知彦が死んだことに深い悲しみを覚えていた。秀彦・香子ともに体調が悪いと表に出てこなくなったのはそのためだ。聴取の場で、何で知彦を助けてやれなかったのか、と二人とも泣き崩れたそうだ。

「それを聞いて、和人のたががはずれたんだ」

俺は、加持家のために、親父やおふくろを守るためにやったのに……！　和人は激高し、全てを自供したのだった。

現場に僅《わず》かに残っていた服の繊維などが和人の持ち物と一致し、凶器となった電気コードも供述通りの場所で発見された。

加持和人は、兄・加持知彦に対する殺人の罪で起訴されることになった。

そのニュースは、新聞・テレビ・週刊誌などで大々的に報道された。身元不明とされていた被害者が失踪した加持家の長男であっただけでなく、殺害したのがその弟で加持病院の跡継ぎとされるエリート医師だったことが、センセーショナルに取り上げられた。

事件の真相が報道されると、加持秀彦が提唱する「正育学」にも世間の注目が集まることになった。「正しい子育て」を説きながらその二人の息子が殺人事件の被害者・加害者になったとあっては、もう誰もその「正しさ」など信用するわけもなかった。

それは、国会で追及されていた四宮学園による特別支援学校の設立を巡る疑惑にも飛び火した。集中審議での首相への質問で、半谷は当然その件に触れることになった。首相自身は事件に関与しているわけではなかったが、それまではのらりくらりと追及をかわしていた答弁も、神妙なものにならざるを得なかった。

「正育の家」の教育方針については、改めて埼玉県議会で問題となった。認可自体は取り消されることはなかったが、四宮学園側から建設中の小学校と特別支援学校の設立を中止することが伝えられた。同じ「正育学」を基本とする埼玉県の「子育てサポート条例」や、首相周辺が次期国会に提出をもくろんでいた「家族教育基本法」についても問題視されるようになった。

経済や外交への手腕を評価され、圧倒的な支持率を背景として自らの主張を次々に実現していった首相だったが、次第に世間の批判の声は高まっていき、支持率は低下していった。事件との関連については言及されなかったが、「子育てサポート条例」は廃案となり、「家族教育基本法」についても「白紙になった」と発表された。

一方で、「正育の家」の寄宿舎での受け入れという話がふいになったことで危ぶまれた「新生海馬《うみうま》の家」だったが、報道されたおかげで多くの知るところとなり、寄付の申し込みが相次いだ。中には多額の義捐《ぎえん》を申し出た匿名の篤志家もおり、「新生海馬の家」は、無事、設立の目途がたった。荒井はそれを手塚総一郎・美ど里によるものだと推測していたが、あえて瑠美に尋ねることはしなかった。

新たなろう児施設の名は「龍《りゅう》の子の家」と決まり、職員は日本手話を使える者に限る、という採用方針がとられた。「フェロウシップ」のサポートもあり、「龍の子の家」では、外部のろう児も自由に参加できる、日本手話により日本手話を教える場が設けられることになった。

真紀子と英知の家を訪れた日は、この冬初めての小雪がちらつく寒い一日となった。

赤いコートに白いソックスという恰好をした美和を真ん中に、三人で手を繋いで英知の家まで歩いた。荒井にとっては通いなれた道だったが、真紀子と英知に会うのは、釈放された真紀子を所沢署まで迎えに行った日以来だった。その時もアパートまでは一緒に戻ったものの「後は二人きりにしてあげましょう」という瑠美の言葉ですぐに辞去した。母親が不在の間に起きた出来事を、英知が手話で一晩中語り明かしたことは、後で片貝から間接的に聞いた。

みゆきとも、あれから事件に関連するあれこれについて語り合う機会はなかった。彼女は刑事課への転属を諦めたのか、今後の生活についてどう考えているのか、今でも分からないままだった。

玄関をノックすると、ドアを開けたのは英知だった。

「えいちくん！」

美和が嬉しそうに叫ぶ。すぐに部屋の中へと入ってしまった彼を追って「ひさしぶり～、げんきだった～」と美和が上がっていく。「失礼します」と荒井とみゆきもその後に続いた。

「いらっしゃい」

ダイニングから顔を出した真紀子の表情は、屈託《くったく》を感じさせないものだった。みゆきも、

「お招きにあずかりまして」とさっぱりとした挨拶を返した。

みゆきと美和の共同作業による料理に加え、真紀子特製の野菜たっぷりの鳥だんごスープと、食後には一足早いクリスマスケーキも用意されていた。しゃべるのはもっぱら美和の役目だったが、ごく自然な団らんの場になった。

デザートの後は美和の提案でトランプ大会になり、皆で「神経衰弱」をしたが、これはもう英知に敵うわけはなかった。

「ほんとえいちくんすごいね～、ぜんぶおぼえちゃってるんだね～」

美和はしきりに感嘆の声を発していた。悩んだ挙句にプレゼントした手製のブレスレットは、「龍の背に乗る少年」のフィギュアにぶら下げられていた。腕につけてもらえないのは少し残

念かもしれないが、それが英知にとって最大級の「お気に入り」の表れであることは美和にも伝わっている。

遊びは子供たちに任せ、大人三人はダイニングに戻り真紀子が淹れてくれた紅茶を飲んだ。その時、真紀子の口から、英知が新学期から「通級学級」に通うことになった、ということが明かされた。

通級学級とは、通級指導教室とも呼ばれ、軽い障害をもった子供が個別の指導を受けられる学級のことだ。主な教科の学習や給食は在籍しているクラスで受け、通級の時間だけ移動する。美和たちが通う学校にはそういう制度がなかったので、近隣の通級学級まで通うことにしたのだという。

真紀子は、英知と一緒に見学に行ったらしい。そこでは、同じような特性をもった四人一組のグループで個別指導をしてもらえるという。教室内はそれぞれの特性に応じた配慮がされており、例えば視覚的な刺激に敏感な子供でも授業に集中できるよう、掲示物を減らしたり紙や布で掲示物を覆ったりする一方で、教師が情報を伝えるときには、口頭だけでなく文字や絵で視覚的に示して理解をしやすくする、などの工夫がとられていた。

それは、以前に垣間見た「恵清学園」の授業を思い起こさせた。聴こえない・聴こえにくい子供たちが学ぶその教室は、壁一面が低い位置までホワイトボードになっており、好きに文字を書いたり消したりできるようになっていた。授業の開始や終了はランプが点灯して知らせ、休み時間には小さな手があちこちで、ひらひらと楽しそうに舞っていた。

「授業でも、課題ができたら必ずほめてくれて自分に自信が持てるようにするとか、叱るのは他人や自分に危害が及ぶ時だけ。そういう時も必ず『なぜその行為がいけないのか』『ではどうすればよかったのか』についても話す。そんなやり方をとっていたんです」

真紀子が嬉しそうに話す。

「そういう授業を、みんな一緒に受けられるようになればいいのにね」みゆきが言った。「そういうことが、特別じゃなくなればいいのに」

「本当にそうですね……」肯いてから、真紀子は呟くように言った。

「特性自体は変わらなくても、生活していく上で何の支障も感じなくなったら、それはもう『障害』とは言えなくなる……いつか、そんな日が来ればいいですね……」

ふっと向けられた真紀子の視線を、みゆきが、荒井が追った。

そこには、何の屈託もなく遊びに興じる英知と美和の姿があった。

紅茶を飲み干したところで、「美和、そろそろ帰るわよ」とみゆきが立ち上がった。

「えー、もう」

英知とまだトランプをしていた美和が不満そうにこちらを向く。

「ちょっと買い物したいの。付き合って」

そう言ってから荒井の方を向き、「持ってきたお皿とか洗って持ち帰ってもらえる？」と言った。

「あら、洗いものなんて」と真紀子が遠慮したが、「いいの。今日はそういうお役目だから」とみゆきは笑みを返した。

「分かった」

荒井が答えると、みゆきは、「はい、美和ちゃん、支度して〜」と声のトーンを上げた。

「はーい」

美和は渋々立ち上がると、英知に向かって手を動かした。

伸ばした人差し指と中指を揃えてシュッと顔の前に下ろし（＝また）、立てた右手の人差し指と同じく左手の人差し指を離れたところから近づける（＝会おう）。

いつか益岡が別れの際に見せた手話だった。

英知も、肯いてから、同じ手話を返した。〈うん〉〈また〉〈会おう〉

美和は満足したように大きな笑みを浮かべ、母親と一緒に「ばいば〜い」と帰っていった。

荒井は、汚れた皿をキッチンに運び、水を流した。

「すみません。じゃあ私が洗うので、拭いていただけますか」

場所を交換し、真紀子と並んで洗いものをした。

真紀子から渡された皿を布巾で拭きながら、荒井は、口を開いた。

「一つだけ、教えてください」

英知は、まだリビングで一人トランプ遊びを続けている。

「はい」真紀子が答える。

「知彦さんも、英知くんと同じ障害を持っていたのでしょうか」

真紀子は皿を洗う手を止めなかった。答えたくなければそれでもいいと思った時、真紀子が口を開いた。

「分かりません。確かに少し変わったところもありましたけど……」

皿を洗いながら、「一度だけ」とぽつりと言った。

「あの人から連絡があったんです」

もう洗う皿は残っていなかったが、真紀子は水を止めなかった。

「半年ぐらい前のことです。どこで住所を知ったのか、手紙がきたんです」

その頃、知彦は真紀子と英知が住む場所を突き止めたのだ。「二つの手」に雇用された時期かもしれない。

「たった一言、『会いに行ってもいいですか』、そう書かれていました。一緒に、返信用の封筒が入ってたんですよ。ちゃんと切手も貼られて、自分の住所と名前も書いてあって。おかしいでしょう?」

真紀子は、そう言って少し笑った。それから、再び真顔になった。

「迷ったんですけど、私、『今は来ないでください』って返事をしました。急に父親が現れて、英知がどう反応するか怖かったんです。だからそう書きました。『私たちが会いに行くまで、どこか近くで見守っていてください』って。住所はちゃんと控えました。武蔵藤沢でしたから、会いに行こうと思えばいつでも会える、そう思ったんです」

真紀子は、ようやく水道を止めた。辺りが不意に静かになる。

「それから二度と連絡はありませんでした」

度が過ぎるほど正直で、生真面目だった加持知彦。彼は、真紀子の言ったことを忠実に守ったのだ。

時間が空いた時や仕事が休みの日などは必ず、彼はあの部屋を訪れていた。あのアパートの一室から、向かいの部屋の灯りを眺めていたのだろう。

そこで、真紀子と英知が暮らしている。その中に入っていくことはできないけれど、それを感じることはできる。

知彦にとっての「家族」が、そこにいた。手が届きそうで届かない。会話をすることも顔を合わせることもできない。

それでも、その空間は、彼にとっての「家庭」だったのだ。

そこで過ごす時間は、加持知彦にとっては「家族団らん」の時だったのだ――。

真紀子が言った。

「あの人、本当に――本当に近くで見守っていてくれたんですね」

その頬を、涙が一筋つたい、落ちた。

拭き終わった皿を持参した布に包み、玄関に向かった。英知も母親と一緒に見送ってくれる。

今度は英知の方から、あの挨拶をしてくれた。伸ばした人差し指と中指を揃えてシュッと顔の前に下ろし（＝また）、立てた右手の人差し指と同じく左手の人差し指を離れたところから近づける（＝会おう）。

荒井も、同じ手話で答える。〈ああ、また会おう〉

そして、真紀子にも別れの挨拶を向けた。

「どうぞお元気で」

「はい」真紀子は、笑顔で答えた。「荒井さんも」

一礼し、荒井は玄関を出た。おそらく、この部屋を訪れることはもうないだろう。

手話の授業がなくなってしまったことを、英知は寂しく思うだろうか。でも、もう彼らに自分は必要ない。英知がもっと手話が上達したいと思えば、正式に手話の教室に通えばいい。もしも、もう手話を使う必要がなくなったとしたら、それはそれで喜ばしいことだ。どちらにしても変わりはない。

英知が、「龍の耳」を持っていることに。

住宅街を抜け、大きなスーパーの看板を目印に歩いていけば、その建物が見える。二階の端の部屋。カーテン越しに、少しだけ部屋の様子が見える。

いつか、瑠美が言った言葉を思い出していた。

――荒井さんにはご家庭がありますから。

幼い頃からずっと、家族の中にあって自分だけが「違う場所」にいるように感じていた。家を出てからは、滅多に家族の元へは寄らなかった。そんな自分が新しい家族をつくれるのだろうかと、自信を持てなかった。瑠美とはまた別の意味で、自分は家族をつくれない人間なのではないかと思っていた。

今でもその思いに変わりはない。

でも、と思う。

もしまだ間に合うのならば。

みゆきが許してくれるのであれば。

美和が受け入れてくれるのなら。

二人がつくりあげた「家族」の中に、自分も入れてもらうことができるなら——。

いつの間にか雪は降り止み、厚い雲の合間から光が射し込んでいた。ベランダに美和の姿が見えた。荒井を見つけ出てきたのだろう。

アラチャン！　かすかに声が届く。

「寒いぞ」

荒井は答える。美和がなに？　というような仕草をする。聴こえない、と言っている。みゆきも出てきた。二人で何か話している。荒井には聴こえない。やがてこちらを向き、二人そろって手を動かした。

親指以外の四指を合わせた手を、前の方から胸の方へと斜めに引き寄せながら、親指とも指先を付け合わせる。続いて、握った右手で同じく握った左手首の甲の部分をトントン、と叩いた。

〈おかえりなさい〉
二人で、そう言っていた。

あとがき

前作『デフ・ヴォイス』（文藝春秋）刊行時には、「続編」を書こうなどという気は全くなかった。主人公の荒井尚人は元警察事務職員という設定ではあったものの、刑事でも探偵でもない。そこで描かれた事件は、荒井自身の生い立ちや来歴との関わりにより、いや応もなしに巻き込まれたもので、生涯で一度きりの出来事だと考えてもいた。

ただ、作中に出て来る何森《いずもり》という警察官には愛着があり、数少ない読者の中にも「ファン」が結構いたため、彼を主人公に「何森刑事の事件簿」というような短編連作であれば書けるのではと思ったり、これから書く作品に刑事が出てくるようなことがあったらそれを何森としようか、などと考えたりはしていた。私の二作目の小説である『漂う子』（文春文庫）の中に半ば無理やり（県をまたいでの出向など通常はないことは承知の上で）登場させたのはそのためだ。『デフ・ヴォイス』の続編を考えていたらあんな出し方はしなかっただろう。

考えが変わったのは、前作が『デフ・ヴォイス　法廷の手話通訳士』と副題を付して文庫化（文春文庫）され、単行本とは比較にならないほど多くの人に読んでいただいたことが契機だった。「続編」を望む声が思いがけず多く届くようになり、私の中でも荒井のことをもう一度書いてみたい、という気分がふつふつと沸いてきた。前作を書いたことで知り合った多くの方方から新たな知見を得たことも大いに影響している。

そんな折、東京創元社の編集者より「荒井を主人公にした手話通訳士の事件簿」のような短編連作を書いてみないか、というお話をいただいた。その時頭にあった「ネタ」は、本作の第3話に出てくる一つのエピソードしかなかった。長編にできるとは思えず放っておいたものだったが、短編でなら書けるような気がした。だが連作というからには一つというわけにはいかない。それまで頭の隅に引っかかっていた、ろう者や難聴者、中途失聴者、そしてコーダの方方から直接聞いた胸につまされるエピソードを、何とか形にできないかと考えた結果、第1話と第2話が生まれた。前作から七年が経ってからの続編、というのも珍しいケースかもしれないが、読者からの励ましと当事者とのご縁、編集者からのサジェッションがなければ生まれなかった作品であり、それだけの時間が必要だったのではないかとも思う。

執筆にあたり多くの文献を参考にしたが、それ以上に様々な方々から直接のご教示をいただいた。

ろう学校における「聴覚口話法」については、Reem Mohamedさんのコラム https://deaflife-bridge.themedia.jp/posts/519738?categoryIds=59695 を参照し、ご許可をいただいた上で一部引用した。法廷場面等、法律関係については弁護士の久保有希子氏に、ろう文化や手話表現については、現在私が通っている手話教室の小倉友紀子先生（ろう者）、知人で手話通訳士である仁木美登里さん、たかはしなつこさん、小貫美奈さんにご指導いただいた。この場を借りて皆さまに御礼申し上げるとともに、文責はすべて著者にあることをお断りいたします。

また、コーダであり映画「きらめく拍手の音」の監督であるイギル・ボラさんには、ご自身の大切な思い出を主人公・荒井尚人のいちエピソードとして使用する許可をいただいた。感謝いたします。

なお、第2話に出てくる「全ろうの音楽家」については、佐村河内守氏を巡る一件を下敷きにしてはいるものの、あくまで架空の設定であり、時制も現実のものとは一致しないことをご了承ください。

作中の「恵清学園」設立の経緯に関しては、実在する私立特別支援学校（ろう学校）「明晴《めいせい》学園」（東京都品川区）をモデルにし、同校関係者への各種インタビュー記事を参考にしました。

そのほかの人物、団体、事件等についてはすべて架空のものであり、現実のものとは関わりはありません。

付記

単行本刊行時に右のような「あとがき」を記したため、「文庫用のあとがき」はいらないのでは、と編集者からは言われていたのだが、単行本と全く同じというのも芸がないように思え、蛇足ながら各話のタイトルの由来を記しておこうと思う。

第1話「弁護側の証人」は、僭越ながらクリスティの名作「検察側の証人」に（タイトルだけだが）オマージュを捧げたものである。前作の文庫版について、「法廷の手話通訳士」という副題がついていながら全然法廷ものじゃないじゃん！　と多くの方から言われ申し訳なく思っていたため、せめて続編では「一話まるまる法廷もの」を入れたかった次第。この思いはシリーズ第三弾『慟哭は聴こえない　デフ・ヴォイス』（東京創元社）にも引き継がれ、「法廷のさざめき」という民事裁判の話を書いた。併せて読んでいただければ幸いである。

第2話「風の記憶」の由来は本編を読んでいただければ分かると思うが、実は、一度だけお会いしたことのある中途失聴者の方からお聞きした話が元になっている。登場人物の新開《しんかい》と同じく幼少期に失聴した方だったが、「今でも忘れられないのは『風の音の記憶』と『水が流れる音の記憶』」とおっしゃっていて、他にもいろいろな音の記憶があるだろうに、なぜ？　と強く印象に残っていた。その方とは以後お会いすることがなく、連絡先も分からないためエピソードを拝借したことをお伝えできないでいる。この場を借りて御礼申し上げます。

第3話「龍《りゅう》の耳を君に」の由来もすでにお分かりかもしれないが、当初は「龍の耳を持つ少年」と考えていたのを、決定稿時に変えたのは、愛読書の一つである『アルジャーノンに花束を』（さらに一九六八年に映画化された時の邦題『まごころを君に』）のことが思い浮かんだためである。また、本編に関しては若い方にも読んでもらいたいという思いがあり、ライトノベル風を意識した感もあった。結果的に、内容にふさわしいタイトルになったのではないかと思っている。

最後になりましたが、本作を手に取っていただいたすべての皆様に、深く感謝いたします。

読んでいる間の胸の熱さをなんと説明したらいいのか……

頭木弘樹

丸山正樹さんは、デビュー作の『デフ・ヴォイス　法廷の手話通訳士』（単行本タイトルは『デフ・ヴォイス』。のち文春文庫）が、読書コミュニティサイト「読書メーター」で、じわじわと話題になっていき、ついには「読みたい文庫ランキング」の日・週・月別のランキングでトリプル一位を達成した。読者の口コミによって世に知られるようになった実力派だ。

書店員さんからの評価も高く、ぜひ読んでほしい本として推す書店員さんが多かった。本好きの心をとらえるところがあるようだ。

高校生たちがそれぞれ自分の好きな本の魅力を語り、聴衆がいちばん読みたくなった本を選ぶ「第六回全国高等学校ビブリオバトル決勝大会」（活字文化推進会議主催、読売新聞社主管）でも、『デフ・ヴォイス』を紹介した埼玉県立春日部《かすかべ》女子高一年の印南舞《いんなみまい》さんが優勝した。

丸山さんの二作目の小説が『漂う子』（河出書房新社。のち文春文庫）で、その次に刊行されたのが、本書『龍の耳を君に　デフ・ヴォイス』（単行本タイトルは『龍の耳を君に　デフ・ヴォイス新章』）だ。

本書は、『デフ・ヴォイス』の続編にあたるが、こちらから先に読んでも、まったく問題ない。たとえば『刑事コロンボ』をどれから見始めても問題がないように。


じつは、私自身は、第一作である『デフ・ヴォイス』を最初に書店で見かけたとき、「ああ、またあのパターンね」と思ってしまった。「未知の世界についての知識が得られるミステリ」というやつか、と。

「ミステリに、未知の世界にふれる知的興奮をプラスする」というアイディアを最初に思いついたのが誰なのかは知らないが、それ自体はたいした発明だったと思う。

ミステリは謎が解明されてしまうと、「なんだそれだけのことだったのか……」と、むなしくなる作品も少なくないが、「未知の世界にふれる知的興奮」がプラスされていると、それを回避できる。また、何かの知識を広めたいと思う書き手は、それをミステリ仕立てにすることで、より多くの読者の関心を引くことができる。双方にメリットがある。

しかし、数が増えてくると、どうしてもあざとい感じのする作品も出てくる。丸山さんの作品を知ったときも、そういう一冊かと思ってしまったわけだ。「ろう者や手話を、ミステリの味付けに使うのは、いかがなものか」とさえ思ってしまった。

私は難病になって十三年間、闘病したことがある。だから、難病とか障害とか、そういうことをネタとして都合よく使われるのが好きではない。まして、「こういう人たちも頑張っているんだから、私たちも頑張らなければ」などと、普通の人たちが元気を出すための踏み台にされるのは不愉快極まりない。

ところが、帯に、山田太一《やまだたいち》さん（脚本家・作家。代表作に『岸辺のアルバム』『男たちの旅路』『早春スケッチブック』『ふぞろいの林檎たち』『異人たちとの夏』など）の大推薦の言葉があった。それが意外で、買って読んでみることにした。山田太一さんが、簡単に帯コメントを引き受ける人ではないと知っていたからだ。もしこれがなかったら、『デフ・ヴォイス』について誤解したままだったかもしれない。

読んでみたら、想像とはまったくちがうのである！　たしかに、ろう者や手話の知識を用いたミステリであり、知らなかった世界について知ることができるという知的興奮と、ミステリとしての面白さの両方が味わえる本だ。

だけど、これまでに読んだその種の本と、まったく手応えがちがう。

どうちがうかの説明がとても難しい。こういう言い方をすると、ありきたりになってしまうが、ろう者や手話の知識のあつかい方がとても真摯《しんし》で熱いのだ。

もしかして、著者は、小説の主人公がそうであるように、「コーダ」（聞こえない親をもつ聞こえる子ども）なのかなとも思った。そうではないと知って、むしろ意外だったほどだ（あんまり気になったので、著者について調べてみたら、やはり介護などで苦労している方だった。「『自分のテーマ』に辿り着くまで」丸山正樹　http://books.bunshun.jp/articles/-/3178）。

とにかく、それくらい、ろう者や手話の世界のことが、痛いほど伝わってくる。あきらかに、ミステリのネタとして都合よく使ったというようなことではない。

といって、ろう者や手話のことを広く伝えたいために、ミステリ仕立てにしたとも思えない。そういう場合は、どうしても「ろう者や手話を紹介する本」という感じになってしまう。

ところが、『デフ・ヴォイス』は、ちゃんと小説になっている。物語でしか描けないことが描いてある。この人は小説を書こうとしている、ということも、すごく伝わってくる。

そういうわけで、「ミステリ」と「未知の世界にふれる知的興奮」の合体は、あざとくなってしまうこともあると書いたが、『デフ・ヴォイス』の場合は、まったくあざとくないのである。

むしろ、祈りの形に指を組んだ右手と左手のように、しっかりひとつになっている。こういう例は、あまり読んだことがなかった。読み終わったときには、こちらまで高揚していた。

ろう者や手話というと、重いテーマであり、疲れたときの娯楽としてミステリを読む人にとっては、もしかすると手に取りにくいかもしれない。しかし、これはとにかく小説として面白いのである。

そして、ろう者や手話の世界についても、「かわいそうな人たちのこともちゃんと知っておきましょう」という押しつけがましさはなく、ごく自然に「未知の世界にふれる知的興奮」が得られる。こういう言い方をしていいのかどうかわからないが、「面白い！」のである。

なので、『デフ・ヴォイス』の続編が出るという話を耳にしたときは、とても嬉しく、わくわくして待っていた。それが本書、『龍の耳を君に』だ。この作品は連作短編という、こった趣向になっている。

あまり期待すると、ハードルが上がりすぎるかと思ったが、それを見事に超えてくる作品だった。

今回は、ろう者だけでなく場面緘黙症《ばめんかんもくしょう》（言葉を話したり理解する能力は正常なのに、特定の状況では話すことができない）の少年も出てきて、子どもの教育法や、その他、さまざまな社会問題が取り込まれている。個人的に衝撃だったのは、ろう者がろう者を恐喝するということ。

それらが、たんなるネタとしてではなく、じつに真摯に熱く語られているのは前作と同じで、「ああ、この感じをまた読みたかったんだ！」と嬉しくなった。読んでいる間、こちらも胸が熱くなる。

そして、ろう者や手話や緘黙症などとミステリの一体感が、さらに高まっていた。知識はたんなる飾りではなく、ミステリの要素として欠かせないものとなっていて、謎解きとしても、じつに面白い。「誰が犯人でも成り立つ」ような安易な作品ではない。

考えてみると、過去にも、目が見えない人が主人公のミステリ（たとえばウィリアム・アイリッシュの「義足をつけた犬」）や車椅子の人が主人公のミステリ（たとえば天藤真の『遠きに目ありて』）などがあって、障害者とミステリというのは、もともと相性がいい。

障害者というのは少数派であり、どうしても弱い立場に立たされるところがある。そこにもう、自然とサスペンスが生じる。「どう生きていったらいいのか？」という問いこそ、まさにミステリだろう。

疲れたときにミステリを読む人が多いのも、謎がひっぱっていってくれるからというだけでなく、心のどこかに弱いところができて不安と緊張に共感するからなのかもしれない。


この本の単行本が出たときに、私は別件で山田太一さんのところをお訪ねして、たまたまこの本が置いてあるのを目にした（あとから知ったのだが、著者の丸山さんは山田太一さんの長年のファンで、いつも新刊が出ると献本しているのだそうだ）。

山田太一さんに、「この本、いかがでしたか？」とお尋ねしてみた。

すると、「面白く読みました。この人は他の人がやっていないことをやってますよね。たいした人だと思います」とおっしゃった。

これには驚いた。というのも、山田太一さんは作品の評価がいつもとても厳しいからだ。そこまで高く評価されるとは意外なほどだった。でも、本当にそうだなあと私も思った。

山田太一さんは、ご自身は事件ものを書かないが、ミステリもよく読んでおられる。それだけに、よくある「未知の世界についての知識が得られるミステリ」とはちがうと感じられたのだろう。一読者として嬉しくなった。

ミステリなので、あまり内容の紹介ができないが（私のように、解説を先に読む人も少なくないので）、決して、ろう者や手話に興味がないと面白いと思えないという本ではない。また、ミステリ好きでなければ面白さがわからないという本でもない。ろう者や手話に興味がない人にも、そしてミステリに興味がない人にさえ、自信を持っておすすめできる小説である。

なお、先にも書いたように、本書はシリーズの二冊目で、さらにシリーズの三冊目も出ている。三冊目の『慟哭は聴こえない　デフ・ヴォイス』も連作短編になっていて、じつにいい作品がある。シリーズ全体を通して、大きな長編としての読み応えもある。シリーズものは、当たると楽しみが大きい。ぜひじっくりと味わってみていただきたい。

本書は二〇一八年、小社より刊行された作品を改題文庫化したものです。

著者紹介 1961年東京都生まれ。早稲田大学卒。松本清張賞に投じた『デフ・ヴォイス』(後に『デフ・ヴォイス　法廷の手話通訳士』に改題)でデビュー。同作は書評サイト「読書メーター」で大きく話題となった。

検　印
廃　止

龍の耳を君に
デフ・ヴォイス

2020年6月19日　初版
2024年2月9日　5版

著　者　丸《まる》　山《やま》　正《まさ》　樹《き》

発行所　(株)　東京創元社
代表者　渋谷健太郎

162-0814/東京都新宿区新小川町1-5
電　話　03・3268・8231-営業部
03・3268・8204-編集部
URL　http://www.tsogen.co.jp
フォレスト・本間製本

乱丁・落丁本は、ご面倒ですが小社までご送付ください。送料小社負担にてお取替えいたします。

©丸山正樹　2018　Printed in Japan

ISBN978-4-488-42221-9　C0193

〈デフ・ヴォイス〉シリーズ第3弾

DEAF VOICE 3◆Maruyama Masaki

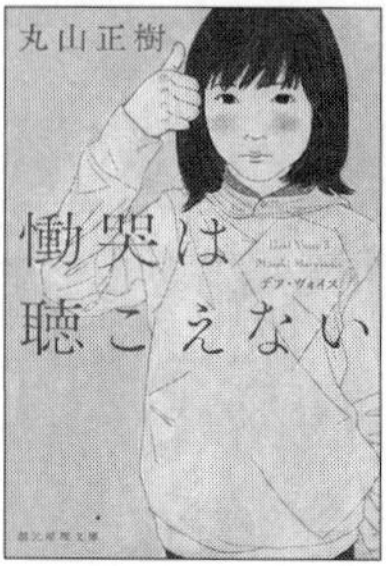

慟哭は聴こえない

デフ・ヴォイス

丸山正樹

創元推理文庫

◆

旧知のNPO法人から、荒井に民事裁判の法廷通訳をしてほしいという依頼が舞い込む。
原告はろう者の女性で、勤め先を「雇用差別」で訴えているという。
荒井の脳裏には警察時代の苦い記憶が蘇りつつも、冷静に務めを果たそうとするのだが――(「法廷のさざめき」)。

コーダである手話通訳士・荒井尚人が関わる四つの事件を描く、温かいまなざしに満ちたシリーズ第三弾。

収録作品＝慟哭は聴こえない，クール・サイレント，
静かな男，法廷のさざめき

〈デフ・ヴォイス〉シリーズ第4弾

DEAF VOICE 4◆Maruyama Masaki

わたしのいないテーブルで

デフ・ヴォイス

丸山正樹

四六判並製

◆

世界的なコロナ禍の2020年春、
手話通訳士・荒井尚人の家庭も様々な影響を被っていた。
埼玉県警の刑事である妻・みゆきは
感染の危険にさらされながら勤務をせざるを得ず、
一方の荒井は休校、休園となった二人の娘の面倒を
見るため手話通訳の仕事も出来ない。

そんな中、旧知のNPO法人フェロウシップから、
ある事件の支援チームへの協力依頼が来る。
女性ろう者が、口論の末に実母を包丁で刺した傷害事件。
コロナの影響で仕事を辞めざるを得ず、
実家に戻っていた最中の事件だった。
“家庭でのろう者の孤独”をテーマに描く、長編ミステリ。

〈デフ・ヴォイス〉スピンオフ

DETECTIVE IZUMORI◆Maruyama Masaki

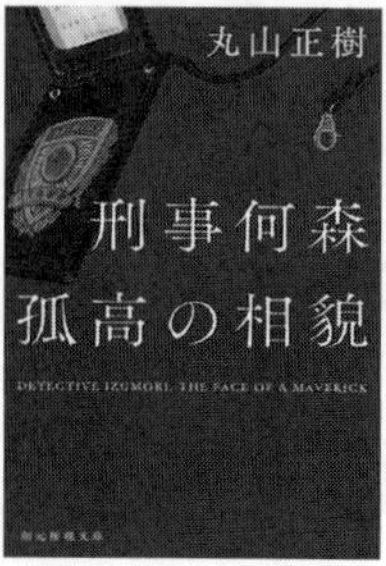

刑事何森 孤高の相貌

丸山正樹

創元推理文庫

◆

埼玉県警の何森《いずもり》稔《みのる》は、昔気質の一匹狼の刑事である。
有能だが、所轄署をたらいまわしにされていた。
久喜署に所属していた2007年のある日、
何森は深夜に発生した殺人事件の捜査に加わる。
障害のある娘と二人暮らしの母親が、
二階の部屋で何者かに殺害された事件だ。
二階へ上がれない娘は大きな物音を聞いて怖くなり、
ケースワーカーを呼んで通報してもらったのだという。
捜査本部の方針に疑問を持った何森は、
ひとり独自の捜査を始める――。
〈デフ・ヴォイス〉シリーズ随一の人気キャラクター・
何森刑事が活躍する、三編収録の連作ミステリ。

収録作品＝二階の死体，灰色でなく，ロスト

〈デフ・ヴォイス〉スピンオフ②

DETECTIVE IZUMORI◆Maruyama Masaki

刑事何森
逃走の行先

丸山正樹

四六判上製

◆

優秀な刑事ながらも組織に迎合しない性格から、
上から疎まれつつ地道な捜査を続ける埼玉県警の何森《いずもり》稔《みのる》。
翌年春の定年を控えたある日、
ベトナム人技能実習生が会社の上司を刺して
姿をくらました事件を担当することになる。
実習生の行方はようとして摑めず、
捜査は暗礁に乗り上げた。
何森は相棒の荒井みゆきとともに、
被害者の同僚から重要な情報を聞き出し――。
技能実習生の妊娠や非正規滞在外国人の仮放免、
コロナ禍による失業と貧困化などを題材に、
罪を犯さざるを得なかった女性たちを描いた全３編を収録。

収録作品＝逃女《とうじょ》，永遠《エターナル》，小火《しょうび》

心震える小さな奇蹟を描いた連作集

MIRACLES PART-TIME JOB◆Ruka Inui

メグル

乾 ルカ

創元推理文庫

◆

「あなたは行くべきよ。断らないでね」
学生部の女性職員から、突然に声をかけられた学生たち。
奇妙な迫力を持つ彼女から紹介された仕事は、
店舗商品の入れ替え作業や庭の手入れなど、
誰でもできるはずの簡単なものに思える。
なのに彼女が学生を
名指しで紹介するのはなぜだろう——。
学生たちにもたらされるのは何なのか。
厄介事なのか、それとも奇蹟なのか？
美しい余韻を残す連作短編集。

収録作品＝ヒカレル，モドル，アタエル，タベル，メグル

異なる時代、異なる場所を舞台に生きる少女を巡る五つの謎

LES FILLES DANS LE JARDIN AUBLANC

オーブランの少女

深緑野分

創元推理文庫

◆

美しい庭園オーブランの管理人姉妹が相次いで死んだ。
姉は謎の老婆に殺され、妹は首を吊ってその後を追った。
妹の遺した日記に綴られていたのは、
オーブランが秘める恐るべき過去だった――
楽園崩壊にまつわる驚愕の真相を描いた
第七回ミステリーズ！新人賞佳作入選作ほか、
昭和初期の女学生たちに兆した淡い想いの
意外な顛末を綴る「片想い」など、
少女を巡る五つの謎を収めた、
全読書人を驚嘆させるデビュー短編集。

収録作品＝オーブランの少女，仮面，大雨とトマト，
片思い，氷の皇国

名探偵はひきこもり

EL HUEVO EN CIELO◆Tsukasa Sakaki

青空の卵

坂木 司

創元推理文庫

◆

坂木司デビュー作。ひきこもり探偵シリーズ第１弾。

外資系保険会社に勤める僕、坂木司には、いっぷう変わった友人がいる。コンピュータープログラマーの鳥井真一だ。様々な料理を作り、僕をもてなしてはくれるが、部屋からほとんど出ない。いわゆる“ひきこもり”だ。

そんな鳥井を外に連れ出そうと、僕は身の回りで出会った謎や不思議議な出来事を話すが……。

ひきこもり探偵・鳥井真一は、これらの謎を解明し、外の世界に羽ばたくことができるのか。

◆

収録作品＝夏の終わりの三重奏，秋の足音，
冬の贈りもの，春の子供，初夏のひよこ

書店の謎は書店員が解かなきゃ!

THE FILES OF BOOKSTORE SEIFUDO 1

配達あかずきん

成風堂書店事件メモ

大崎 梢

創元推理文庫

◆

近所に住む老人から託されたという、
「いいよんさんわん」謎の探求書リスト。
コミック『あさきゆめみし』を購入後
失踪してしまった母親を、捜しに来た女性。
配達したばかりの雑誌に挟まれていた盗撮写真……。
駅ビルの六階にある書店・成風堂を舞台に、
しっかり者の書店員・杏子と、
勘の鋭いアルバイト・多絵が、さまざまな謎に取り組む。
元書店員の描く、本邦初の本格書店ミステリ!

収録作品＝パンダは囁く，標野にて　君が袖振る，
配達あかずきん，六冊目のメッセージ，
ディスプレイ・リプレイ

東京創元社が贈る総合文芸誌！

紙魚の手帖

SHIMINO TECHO

国内外のミステリ、SF、ファンタジイ、ホラー、一般文芸と、
オールジャンルの注目作を随時掲載！
その他、書評やコラムなど充実した内容でお届けいたします。
詳細は東京創元社ホームページ
（http://www.tsogen.co.jp/）をご覧ください。

隔月刊／偶数月12日頃刊行

A5判並製（書籍扱い）